門田隆将

狼の牙を折れ

史上最大の爆破テロに挑んだ警視庁公安部

小学館

1974年8月30日、爆発直後の三菱重工本社前。ガラスの破片の中に負傷者が横たわる　©毎日新聞社

三菱重工爆破事件では8人が死亡、376人が重軽傷を負った　©産経新聞社

大成建設爆破事件。爆風でトラックが横転した（1974年12月10日）　©毎日新聞社

捜査の指揮を執った土田國保氏＝左端＝と、爆殺された民子夫人＝右端＝（手前は土田氏の母・敬子さん。一番奥が二男・健次郎さん）

三菱重工爆破事件で亡くなった父と（写真左が石橋光明さん。右は小学生時代の明人さん）

小野義雄カメラマンがスクープした、連続企業
爆破犯・大道寺将司逮捕の瞬間（1975年5月19日）

狼の牙を折れ

——史上最大の爆破テロに挑んだ警視庁公安部——

門田隆将

はじめに

東京の表玄関、千代田区丸の内——。

二〇一二（平成二十四）年十月一日にグランドオープンした新装・東京駅の丸の内駅舎は、イルミネーションにライトアップされ、観光スポットとして東京の〝新しい顔〟となった。大正三年に創建された赤煉瓦《れんが》の駅舎を忠実に復元し、さらに現代建築技術の粋《すい》を集めて生まれ変わったものである。

駅の丸の内口を出れば、すぐ正面左側に地上百八十メートル、地上三十七階地下四階という丸の内ビル、皇居へ向かう行幸《ぎょうこう》通りを挟んで、正面右側には、地上百九十七メートル、地上三十八階地下四階の新丸の内ビルがある。それぞれ平成十四年、平成十九年に竣工した高層複合ビルである。

それまでオフィスビルとしての機能しかなかった丸ビルと新丸ビルが、グルメとファッションを兼ね備えたビルとして生まれ変わり、それぞれが年間二千五百万人もの集客力を持つようになった。丸の内といえば、日本を代表する大企業の本社が集まる地であり、また、グルメ、ファッションの最先端をいく地として見事な変貌《へんぼう》を遂げたことになる。

この東京駅の復元オープンは、「首都の玄関」としてのイメージチェンジの総仕上げの意味を持っていたと言える。

その丸ビルの裏側、つまり丸の内のど真ん中をJRと並行して南北に走る通りが「丸の内仲通《なかどお》り」である。大手町と有楽町を結ぶおよそ一・二キロのこの通りは、クリスマスシーズンを中心に、夜、街路樹に百万個ものLEDによるエコ・イルミネーションが灯《とも》される。

そのイルミネーションは、シャンパン・ゴールドと呼ばれるLEDがつくりあげた丸の内のオリジナルカラーなのだそうだ。独特の光が生み出す夢のような世界に引き寄せられる若者は多く、今では東京の新しいデートスポットとしての地位を完全に確立した感がある。

だが、この通りは、かつて「阿鼻叫喚《あびきょうかん》の地獄と化した」ことがある。そのことを知る人が、この界隈には今、ほとんどいなくなっている。

死亡者八人、重軽傷者三百七十六人という被害者を出した三菱重工爆破事件が起こったのは、新東京駅グランドオープンから三十八年遡《さかのぼ》った昭和四十九年のことだった。

丸の内仲通りに面した千代田区丸の内二丁目五番地の三菱重工本社ビル――。総合重機メーカーとして常に日本のトップを走り、産業機械のみならず、防衛や航空宇宙などの分野でも、圧倒的な力を誇る日本を代表する企業である。

このビルが突然、過激派の標的となり、ダイナマイトに換算すると、実に「七百本分」という恐ろしい威力の爆弾テロに見舞われたのである。それは、まさしく「史上最大のテロ事件」だった。

三菱重工、そしてそれと丸の内仲通りを挟んで向かい合っていた三菱電機の本社ビルは、見るも無残な姿となった。一帯は、さながら激しい空爆を受けたように窓ガラスが吹き飛び、柱は曲がり、コンクリート片が路上に突き刺さった〝破壊の地〟と化したのである。

血だまりの中で息絶えた人や、助けを求めて茫然とする人たちの姿を、今の華やかな丸の内仲通りから想像することはできない。

犯行声明を出したのは、「東アジア反日武装戦線〝狼《おおかみ》〟」である。

ベトナム戦争の長期化や学生運動の激化など、不穏《ふおん》な社会情勢の中で内ゲバや爆弾闘争が頻発したあの頃、大学のキャンパスやさまざまな集会の会場には、「反権力」「アジア人民の団結と蜂起《ほうき》を」「日帝粉砕」「打倒米帝」といった過激な文言が溢れていた。

それは、日本中が「反権力」という熱に浮かされ、最も大切な「人命」さえ蔑《ないがし》ろにされた時代でもあった。

そんな只中で、爆破事件は起こったのである。

しかし、事件は、これだけに収まらなかった。次々と大企業が標的となり、ついには連続十一件という東アジア反日武装戦線による「連続企業爆破事件」となった。

正確に言えば、爆破事件はその前から相次いでいた。ある時はアメリカ大使館の施設へのピース缶爆弾が、またある時は郵便局内で小包爆弾が、さらには、警察幹部の自宅でお歳暮を装った小包爆弾が……という具合に、何者かによる爆破事件が発生し、多くの犠牲者が生まれていたのである。

一九七〇年代、すなわち昭和四十年代から五十年代にかけて、日本では、罪もない一般の人々が爆殺される、こうした狂気の反権力闘争が展開されていた。幸せな日常生活と家族の絆《きずな》が、理不尽にも一瞬にして奪われていったのである。〝政治闘争〟の名を借りておこなわれたこの身勝手な犯罪は、今も日本の戦後史の中に刻まれている。

少々大袈裟《おおげさ》に言うなら、それは、誰が、いつ、どこで、どんな爆破事件に遭遇してもおかしくない「時代」だった。かつて首都・東京は、そんな恐ろしい犯罪に無防備にさらされていたのである。

だが、正体がまったくつかめない、途方《とほう》もないこの覆面の相手を追い詰めるため、真っ向から勝負を挑んだ組織があった。

警視庁公安部――。

それは、国民の前にヴェールを脱いだことがない秘密の組織であると同時に、あらゆる手段を駆使して敵を追い詰め、手錠《てじょう》をかけるプロフェッショナルな捜査機関である。

三菱重工爆破をきっかけとする連続企業爆破事件は、九か月後、この警視庁公安部によって犯人グループが一網打尽にされた。

そこには、目立たず、おとなしく、市民生活の中でひっそりと暮らす犯罪集団がいた。爆弾犯は、アパートの地下を掘って爆弾工場とし、次なる〝獲物〟を狙っていた。人々は、自分たちのすぐ近くにそんな凶悪な犯人たちが潜んでいたことに驚愕した。

だが、その後に発生した国際的な人質事件（クアラルンプール事件とダッカ事件）によって、犯人の一部は、超法規的措置で釈放されて国外脱出し、今も「逃亡したまま」である。

その意味で、この三菱重工爆破事件は、現在進行形の事件でもある。

あれから、長い歳月が流れ去った。

世界から〝二十世紀の奇跡〟と称された高度経済成長を成し遂げた日本は、その後、繁栄と低迷期を経て、爆弾闘争の頃とは似ても似つかない時代にいる。

東京を恐怖に陥れた東アジア反日武装戦線と、警視庁公安部との熾烈な闘いの内幕は、今も明らかにされていない。

私は、以前からこの闘いの全貌《ぜんぼう》を描きたいと思っていた。

警察をはじめ官僚組織は、キャリアとノンキャリに明確に区別され、現場で靴底をすり減らして捜査する人々の生の声が聞こえてくることは、極めてまれだ。

しかし、この事件ほど現場の踏ん張りが犯人逮捕に直接、結びついた事例はない。それは、犠牲者と遺族の無念を胸に刻んだ刑事たちの執念の捜査によるものだった。

私が本書で描かせてもらうのは、その現場の捜査官たちの生の声であり、姿である。長い期間にわたった説得で、私はようやく彼ら捜査官の詳細な証言を得ることができた。

多くの元公安捜査官に手紙を出し、ある時は、電話で、ある時は面会して、ひたすら取材に応じてくれるよう頼み込んだ。

しかし、そうしたアプローチに対しても、ある方は無言で答えず、ある方は明確に拒絶した。だが中には、しぶしぶ受け入れてくれた方もいた。そして、時間の経過と共に、取材に応じてくれる元捜査官の数は次第に増えていった。

超法規的措置によって国外脱出して、いまだに逮捕されない犯人への強烈なメッセージを発する意味を持つこと、また、この許されざる凶悪犯罪に挑んだ捜査官の姿が、人々の勇気となる上、今後の事件捜査への参考になること、さらには、悪を憎み、社会正義を実現することの重要性にあらためて気づいてもらえること、そして原発事故をきっかけにテロの危険が迫る日本に警鐘を鳴らす意味を持つこと……さまざまな理由から、捜査官たちは、重い口を開いてくれた。そして、私は、ついにこのノンフィクションを書き上げることができた。

本書は、史上最大の爆破テロ事件に挑んだ警視庁公安部の捜査官たちの初の実名ノンフィクションである。

もちろん、数々の制約の中で、どうしても取材した内容の中に、公にできない部分もある。しかし、爆破事件から逮捕までの九か月間、捜査官たちはどう闘ったのか、そして、何を考えていたのか、その執念の捜査の実態にある程度は迫ることができたと思う。

この物語が「今」に伝えるものは何か。

彼らの生きざまを通じて、「正義」とは何か、そして「命」とは何か、どうして人を殺《あや》めてもいいという身勝手な思想と論理が許されないのか、そのことを感じ取っていただければ、幸いである。

筆　者

目次

プロローグ

雨足が次第に強まっていた。

傘を持つ手に雨粒が激しく打ちつけてくる。男たちは、いっさい声を発しない。それは、雨音以外、なにも聞こえない不思議な空間だった。

男たちの視線は、道の途中にある古ぼけたアパートの玄関に集中している。ただ、息を潜《ひそ》めて、ターゲットがそこから出てくる「時」を待ちつづけていた。

一九七五（昭和五十）年五月十九日、月曜日。

明け方から降り始めた雨が、午前七時を過ぎた頃から地面に叩きつけるような土砂降りとなっていた。彼らは降りつづく雨の中で微動だにせず、街角の風景そのものに溶《と》け込んでいた。

アパートや民家が立ち並ぶ足立区梅島《うめじま》三丁目の住宅街の一角で、すでに彼らは一時間以上も雨の中に立っている。

警視庁公安部――全国の公安捜査のトップに立つ、泣く子も黙る公安部の捜査官たちは、この時、戦後最大の公安事件の被疑者検挙のために、都内各所に散らばっていた。

警視庁公安部の若手捜査官、古川原《ふるがわら》一彦巡査部長（二八、年齢はいずれも当時。以下同）と坂井城《じょう》巡査（二六）ら極左暴力取締本部の廣瀬《ひろせ》班たちが向かった先は、連続企業爆破事件の主犯のひとりと思われる佐々木規夫《のりお》（二六）が住むアパートである。

プロローグ

前夜、古川原巡査部長は佐々木がアパートから「徳の湯」という銭湯に向かった時、監視のための拠点となっていた隠れ家を出て尾行し、そのまま一緒に風呂に入っている。

「よく身体を洗っておけよ。明日からもう、娑婆《しゃば》の風呂には入れないぞ」

古川原はひげにカミソリをあてながら、鏡に映った佐々木の背中にそう心の中で語りかけた。

佐々木は、普段は離すことのない度の強い分厚いメガネを脱衣場のロッカーに入れ、浴場の中に裸眼《らがん》で入っていた。そのため、鏡にはりつくように近づいて、佐々木も口のまわりのひげを剃《そ》っていた。

ひとしきり身体を洗い終わった佐々木は、湯船に向かった。そのあとを古川原が追う。佐々木が湯船に入ると、古川原も入った。

古川原はその時、広い湯船が偶然、佐々木と古川原の「二人だけ」になったことを記憶している。

九か月前の昭和四十九年八月三十日、丸の内の三菱重工本社を爆破し、死者八人、重軽傷者三百七十六人を出した史上最大の爆破テロ事件の容疑者と、それを追う公安捜査官の二人が、この夜、梅島の銭湯で、同じ湯船に「浸《つ》かっていた」のである。

古川原たちに下されていた翌日の逮捕の指令は明快だった。被疑者がアパートを出たところで身柄を確保せよ——時間のリミットは朝八時半。それまでに出てこなかった場合は、アパートに「踏み込む」ことになっていた。

古川原も坂井も、これほど時間が経つのを長く感じたことはない。それは、朝五時台に東武鉄道伊勢崎線の梅島駅に集まった捜査官の目の前に置かれていた〝あるもの〟が原因だ。

梅島駅は改札口を出ると目の前を旧日光街道が走っている。線路と交差して走るこの街道は、道の狭さに比べて、交通量がかなり多い。首都高速中央環状線の下を走る荒川沿いの道から梅島駅を通って、環状七号線に抜けられるからだ。

だが、さすがに早朝の五時台となると車もまばらだ。

古川原は、始発電車でやってくる逮捕要員の捜査官たちを拠点から迎えに出ていた。梅島駅は、通りから見ると改札に向かって左側に売店がある。だが、店のシャッターは、六時にもなっていない早朝とあって、開《あ》いていない。

売店の前まで来た時、そこにある新聞の束《たば》に目が吸い寄せられた。ビニールに包まれた新聞の束が、シャッターを閉めたままの売店の前にドサッと置かれていたのである。

(!)

無雑作に置かれたその新聞の束を見た瞬間のことを古川原は忘れられない。そこには、

〈爆破犯　数人に逮捕状　「三菱重工」など解決へ突破口　けさ10カ所を家宅捜索〉

という特大の見出しが躍《おど》っていた。産経新聞だった。

(まさか……)

産経が一面トップで「犯人逮捕へ」を報じている——末端の捜査官である古川原には、まったくの寝耳に水である。のちに警視庁首脳には事前にこの報道のことが伝わっていたことを知るが、現場はそのことを知らない。

(なんで新聞に……)

古川原は動揺を隠せなかった。その時、ホームに始発電車がすべり込んだ。間もなく、班長の

廣瀬喜征《のぶゆき》（三一）をはじめ、捜査官たちが改札口から出てきた。

「こんなのが出ています！」

挨拶もそこそこに廣瀬に向かって、古川原が新聞の束を指さして報告した。

捜査官たちは息を呑み、そして顔を見合わせた。次の瞬間、廣瀬が古川原に向かって叫んだ。

「古川原！　佐々木がとっている新聞は何だ！」

もし、産経新聞をとっていたら、新聞が配達され、佐々木がそれを目にした時が危ない。しかし、古川原は佐々木がどの新聞をとっているのか、把握していなかった。

「わかりません！」

「なに？」

「わかりません！」

古川原は、もう一度そう言った。

「バカ野郎！」

新聞を見た時点で佐々木は逃走をはかるかもしれない。いや、逮捕を阻止するために爆弾で抵抗するかもしれない。その危険性が出てきたのである。

にわかに、早朝の梅島駅に集まった捜査官たちを緊張感が包みこんだ。

佐々木の住むアパートは二十四時間体制で張り込まれている。たとえ、いま産経新聞を見たとしても、逃走は不可能だ。

だが、身柄を拘束する自分たちが早く現場に乗り込んだ方がいいことは間違いなかった。不測の事態が考えられる以上、それはあたりまえである。

彼らは、予定を早めて駅から七、八分ほどの位置にある佐々木のアパート付近に向かった。

旧日光街道を北に向かい、小さな道を左折する。彼らは、実修寺《じっしゅうじ》という日蓮正宗の寺院を目印にしていた。この寺の前から小さな路地を西に向かえば、やがてアパートや民家、銭湯などが立つ一角がある。

そこが爆弾犯・佐々木の住むアパートがあるエリアだ。駅から直線距離にすれば五百メートルほどだが、路地をあちこち曲がるので、実際に歩く距離は、かなりある。

公安部は、すでに二か月ほど前からこのアパートの玄関を見ることができる場所に拠点を決め、そこを借り上げていた。古川原や坂井は、そこを根城に、佐々木を徹底マークしていたのである。

小降りだった雨足が次第に強くなっていく中、彼らは所定の位置に散らばった。

拠点の中から見る者、アパートから出てくる佐々木を後方から逮捕するために北側から張り込む古川原と、逆に駅に向かう方角の南側に立った坂井。この二人を中心に、数人の捜査官と一人の女性捜査官が、配置についたのである。婦警は、出勤するOL風の格好をしている。

彼女の役目は、「遊動《ゆうどう》」だ。現場の道路を行ったり来たりして、状況を逐次、把握するのである。彼ら公安捜査官は、その役目を遊動と呼んだ。別名「流《なが》し張《ば》り」とも言われる独特の役割である。

さすがに、いかつい男が行ったり来たりすれば、目立つだろう。しかし、女性が行き来しても、印象に残りにくい。彼女は、張り込む男性捜査官たちの目となり、耳となって、被疑者が動き出すのを最も近くから見るのである。

佐々木は、いつもアパートを出たら右に向かう。梅島駅の方角だ。そのまま数十メートル歩いて左折し、路地を曲がりながら旧日光街道へ出て、梅島駅に行く。

捜査官たちは、アパートを出て数十メートル行った先で逮捕することを考えていた。左折する直前である。

左折されると、路地がさらに小さくなり、車が通行できない。佐々木を逮捕して、そのまま警察車両に押し込むことを考えていたのである。

坂井は、その〝逮捕予定地点〟に立っていた。

被疑者・佐々木規夫は、坂井の目の前にやってくるはずだった。

坂井の場所からは、直接、佐々木のアパートの玄関が見える。だが、そこから坂井のいるところに向かってつづく道路がカーブになっていて、一瞬見えなくなる場所がある。その間を〝遊動〟の婦警が何度も行ったり来たりしている。

だが、一時間以上、雨の中で立ちつづけている男たちが、近所の人たちの目に留まらないはずはなかった。

ゴミを出しに来た主婦が不思議そうに坂井たちを見ていた。別の家からは出勤するサラリーマンも出てくる。その度に、身体の向きを変え、通行人に背を向ける捜査官たち。坂井の目は、それでも時々見える〝遊動〟の婦警の姿から目を離すことはなかった。

やがて、雨が小降りになってきた。時間は、ついに八時を過ぎている。いつもなら、アパートを出てくる時間だった。

カチ、カチ、カチ、カチ、カチ、カチ……時計の秒針が頭の中で時を刻むような錯覚に捜査官たちは、とらわれていた。

まだか……。

ついさっき見た産経新聞一面トップの見出しが頭を掠《かす》める。ひょっとして、どこかから逃走してしまったのではないか。秘密の抜け道があったのか。いや、そんなはずはない……。

一度、疑念が生じたら、不安はとめどなく増幅されていくものである。

さっきまで土砂降りだった雨は勢いを失い、今度は、霧雨のようなものになっていた。

その時だった。

(来た!)(佐々木だ)

婦警の目にも、坂井の目にも、古川原の目にも、そして張り込むほかの捜査官の目にも、その姿が飛び込んできた。

黒縁のメガネをかけ、下は黒っぽいズボン、上は白っぽいジャケット風のものを着た佐々木規夫がアパートの玄関に姿を見せた。

出ると右に向かった。八時三十分、ぎりぎりである。

霧雨となった外を覗《のぞ》き、おもむろに傘を差した佐々木は、アパートの玄関を出ると右に曲がったのだ。

(よし!)

後方に位置していた古川原が足音をしのばせ、静かに黒豹《くろひょう》のごとく佐々木を追う。

だが、佐々木は、玄関を出ていったん右に曲がると、すぐに旧日光街道の方角に向かう幅一メートルほどの小さな路地を左に入った。

(ん?)

古川原は、いつもと通る道が違う、と思いながら、あとを追った。

そこは、前方の坂井の位置から一瞬見えなくなる〝死角〟だ。ちょうどその死角にある路地に佐々木が入ったのである。

坂井は、佐々木が「消えた」のかと思った。時間にすれば、おそらく十五秒とか二十秒ぐらいだろう。だが、それだけの時間があれば目の前に現われるはずの佐々木が来ない。

（しまった！　あの路地だ）

いつもと違うあの狭い路地に佐々木が入ったことに坂井は気づいた。足が地面を蹴った。佐々木が入ったであろう路地から一本手前の路地を坂井は反射的に走り始めたのである。

佐々木があの小さな路地を行ったとしても、突き当たった道のところで追いつける。それは、いつも目印にしていた実修寺の前を通る道である。

逮捕要員が被疑者を見失うことなど、あってはならない。坂井は必死だった。全速力で走った。距離にして六、七十メートルあっただろうか。

坂井は、二十六歳という若さである。全力で一気に走り切って実修寺の前まで来た。

佐々木が来るはずの左側を見る坂井。だが、いない。

不安が心の底からせり上がってきた。だが、そう思った次の瞬間、佐々木の姿が目に飛び込んできた。

（どうしたんだ）

どうやら一本手前の路地を走った坂井は、ゆっくり歩く佐々木を追い越し、少しだけ早く実修寺前の道に出たのだった。

目の前に佐々木がいる。佐々木はこっちに向かっている。

坂井の目に、後方にいる古川原の姿も見えた。拠点に泊まり込み、一緒に佐々木を監視してきた仲間である。

（よし！）

坂井がそう思った瞬間、うしろから古川原が大音声《おんじょう》を上げた。

「佐々木規夫、逮捕する！」

その声と共に古川原が飛びかかった。同時に坂井も駆け寄る。潜んでいた捜査官たちが一斉に走り寄ってきた。

羽交《はが》い絞《じ》めにされる佐々木。だが、抵抗はない。逮捕要員五、六人が隙《すき》なく佐々木のまわりを囲んでいる。とても抵抗など不可能だった。

うしろから警察車両が近づく。グリーン色のカローラだ。屈強な公安捜査官に囲まれた佐々木は、カローラの後部座席に押し込まれた。

佐々木は言葉を発しない。観念したのか。それとも……。

左側から佐々木を押し込んだ古川原が左を、坂井が右側から乗り込み、佐々木を左右から挟み込んだ。

「佐々木規夫、爆発物取締法違反で逮捕する。被疑事実……」

古川原が逮捕状を読み上げた。佐々木は目をつむったままだ。いったい何が頭に去来しているのか。自らの動揺を隠そうというのか。

佐々木は一切、言葉を発しなかった。

令状を執行させた次は、「身体捜検《そうけん》」だ。上着のポケットからズボンのポケットまで、すべて中身をあらためるのである。

ズボンのポケットから小銭入れが出た。その中に薬のカプセルが見えた。

「これ、なんだ?」

そう言ってカプセルを坂井がつまみ上げた瞬間だった。それまで無反応だった佐々木が、いきなり、そのカプセルを鷲《わし》づかみにしようとした。

「なんだ!」

佐々木の手から古川原が咄嗟《とっさ》にカプセルを叩き落とした。

(青酸カリだ……)

古川原は直感した。それまでの視線とはまるで違うぎらぎらとした目で、佐々木は叩き落とされたカプセルをじっと見つめていた。

第一章　爆　発

凄まじい大音響

ドーーン……

それは、天と地が同時に破裂したかのような音だった。とてつもない轟音《ごうおん》と共に、猛烈な爆風が、ビルの谷間を駆け抜けた。

一九七四（昭和四十九）年八月三十日午後〇時四十五分。丸の内のオフィス街が短い昼休みを間もなく終えようとする時だった。爆発と同時に上がった白煙《はくえん》が丸の内仲通りに充満して、もくもくと立ちのぼっていく。

目を凝《こ》らすと白煙の中には、血みどろになって吹き飛ばされた人間、片手と片脚がもぎとられた裸の死体、口から血を噴き出した者、頭から肩、そして背中にかけて血のりをべっとりつけてうずくまる人たちがいる。

さらにその遺体や、身動きもできない重傷者の上に、砕《くだ》けた窓ガラスの破片が容赦なく襲いかかった。

至近距離にいた人間の「命」と「衣服」を吹き飛ばした凄まじい爆風が、丸の内仲通りに面する企業のビルの窓ガラスを凶器に変え、夢遊病者のように蠢《うごめ》く人々の上に落ちてきたのである。

最初の爆発でなんとか命をとりとめた人々の中にも、このガラス片で無数の切り傷をつくり、血が噴き出し、肉を抉《えぐ》られ、命を落とした者もいる。まさに地獄の光景だった。

死者八人、重軽傷者三百七十六人という前代未聞の爆破事件が起こった瞬間である。

三菱重工環境装置部の相澤武保《たけやす》（三六）は、この時、十階建ての三菱重工本社ビルの六階にある環境装置部の自分の席に座っていた。直前に、同僚二、三人と一緒に地下一階の食堂に食事をとりにいき、戻ってきたばかりだった。

三百人は入ろうかという三菱重工の社員食堂の人気メニューは、蕎麦《そば》である。定食コーナーと蕎麦コーナーに分かれており、相澤は、大抵は蕎麦を注文した。大の男が蕎麦をかきこむには、数分もあればいい。いつも社員食堂に行って、帰ってくるまで、十分ほどしかかからない。

この日は金曜日で営業の者が出払い、食堂はいつもよりすいていたと相澤は記憶している。

同僚と一緒に蕎麦を食べて六階フロアに戻って椅子《いす》に座り、大きく〝伸び〟をしたところだった。激しい爆発音は、一瞬、床が浮き上がり、そして下に沈み込むような衝撃と同時にやって来た。

（な、な、なんだ？）

相澤は声を出すこともできない強烈な音と震動に襲われた。何が起こったかわからない。思わず、顔を窓側に向けた相澤の目に飛び込んできたのは、信じられない光景だった。

左の窓から見える丸ビルのガラスが、滝のようにザーッと「流れた」のである。相澤は、白昼夢でも見ているのか、と思った。

「私は、爆発した側（丸の内仲通りの側）に背中を向けて、方角としては東京駅の方を向いていました。私の席からは、道を隔てた左側に丸ビルが見えるわけです。爆発音がした時、咄嗟に左を見たら、丸ビルの窓から〝滝〟のようにガラスが流れたんですよ。ガラスの〝カーテン〟になっちゃったんです。丸ビルは古いビルでね。近代ビルじゃないから、ガラスが薄くて、強化ガラスを使ってなかったんじゃないかと思うんですね。だから、ホントに幕が引いていくみたいに粉々になって落っこっていったんですよ。それが一番印象に残ってるんです」

相澤が目撃した〝ガラスのカーテン〟の下で、どのくらいの人がけがを負ったか、想像もできなかった。相澤は唖然としながら、その光景を見た。

しかし、窓ガラスが割れて落ちたのは、相澤がいる当の三菱重工六階の丸の内仲通り側も同じだった。いや、そのありさまは、言うまでもなく丸ビル以上だった。爆発地点そのものなのだから当然である。

「私は、仲通りから遠い方にいたので、まだよかったですよ。同じ六階でも、仲通りに面した側は、窓が吹き飛ばされていました。私は通りの側に行って割れた窓の間から下を覗いてみたんです。それは、すごい状況でした。落ちたガラスの破片が〝渦《うず》〟になっているんです。まるで空の色を反射したみたいにそれが青く見えました。仲通りを挟んで三菱電機ビルがありますが、両方のビルの窓がやられていました。ビルだけじゃなく、車の窓も吹き飛ばされていましてね。ビルに爆風があたって、跳《は》ね返りもあったと思うんですよ」

渦のようになったガラスの破片の中にいる人の姿も、相澤の目に入った。

「まだ救急車も何も来てない時ですから、倒れている人が一杯いるんです。でも、自分が覗いている窓も、ガラスが残っていました。全部は落ちなくて、つららみたいに先が尖《とが》ったものが残っている。首を出して下を見ると、ギロチンみたいになっちゃって危ないわけです。私が下を見ていると、すぐ、危険だから絶対に顔を出すな、という命令が出ましたね。だから、それ以降は、下を見ることはできなかったですよ」

けが人のようすはどうだったのか。

「さすがに六階から見ているので、衣服が吹き飛ばされているかどうかまでは見えなかったですね。倒れたところに、いろんなものが吹き飛んでくるでしょ。人の上にガラスが降り積もっている、という感じなんです。人が倒れている、というのはわかるけれども、それ以上はわからなかったですね。もうその時は、煙は流れちゃったんでしょうか。残っていなかったように思います」

爆発の後、相澤たちは下に行けなかった。エレベーターも止まっていたし、それぞれの部によってフロアの管轄《かんかつ》が決まっていたからだ。

「防災訓練はやっているから、われわれ環境装置部も訓練に則ってやりました。防災訓練の時のマニュアルに従って、いろいろやるわけです。点呼《てんこ》をとって、全員無事かどうかも確かめなくてはなりませんでした」

サイレント映画のような現場

爆発の衝撃は、丸の内仲通りに面して現場から百メートルあまり南にある「富士ビルヂング」でも凄まじかった。この時、父親が経営する貿易会社の専務として、会社の経理を担当している公認会計士事務所に父と共に来ていた水谷欽一《きんいち》（三三）は、偶然、富士ビルの中で爆発に遭遇する。

「父の友人がやっている富士ビルにある公認会計士事務所で、経理の会議を昼休みブチ抜きでやっていたんです。七、八人はいたでしょうか。事務所は四階か五階でしたが、ちょうどビルの角に会議室が位置していて、三菱重工ビルの方角が見渡せるところにありました。その時、爆発が起こったんです」

突然、ドーンというものすごい音がして全員が椅子から吹っ飛んだ、と水谷は語る。

「細長い円卓のようなテーブルで会議をしていたんですが、いきなり地響きを立てた恐ろしい爆発の音と震動が襲ってきた。その瞬間、それぞれが座っていた椅子が吹き飛んで、みんな床に投げ出されたんです。会議室の椅子は、動かしやすいように脚にキャスター（輪）がついているものでしたから、衝撃を受けてうしろに飛んでしまい、座っていた私たちが、床に尻もちをつくように投げ出されたんです。座った姿勢のまま、全員がボーンッと椅子から落っこちて、手も足も上に向けて、実に間抜けな格好になりました」

人間は、あまりに驚いた時、声を発することができない。

「みんな何が起こったのかがわからなくて、その間抜けな格好のまま、しばらく動くことも声を発することもできなかったですね。少し経って、やっとそろそろと窓の方に近寄っていって、外を見てみたんです」

そこには、砂塵《さじん》に煙る恐ろしい光景が広がっていた。

「石やコンクリートの破片が吹き飛び、ゴミを収集するような小型トラックが引っくり返っていました。ぴくりとも動かず転がっている人、少しでもそこから離れようと身体を引きずりながらこっちに向かってくる人、道端に跪《うずく》まって動くこともできず、まだ呆然としている人たちの姿が目に飛び込んできました」

しかし、その時、水谷には不思議に「音」が聞こえなかった。すべての音が呑み込まれ、掻《か》き消されていたのである。

「サイレント映画を観ているような感じでした。音のない世界で、ただ人々が動いているような感じです。非現実というか、何これ？　という感じでしたね。こっちは全員が黙って、窓のところで、見てましたよね。ただ見ているだけでしたが、しかし、臭《にお》いは感じました。硝煙《しょうえん》というか、火薬の臭いがぷーんとしてきたんです。きっとビルの空調から外の空気が中へ入ってきたんだろうと思うんです。でも、音は、しばらくなかった。今にして思えば、爆発音のあまりの大きさに、一時的に〝鼓膜《こまく》〟がやられて音が聞こえなくなっていたのかもしれません」

やっと声を出せるようになった水谷は、父親と、その友人である公認会計士に話しかけた。

「あの引っくり返っているトラックが、間違ってボンベか何か爆発物を拾って、それが爆発しちゃったんじゃないですか」

しかし、父も友人も戦争経験者だ。かつて太平洋戦争での戦場体験がある。

「なに言ってるんだ。ボンベごときでこれほど大きな爆発にはならん。これは、相当な爆弾だぞ」

二人がほぼ同時に水谷の発言をそう否定したことを水谷は覚えている。

「印象的なのは、ガラスが〝降っていた〟ことです。ガラスというのは、いっぺんにバーンッとは落ちないんですね。バーンッと一回、散ったあと、そのあとも雨みたいに、だんだんと降ってくるんですよ。その下を、人が逃げ惑っていました。割れたガラスが地面に落ちていくのを見ながら、ああ、ガラスってああいうふうに落ちるんだ、と考えていました」

現場までに距離があるだけ、水谷は落ち着いてその光景を見ることができたのかもしれない。水谷がいた富士ビルの窓ガラスが割れなかったのは、ただ「運がよかった」というほかない。

実はその時、丸の内仲通りに面したビルを中心に「四千枚」を超える窓ガラスが破壊されている。爆発によって生じる爆風には、角度や方向があることを水谷が知ったのは、この時である。

それによって、人間の運不運が決まることを、水谷は思った。

「一番最初に来たのは、白い自転車に乗ったお巡りさんです。爆発から、まだ二、三分も経たない内に来たんじゃないですか。皇居の方角からすごい勢いでお巡りさんが自転車で駆けつけて来たのを覚えています。

日比谷通りを渡ったところに交番があるじゃないですか。たぶんあそこのお巡りさんだと思うんですけどね。パトカーとか救急車はずいぶん遅れて来ましたよ」

水谷は、仕事の関係で、三菱重工にもよく出入りしていた。そのため爆発が起こった地点の至近距離にある三菱重工玄関の一階フロアの構造も知っていた。

「あの会社は、総合受付が入口から二十メートルくらい入った正面にありました。そこに受付の女性が三人座っているんです。フロアに入って左側は広い喫茶室です。

フロアのかなりの部分をこのオープンな喫茶室が占めていて、訪ねていくと大抵は重工の社員が降りてきて、ここで打ち合わせをやるんです。私は、あれほどの爆発ですから、かわいそうに受付の女性たちも亡くなっただろうなあ、と思っていました」

しかし、あとで聞いて、受付の女性が全員無事だったことを水谷は知る。

「あそこのカウンター（受付台）は、固い石造りでした。その中に女性たちがいたから、助かったそうです。私たちのように一瞬で吹き飛ばされて、その石の受付台に助けられて、爆風がおそらく上を通り抜けたのだと思います。

運がよかったと思いますよ。しばらく経って重工に行った時、入口にあった太い柱がぐにゃーっと曲がっているのを見ました。ものすごい爆発だったことを改めて感じました」

戻って来ない同僚

先の相澤のいた三菱重工六階の環境装置部では、時間が経つにつれ、焦燥感が深まっていた。点呼をしてもどうしても、所在がつかめない部員がいた。石橋光明主任（五一）である。その

うち、社員食堂で昼食を一緒にとった同僚から、

「昼ご飯のあと、石橋さんが丸善に本を買いにいくと言ったので、そこで別れました」

という報告もあった。

(もしかして……)

口には出さないものの、部員全員が最悪の事態を想像した。

「点呼をとって、いろいろ調べていったら、〝石橋さんが、まだ帰って来てない〟という話になりました。どうも食堂に行って食事をして、ほかの人は帰ってきたけど、石橋さんは本を買いに丸善の方に行ったようなんです。六階に戻った人と外に出た人で、運命が分かれてしまったんです」

相澤は、そう振り返る。しかし、安否はなかなか確認できなかった。

「石橋さんは主任で管理職だったし、歳も上で、そのうえ課も違うので、私とはそれほど接触はありませんでしたが、もの静かで穏やかな方でした。環境装置部は全部で五、六十人いますが、営業で外に出ていた連中もストップされて、中に入ってこられなくなっていました。縄が張られちゃって、重工ビルに入れない。だから点呼も手間取るわけですよ。そういう状況で、爆発のニュースが流れているのですから、家族の人とか会社の関係者の人とかが、みんな一斉に重工に電話をかけてきた。それで、完全に電話がストップしていました」

外からの電話が、いっさい会社につながらなくなってしまったのである。

「しかし、外からはつながらないのに、不思議なことに中から外へは電話をかけることができました。電話が、全国から殺到したもんだから、ずっと話し中になったそうです。外に出ていた社

員も、部に連絡ができなかったんですよ。会社から、〝外からは電話がつながらないということだから、関係先には、こちらからみんなで手配して電話をかけてください〟という指示が出ました」

　相澤はこの時、家族に電話を入れている。

「私は、その時はもう結婚していましたので、すぐ女房に電話したんです。すると、女房は〝なんで今頃、電話？〟というような感じでした。テレビをつけていないと、そんなことが起こっているとはわかりませんからね。それで、私が〝テレビをつけてみろ〟と言って、テレビのスイッチをつけさせたんです。女房は初めて知って驚いていましたが、〝関係先にはお前から連絡してくれ〟と女房に言ったわけです」

　相澤の周囲では、家族と連絡がつき、「俺は無事だ」「心配いらない」などという会話があちこちで交わされていた。

「やっぱりあれだけのパニックになると、外部からの電話はつながらないんだなあと思いました。だから、部員の安否の確認は大変でしたよ。ただ、営業マンが外からかけられなくても、同僚たちが、あいつはどこに行っている、こいつはここに行っている、という風に、だいたい行動がわかっています。そこで、その営業先にこちらから電話を入れて、どんどん確認を取っていきました」

　しかし、社員食堂で食事をとったあと、外に出ていった石橋主任のことは、どうしても確認がとれなかった。

（きっと外から電話がつながらないだけだろう）

部の人間は、誰もがそう思おうとした。しかし、時間が経過するにつれて、

（もし、石橋さんが無事なら、なんらかの手段で必ず部に自分が無事であることを伝えてくるだろう。それが〝ない〟ということは……）

そんな思いに占められていった。だが、それを口にする者は誰もいなかった。口にすれば、それが「現実」になりそうな気がしたからである。

石橋主任の席には、主《あるじ》が帰ってこないまま、背広が椅子にかけられていた。

やってきた悲報

その時、石橋主任の妻、安代（四四）は、偶然、三菱重工本社からほど近い中央区銀座にいた。翌日、石橋が参加するゴルフコンペがあるため、新しいゴルフシャツを買うために、事件現場から一キロあまりしか離れていない銀座三越に来ていたのである。

だが、安代は爆発に気がついていない。おそらく地下にいて、騒音の中で爆発音がかき消されていたのだろう。しかし、屋外に出て昭和通りを歩き始めた安代は、やけに警官の姿が通り沿いに多いことに気づいた。

（何かあったようだけど……）

まさか、その時、夫の命が奪われるような爆発事件が起こっていたことなど、夢にも思わなかった。

石橋家の一人息子・明人《あきひと》（一四）は、現場近くにいた母親よりも早く「事件」を知っている。雪谷《ゆきがや》中学の三年生だった明人は、週明けから二学期が始まるという八月最後の金曜日の昼、大田区の自宅で留守番をしながら夏休みの宿題をやっていた。

夏休みの最後は、誰もが宿題に追われるものである。明人もご多分に漏れず、この日、溜《た》まっていた宿題に追われていた。

前夜、父親から夏休みの宿題が終わっていないことに小言《こごと》を言われたばかりだった。普段は優しい父親だが、生活態度には厳しい。

父は、陸軍士官学校の出で、シベリアの抑留経験があった。戦争体験があるだけに、一人息子の明人に時々、精神論をふるうことがあった。

「きちんと宿題をすませなさい。そんな頼りないことではダメだ」

そんなことを言われたばかりである。あまり勉強をしないと、「明人、（寺の）坊主になるか」と言われたこともある。お寺で厳しく鍛えてもらえ、という意味である。

しかし、日頃、優しい父だったので、明人はそんなことを言われても、父のことを「怖い」と思ったことはなかった。頼りがいのあるこの父は、生活態度や精神面についてだけは、厳しい一面を持っていたのである。

まだ子供だったため、明人は父親に戦争の体験を具体的に話してもらったこともなかったが、終戦後、ソ連に抑留され、シベリアに連れていかれたことは聞いていた。

いわゆる〝シベリア帰り〟は、抑留中に思想的に洗脳されていないか警戒され、帰還しても就職に苦労する例が少なくなかった。レッドパージの時代のことである。

そのため、シベリアから帰った父は、キリスト教系の青山学院大学に入って英語も勉強し、英語の教師の資格もとった上で、三菱重工に就職していた。そのことを明人は人づてに聞いて知っていた。

優しく、頭がよく、そして勉強熱心な父だった。両親の結婚が比較的遅く、明人が生まれたのは、父が三十七歳の時である。

三菱重工本社で爆発——。

たまたまつけていたテレビから、父が勤める会社で爆発事件が起こり、多数の重軽傷者が出ているというニュースが飛び込んできた。

明人は夏休みの宿題どころではなくなった。何も手につかなくなり、テレビに釘付《くぎづ》けとなった。今のように携帯電話があるわけでもなく、銀座に買い物に出かけている母親に連絡をつけることもかなわなかった。

（お父さんは大丈夫だろうか……）

そんな気持ちを抱きながら、どうすることもできない時間が過ぎていた。明人は、ただテレビの画面を観るだけだった。

母の安代が買い物から帰って来たのは、午後二時、いや三時近くだったかもしれない。

「お母さん、お父さんの会社が大変なことになっているよ」

ニュースを教えられた母の顔色が変わった。

母は、すぐに父の職場に電話を入れた。だが、つながらない。家族や関係先から問い合わせの電話が殺到していた。何度かけても話し中のままだった。

時間をおいて何度も母は電話をかけた。ほかにやれることと言えば、母子一緒に、テレビを観ることぐらいだった。

父から電話がない。一本の電話ですべてが解決する。どんなに不安に思っていても、父からの元気な声の電話さえあれば、それで、なにもかも「大丈夫」になるはずだった。

ああ、どれだけ心配したか、わからなかったよ、と、それだけで心の底から大きな声が出せるはずだった。

しかし、何もないまま時間だけが過ぎていく。何度も電話をかけつづけた母の電話が途中、急につながったことがあった。しかし、やはり会社でも父の安否が「わからない」とのことだった。父の椅子には、背広がかかったままで、「本人はまだ戻っていない」ということを母子は初めて知った。

夕方近くだっただろうか。

暗くなりかかってきて母子の不安は、さすがにどうしようもなくなった。あのきちんとした父が、もし生きていたら、こんな時間まで連絡をして来ないはずがないのだ。

（この時間まで連絡がないということは、おそらく……）

悪い予感は、もうとどめようがないほど増大していた。

「ひょっとすると、ひょっとするね……」

ついに明人は、母にそう語りかけた。その時、母から出た言葉を明人は忘れられない。

「そうだね……」

母も同じ思いだったのだ。動揺をまったく見せず、母はそう答えた。もう、いくら一筋の望みにすがろうとしても、願いをつなぎとめることができないところまで来ていたのである。

ちょうどその前後に、心配した父の兄から電話が来た。その伯父は、三菱重工のグループ企業の社員だった。

「（父が座っている）席が窓側からはかなり奥の方にあるから、とりあえずけがをすることはないだろう」

父の席の位置まで知っている伯父だけに、そんな安心するような電話をかけてきてくれた。だが、それは気休めに過ぎなかった。仮に無事なら、「連絡がないはずがない」からである。

母の弟からも電話が来た。生きていて、入院しているにせよ、今の今まで連絡がないとはどういうことか。母はこの時、弟に対して「だめかもしれない」という一言を初めて洩《も》らしている。

夕方、また会社と連絡がついた。父の安否は、なお不明のままだった。

もう絶望というほかなかった。おそらく会社は、死亡者や重軽傷者の入院先を必死であたっているのだろう。それでも、父の行方はわからなかった。

会社から連絡が来たのは、暗くなってからだった。そして、間もなく迎えの車がやってきた。行き先は、丸の内警察署だった。電話のやりとりで母が「遺体の確認」のために行くことは、明人にもわかった。迎えの車に乗る時に母は気丈《きじょう》に、

「行ってくるね」

それだけを言った。

「母は迎えの車で丸の内署に向かったんです。もう夜になっていました。七時とか八時とか、そのぐらいじゃなかったでしょうか。母は身支度だけ整えて、そのまま車に乗って出ていきまし

た」

家にひとり残った明人は、またも不安の時を過ごす。

母から電話があったのは、それからどれだけ時間が経ってからだったのか。ひょっとしたら、一時間後かそこらだったかもしれない。

「明人」

沈んだ声だったが、毅然とした母はそれでも泣いていなかった。

「うん」

明人が聞いていることを確かめた母は、ひとこと、こう言った。

「やっぱり、お父さんだった……」

ああ、やっぱり……覚悟はしていた。そして、それが「現実」になった。

心にぽっかり穴が開いてしまった明人は、その時から記憶が〝欠落〟している。

「ああ、やっぱり、という思いと、どうしよう、という思いが、その瞬間にこみ上げたんだと思います。母になんて答えたか、まったく覚えてないです。完全に記憶が欠落しているんです」

明人は生まれてからずっと、一人っ子として「三人家族」の中で育った。その大黒柱の父親が、もうこの世にいない。

昨夜も話をした父親、今朝いつも通り出社し、そしていつも通り帰宅するはずだった父親が、今はもう「この世にいない」という現実を受け入れる能力が、まだ子供である明人には備わっていなかったのかもしれない。

黒電話の受話器を置いて明人は、猛烈な虚脱感に襲われた。それは、生まれて初めての経験だった。足元ががらがらと崩れ落ちていく、そんな不思議な感覚の中で明人は、ただ受話器をじっと見つめていた。

父は、生真面目な性格で、ゴルフも仕事上、必要に迫られ、年齢が高くなって始めた。また、シベリア抑留中もコインケースやパイプを手作りするほど手先が器用で、気が向くと民芸品みたいなものを創作したり、謡曲や詩吟を嗜《たしな》む風流人だった。そんな温厚な父だったから、自分に対して声を荒げることもなかったのかもしれない。

子供とはいえ、明人は、最悪の事態を予想し、事前に母親に対して、「ひょっとすると、ひょっとするね……」と、告げている。

それでも、その哀しみの大きさは、まだ十四歳の中学三年生が受け入れられる範囲と容量を、遙かに「超えていた」のである。

押し寄せた新聞記者

八人の犠牲者は、至近距離で爆風を受けて、多くが即死状態だった。だが、重傷者の中には、発達した救急医療による緊急手術によって、奇跡的に命を取り留めた者が少なくなかった。

現場近くの救急指定病院には、四百人近い重軽傷者が分散して運ばれ、さながら野戦病院と化した。

どの病院も手術台が足らず、身体中に突き刺さった無数のガラス片を取り除く作業が手術台ではなく一般の診療室のベッドでもおこなわれた。それでもベッドが足らず、担架《たんか》で床に置かれて、そこでそのまま縫合《ほうごう》手術を施されたけが人もいた。

　死亡者が二桁に届かず「八人」でとどまったのは奇跡的で、まさに日本の救急医療の力を見せつけたものだったと言えるだろう。

　だが、明人にとってはそれも意味がない。即死状態で亡くなった父には、高度に発達したその日本の救急医療もなす術《すべ》はなかった。ずっとあとになって、明人は母から丸の内署に置かれていた父の遺体のことを聞いた。

　布がかけられていた父を母は「顔」で確認しようとした。しかし、そこにいたのは、まったく顔に血の気がなく、蠟《ろう》のようになった爆破事件の犠牲者だった。

　五体がどうなっていたのかも、明人は母に聞いていない。母はこの時、遺体が「夫」であることに確信を持てず、遺留品にも目を通している。

　夫に間違いないと確信が持てたのは、遺体に残されていたネクタイとベルトだった。それは、自分自身が「夫に買ったもの」だったからだ。

　そんな話をわずか十四歳の子供にするはずもなく、明人はずっとのちになってそのことを聞いている。父の遺体はその後司法解剖にまわされ、母は、その足で三菱重工本社に向かい、裏の通用口から中に入った。

　動き始めていたエレベーターで上にあがるが、エレベーターの壁も破壊されていた。そして、各階ごとにガラスの破片が集められ、それが土嚢《どのう》のように堆《うずたか》く積み上げられていた。

　犠牲者の中で、父は最後の身元確認者となった。至近距離で爆風を受けたために、手掛かりとなるものがなかったのだろう。

だが、そんな母の行動など、まったく知らない明人は、たったひとりでマスコミの凄《すご》さを思い知ることになる。茫然としていた明人が「現実」に引き戻されるのは、新聞記者たちがやって来たからである。それは、母の帰宅よりも早かった。

母親からの電話を切って、しばらくすると、記者たちが現われた。ついさっき父の死が確認されたばかりなのに、その自宅に、あっという間に報道陣が押し寄せたのだ。

「どんなお父さんでしたか」

「今はどんな気持ちですか」

大人たちは、玄関に出ていった明人に次々と質問し、写真を撮った。中学三年といっても、明人は早生まれで、まだ十四歳の子どもである。問われるまま、

「母からの電話で父に間違いないことを知りました」

「悔しいです」

明人は記者たちに必死で応対した。玄関の前で記者たちの質問に答えている明人に、近所の主婦がやってきて、お見舞いを言ってくれた。その時、不憫《ふびん》な自分の姿を見て、その人が涙を零《こぼ》してくれたことを明人は記憶している。

記者たちは、父の写真はないか、と聞いてきた。記者たちにとって、犠牲者の写真を取ってくることは絶対使命だ。

明人は、わざわざ父の写真が貼《は》ってあるアルバムを探して持ってきた。

母が帰ってきたのは、そんな時だった。玄関前で報道陣に囲まれている息子の姿を見て、母は、

驚いた。母が報道陣に向かって、

「帰ってください」

と言い、明人はやっと取材から解放された。

「アルバムまで出して記者たちに応対していたことで、勝手なことをしたと母に怒られました。記者たちが帰った後、中学の友人から見舞いの電話がありましてね。友人はその年に家が火事になっており、彼からのお見舞いの電話が身に染《し》みました。その夜、自分はいつも通り寝るのに、この世にもう父が存在しないんだ、という気持ちに襲われて、たまらなくなりました。

その思いは、それ以降、就寝の度にしばらく続きましたね。解剖を終えた父の遺体が帰ってきたのは、翌日か翌々日だったと思います。棺の顔の部分だけ扉を開けて見ました。右の頰《ほほ》に少しだけ傷が残っていましたが、ほかはわかりません。私は、なんとも言えない気持ちになって、すぐに父の棺から離れました……」

一家の大黒柱を失った石橋家は、以後、母親が勤めに出て家計を支えるようになり、それまでとは異なる「母一人、子一人」の中で、苦難の道を歩むことになる。

親子三人の幸せな日々は、この爆破事件によって儚《はかな》くも一瞬に、そして永遠に奪われたのである。

第二章　駆けつけた公安部幹部

ダイヤモンドの海の中へ

遠くから聞こえたその音が、警視庁公安部公安第一課長の小黒隆嗣《おぐろたかつぐ》（四七）には、パーンという花火の音のように聞こえた。

（日曜日でもないのに、花火か。こんな真っ昼間になんだ……）

「なんだ……この音は」

公安部の公安第一課長室は、警視庁庁舎の四階にあり、桜田通りに面している。窓を背にして課長席があり、その前には応接セットが置かれている。いつも公安担当の記者たちがやって来て、ここで彼らにレクをしなければならない。部屋はその応接セットだけで一杯だ。広さは、わずか八畳ほどに過ぎない。

小黒は音と同時に窓際《まどぎわ》に歩み寄り、空を見上げた。真っ青に晴れ上がった夏の空はいつもと変わりがない。無論、花火など、どこにも上がっていない。

そのまま日比谷から丸の内のあたりに視線を落とした小黒は、明治生命ビルの向こう側から、白い煙がもくもくと上がっているのに気がついた。

（なんだ、あれは……）

遠くに見えるその白い煙が、自分をこれから歴史に残る大捜査の只中に放り込むことになるなど、小黒はこの時、想像もしていない。

公安一課長室の前には「別室」がある。その部屋には、課長の運転手役の警察官一人と、伝令役の警察官二人、そしてこの別室担当の女性職員一人の計四人がいる。いわば秘書室である。公安一課長に用事がある者は、細長いこの部屋を通って公安一課長室に入るのである。午後一時からは、いつも公安担当記者たちとの〝懇談〟がある。この日も、ほどなく記者たちがやって来る時間だった。

白い煙を目撃した小黒は、別室に向かって、反射的に声を上げた。

「おい、無線のスイッチを入れろ！」

別室には、警察無線がある。小黒はその無線の「受信ボタン」を押させたのである。すぐに警察無線からの声が入ってきた。

「至急、至急！　丸の内××号」

「タクシー……プロパンガスが爆発……」

「三菱重工前……タクシーは歩道に乗り上げている……」

そんな緊迫の声が響いてくる。たまたま現場の近くを走っていた丸の内署のパトカーによるものだろう。

プロパンガス、タクシー、三菱重工前……断片的なその単語だけで、事態はおおよそつかめる。

（どうやら、タクシーが燃料に使っているガスが爆発したようだ）

小黒は、そう思った。

（こりゃあ、交通部は大変だなあ）

タクシーの燃料のガスが何かの拍子に爆発し、大きな被害が出ている——現場の近くにいたパトカーが事態をそう認識したに違いなかった。

だが、間もなく、警察無線から違う声が聞こえてきた。

「至急、至急！　丸の内××号。爆発物が爆発した模様である」

爆発物？　その無線で小黒の気持ちは一気に引き締まった。

他人の「部」に同情している場合ではない。爆弾となったら、公安部の課長である「自分の仕事」だ。

（これは……すぐ行かなければ）

小黒は、背広を手にすると、部屋から飛び出した。この頃、制服以外の警察官というのは、背広にネクタイ姿でなければならなかった。もちろん、夏でも同じだ。ワイシャツのままというわけにはいかない。幹部である課長なら、なおさらそうである。

別室から廊下に出ると、もう新聞記者が来ていた。記者たちも一日中、警察無線を聞いている。

午後一時からの懇談はまだだが、公安担当の馴染《なじ》みの記者が駆けつけてきたのだ。

「課長、どうも爆弾らしいよ」

「かなり大きいようですね」

小黒に向かって記者たちはそんなことを言っている。しかし、小黒も警察無線を聞いただけだから、詳しいことはわからない。

返事もそこそこに、小黒は階段を駆け下りた。尾《つ》いて来い、と伝令役の警察官に声をかけたが、その彼も追いつかないほどの勢いだった。

車で行く手もあったが、どうせ車では現場に近づけないだろう。それなら走ったほうがいい。小黒は咄嗟の判断で「走る」ことを選んだ。

背広をひっかけたまま、小黒は桜田門から炎天下の内堀通りを走った。まず、日比谷交差点を目指したのである。伝令役の警察官は、とても追いつかない。

通りは祝田橋から先は晴海《はるみ》通りとなる。一気に日比谷公園の横を通って日比谷交差点を走って渡ると、すぐに丸の内仲通りの角がくる。小黒は、丸の内仲通りへと左折した。

「あっ」

目の前に広がった光景は、あまりに鮮烈なものだった。

大粒のダイヤモンドがぶちまけられ、道路の表面が、あたかも〝宝石〟で埋め尽くされたかのようになっていたのだ。

ガラスの破片である。

高級車のフロントガラスが割れると大きな粒となって宝石のように割れることはよく知られている。ビルの高級ガラスも同じだ。ガラスがダイヤ状に粉々《こなごな》になるのである。

小黒には、そのガラスの粒が、通りを埋め尽くすダイヤモンドのように見えたのだ。まさにキラキラ光る〝ダイヤモンドの海〟である。

まださっき見た煙が出ていたと思《おぼ》しき場所まで四、五百メートルはあるだろう。しかし、爆発の威力は、ここまで及んでいた。爆発の凄まじさを表わすには、これ以上はない光景だった。

小黒は、その〝海〟の中に足を踏み入れた。

ダイヤモンド状のガラスは、小指から親指の頭ぐらいの大きさで、両面が平らなガラスが、六角形から八角形ぐらいに荒削りに割れているようなものだ。

そんな海が、晴海通りの方から、遠くの現場らしき地点までずっと続いているのである。積もったガラスの深さは、普通の靴なら埋まってしまうぐらいあった。

「そうですね、通りはズーッとそのガラスで埋まっている感じです。私は、そこを走っていきました。不思議なもので、雪の上を歩いても雪の深さまでは、靴が沈まないのと同じで、ザクッザクッという感じだけで、そう深くは埋まらなかったですね。だから、靴の中にそれらが入るということはなかったですね。現場についた時、警視庁の自分の部屋を飛び出してから、十分ぐらいは経っていたと思います」

爆破事件から四十年近くが経過し、小黒はいまは八十五歳である。

「到着した時は、遺体は運び去りつつある、というか、救急作業ですから、救急車で運んで行ったものもあれば、パトカーで運んで行ったものもあるという状態でした。通りがかりの方が見るに見かねて、車に乗せて救急車の後を追いかけていく、というようなこともあったようです。救急作業は、続いていましたね。三菱重工の前は、どうも爆発そのものがすっ飛ばしたようで、比較的ガラスの（海の）隙間《すきま》になっておりました」

これはかなり大きなダイナマイト系の爆発物だ——小黒には、そのことがすぐわかった。一日散でたどりついた現場は、これまで数々の難事件にあたってきた小黒でも、蒼《あお》ざめるような惨状を呈していたのである。

「白い救急車や赤い消防の車、あるいはツートンカラーのパトカーが、それぞれ一、二台ずつ来ていました。遠くから救急のサイレンの音がしていたと思いますが、現場のパトカーのサイレンは止めていて、不思議に現場はシーンとしている感じでした。丸の内署の署員は、目の前だからみんな飛び出して来たでしょうが、警視庁から駆けつけた警察官としては、ひょっとしたら、私が最初だったかもしれません」

小黒はこの時、ただちにもどってやらねばならないことの段取りに頭をフル回転させていた。

「私は、一目見て、これは到底、普通の警察の現場作業では（証拠物を）収集できないから、本庁に帰って、公安部長、さらには、副総監、総監に話をして、総監段階で判断していただくより仕方がないと思いました。私たち公安部だけでなく、刑事部と警備部が出張《でば》ることになりますから、その関係の役振りもしなきゃなりませんからね」

小黒は、正体不明の犯人たちとの熾烈《しれつ》な闘いのスタートとなるシーンをそう振り返った。現場に五分ほどいた小黒は、ただちに警視庁にとって返した。やるべきことは、それこそ「山ほどあった」のである。

極左暴力取締本部

警視庁公安部の極左暴力取締本部（通称・「極本」）の管理官、舟生禮治《ふにゅうれいじ》（四四）が爆発の音を聞いたのは、昼食を終えて港区新橋六丁目（旧町名は「芝田村町」）にある極本の建物に戻る途中だった。

正体不明の爆破犯と戦うことになる舟生ら極本のメンバーは、その瞬間から、事件捜査の真っ只中に放り込まれていく。

「地響きがするような音ではなくて、少し高いような、軽い調子の音でしたね。高射砲の弾が破裂している感じの音でした。爆発はすぐ近くで起こったように思いました」

舟生は、そう語る。当時、極本は、旧町名から通称「田村町」と呼ばれていた。爆発現場の丸の内からは、距離にして二キロあまりだ。遠くなるにつれ、地響きはなくなり、爆発音も「高く」聞こえたようだ。

昭和五年生まれの舟生は、十五歳で終戦を迎えている。世田谷区松原にある日本中学校に通い、勤労動員に精を出していた昭和二十年五月二十五日、舟生は、東京へのB29による激しい空襲を経験している。

空襲の度に、遥か上空から焼夷弾《しょうい》を雨あられと落とすB29に向かって、据《す》えつけられていた高射砲が火を噴いた。当時、一家は世田谷区の三軒茶屋に住んでおり、舟生は五人きょうだいの長男だった。父親は警視庁予備隊西南部大隊（現在の警視庁第三機動隊）におり、空襲警報と共に家を飛び出したため、舟生は中学生とはいえ父に代わって「家を守る」立場にあった。

「母親と妹三人は福島に縁故疎開しており、まだ中学一年だった弟と二人であの時、家におったんです。午前二時頃からだったと思いますけど、焼夷弾が落ちてきましてね。空襲で隣の家は全焼しましたが、うちは風向きが変わって類焼で済みました。落ちてきた四、五発の焼夷弾のうち二発が不発で助かったんです。運がよかったですよ。駒沢に陸軍の高射砲の陣地があり、また海軍の高角砲も据えつけられていましてね。高射砲より海軍の高角砲の方が遠くまで飛ぶんです。いずれにしてもB29までは届きませんが……。私は、その時の高射砲の音が耳について離れません。だから今でも花火があまり好きじゃないんですよ」

舟生にとって、それは子供時代の空襲体験を思い出す爆発音だったのである。

ただちに極本に戻った舟生は、入口で部下たちとすれ違った。

「行ってきます！」

口々にそう言って部下たちが飛び出していった。すでに部屋の中では、あちこちの電話が鳴っていた。しかし、ほとんどの人間が出ていったので、電話を取るものもいない。

のちに「裏本部」と呼ばれるこの極左暴力取締本部は、小学校の教室を二つか三つ、合わせたぐらいの広さだ。通常は、四十名ほどの人員だが、のちに爆破犯の捜査に専従する捜査官たちが最盛期は「二百人」も集結することになる。

だが、この時は、部屋に残っている捜査官は、わずか「数人」になっていた。無論、舟生自身も、極本を取り仕切る管理官として現場に行かなければならない。

丸の内でタクシーによるプロパンガスが爆発――。

舟生にもたらされた警察無線をもとにした情報は、最初そういうものだった。

（そんなことがあるか）

あれほどの音である。戦争中の体験すら思い出させるあの音が、車の燃料ガスの爆発程度のものでないことは、舟生にはわかった。それと共に、舟生は、現場が「丸の内」であることも知った。それほど遠くてあの音なら、爆発の規模は、相当なものであることは間違いない。

舟生は、「爆破地点」を見なければならなかった。

庶務担当と運転手役の捜査官を伴って、舟生はすぐに極本を飛び出した。腕には、海老茶《えびちゃ》に白抜きで「公捜《こうそう》」の文字が入った腕章をつけた。公安捜査に携わる人間が持つ腕章だ。数々の現場を見てきている舟生は、こうして先に出た捜査官たちを追った。

だが、極本から出てすぐ日比谷通りを右折し、そのまま丸の内方面に向かった舟生の乗る車は、帝国ホテルを過ぎたあたりから動かなくなった。どうやら日比谷交差点から交通規制で渋滞しているらしい。舟生は、そこで車を降り、庶務担当と二人で現場に向かって走った。

丸の内署から裏にまわって丸の内仲通りに出た舟生は、やはりこれより前に通った小黒と同様、宝石のようなガラスの破片が「敷き詰められている」仲通りを見て仰天する。

通りは、ガラスの破片でみっしり埋まっている部分と、ばらばらと薄く散っているところと両方あった。はじめて目にする奇妙なガラス敷きの道だった。

なるべく薄いところを走った舟生は、何度もすべって転びそうになった。看板をはじめ、あらゆるものが吹き飛ばされ、横倒しになっている。相当な爆風であったことは疑いない。

爆発発生から二、三十分が経っていただろうか。ようやく舟生は、現場に辿り着いた。おそらく警視庁から駆けつけた公安一課長の小黒が「現場を去ってから」だろう。

救急隊員や警察官たちによるけが人の救出活動は、まだつづいていた。舟生の目を奪ったのは、「血」だ。

警察官は、シャツ姿の夏服で、その胸や手が犠牲者や重傷者の血で真っ赤に染まっていた。救出活動の過程で、ついたものである。

「皆さん、下がってください！　ガラスが大変危険です。近づかないでください！」

騒然とした中で、広報担当の警察官がメガホンで必死に叫んでいる。

だが、その声が響き渡る度に、ガラスが落ちてくる。〝音〟の震動なのか、かろうじてまだ窓にくっついていたガラスが束となって落ちてくるのだ。上空を舞う報道ヘリの音と振動が、ガラスの落下に拍車をかけているように思えた。

ガシャーン……ガシャーン……

直撃を受けたら、新たな犠牲者が生まれる。

「やめろ！　広報をやめろ！」

そんな怒鳴り声が聞こえてきた。広報の声に反応して、ガラスが落ちていると思ったに違いない。見ると、怒鳴っているのは、千代田、中央、港区などを担当する第一方面本部の本部長だ。拡声器を手に持って本部長が怒鳴っている。幕僚を伴って、方面本部長が現場までやって来ていたのである。

「ガラスはパラパラじゃなくて、時々、滝のようにドーッと落ちました。すごい量が落ちてくるんですよ。割れても窓枠に残っていたガラスが、雨戸と一緒にそのまま落ちてくるような感じです。そりゃ怖いですよ。広報の声が上がる度に落ちるものですから、その〝声〟が原因になっているように思えたんでしょうね。あれは、大高《おおたか》時男・第一方面本部長だったと思いますが、声を出している広報に向かって、やめろと叫んでいました」

舟生の耳にはガラス音が今でも残っているかのようだ。

現場付近は、すでに東京中の救急車が集まったかと思えるほど騒然としていた。しかし、救急車も、パトカーも、ほとんど動けなくなっていた。渋滞がさらに大規模な渋滞を生んでいたのだ。救出活動で顔まで血まみれになっている警察官もいれば、帽子がどこかにいってしまい、被《かぶ》っていない警察官もいた。それでも、彼らは血だらけになりながら、黙々と重傷者を運んでいた。

（地獄だ……）

凄惨な現場は、まさに地獄そのものだった。しかし、舟生はとどまっているわけにはいかない。危険な現場に舟生が入っていこうとすると、興奮状態の警察官が両手を広げてそれを阻止しようとした。

「危ない！　駄目だ！」

警察官は舟生に向かって、そう叫んだ。だが、興奮状態は舟生も同じだ。

「公安部だ！　入れろ！　俺が見なきゃ駄目なんだよっ！」

その時、舟生から信じられないような怒声が発せられた。仮に爆破犯による犯行なら、自分たちの「仕事」だ。舟生の勢いにたじろいだ警察官は、両手を下ろした。

舟生は、地獄のあり様をその目で見るために爆破現場へ足を踏み入れた。

思い浮かべた『腹腹時計』

「〝腹腹〟がやったのか」

その時、現場に駆けつけてきた捜査官の中で、爆弾教本『腹腹時計』のことを最初に思い浮かべたのは、この舟生だったかもしれない。

それは、半年前の昭和四十九年三月、舟生は、『腹腹時計』という爆弾教本の差し押えを命じられた当事者だったからである。あれは、まだ極左暴力取締本部が田村町に行く前、つまり警視庁の別館二階にあった時のことだ。

「これ、なんとかならんか?」

舟生は突然、うしろから声をかけられた。振り返ると、そこには痩《や》せぎすで、目が細く、しかし、眼光がこの上なく鋭い男が立っていた。

警察庁警備局公安第三課の課長、柴田善憲《よしのり》（四二）である。身長は百七十センチ弱で、どちらかと言えば小柄に属するが、切れ者として〝妖気〟のようなものを身体中に漂わせる独特の雰囲気を持った男である。

昭和三十年に東京大学法学部を卒業して警察庁に採用され、公安畑を歩むエリート中のエリートだ。極左暴力取締本部をつくって、過激化するセクトと闘う警視庁公安部を語る上で、欠かすことのできない人物である。

極左暴力取締本部そのものをつくったのが柴田であり、その指揮を執《と》ったのも柴田だ。公安部の中に、暴力化・過激化する左翼犯罪を取り締まるために、特定の任務を帯びた「タスク・フォース」ともいうべき部隊を置くことを考案し、上層部にかけあって実際につくりあげたのである。

その柴田が、舟生に背後から声をかけた。

「は？」

警視庁公安部参事官を前年まで務め、極本を立ち上げ、現在は警察庁の公安三課長という立場にある柴田の存在は、舟生たち公安部の人間にとって絶大なものだ。

年齢では舟生が二歳年上だが、階級組織の警察にあっては、警視庁を含む全国の都道府県警の上に聳《そび》える警察庁のキャリアの課長である柴田の力は大きい。この時、警視庁の別館に極本があっただけに、すぐ裏にある警察庁の建物からの行き来が比較的容易だった。自分が作って、指揮した〝古巣〟の極本は、警視庁から警察庁に移っても柴田には、拠《よ》り所になるものである。

なんだろう、と思って振り返った舟生の机の上に、柴田はポンと冊子《さっし》をひとつ置いた。

リーフレットのようなものだ。表紙には「腹腹時計」と書いてあり、四十ページにも満たない。よく見ると、綴《と》じてあるから、やっぱり「本」には違いない。

「拝見します」

舟生はそれを手に取った。

白い表紙には、「腹腹時計」というタイトルが大書され、その下に小さく「都市ゲリラ兵士の読本　VOL.1」と副題が記されている。そして、表紙の下には、発行者として、「東アジア反日武装戦線〝狼〟」と書かれている。舟生は、ぺらぺらとめくってみた。

武装闘争と武器製造教本の『球根《きゅうこん》栽培法』や、都市ゲリラの方法を書いたキューバの軍事指導者アルベルト・バーヨによる『ゲリラ戦教程』といった出版物を、舟生はよく知っている。しかし、目の前の印刷物は、それらとは明らかに一線を画す本格的なものだった。

ページをめくるごとに、舟生は目を吸い寄せられた。こと細かに爆弾の材料、作り方や、注意事項、そしてどのように大衆の中に溶け込んで爆弾闘争を展開するか、その方法論や心構えまで、詳細に書かれていたのである。

（これは、闘争用の爆弾教本だ……）

しかも、相当なレベルである。これをもとに爆弾を製造すれば、たしかに破壊力のある爆弾をつくることができるだろう。舟生はそう思ったが、敢えて口には出さなかった。いずれにせよ、具体的で詳細な爆弾教本に間違いはない。

「これ、押えられないか」

その時、柴田は、そう口を添えた。

押えられないか——それは、「令状をとって、差し押えてこい」という意味である。

「どこですか？」

これは厄介《やっかい》だぞ、と思いながら、舟生はどこで売られていたのかを聞いた。

柴田は、新左翼系書店の名前を挙げた。その書店は、東京に二店、大阪にも一店ある。東京か、大阪かという意味で舟生がもう一度、

「どこですか？」

と聞くと、柴田は簡潔に答えた。

「大阪だよ。東京でも出たようだ」

柴田は、用件をくどくどと言うタイプではない。

「承知しました」

舟生は答えながら、「今日は徹夜だな」と思った。出版物を令状で差し押えるのは、それほど簡単なことではない。出版物を差し押え、そのまま押収するとなると、これは憲法で保障されている「言論・出版・表現の自由」にかかわる問題である。

仮に抵抗を受け、法廷闘争にでもなったら面倒だ。手弁当で裁判闘争を支援する左翼弁護士は数多く、逆に、そういうことを嫌って、この手のものに差し押え令状を出し渋る裁判官は少なくない。柴田は、差し押えに使用する罰条《ばつじょう》、すなわち法律を具体的に舟生に伝えているわけではない。ただ、

「押えられないか」

そう言っているだけである。舟生が反射的に「今日は徹夜だな」と思った理由は、そこにある。

柴田が去ったあと、舟生は早速、警備法令集を引っ張り出した。爆弾教本だから、「爆発物取締罰則」(通称・「爆取《ばくとり》」)で押えるのが自然か……。舟生は、爆取の条文を読み直してみた。

爆取は、明治十七年に太政官布告として発布された古い法律だ。第一条には、治安を妨げ、または人の身体、財産を害する目的で爆発物を使用し、あるいは使用させたものは、「死刑または無期、または七年以上の懲役または禁錮《きんこ》」に処するという極めて重い罰則が記されている。

その爆取の第四条に「脅迫、教唆《きょうさ》、煽動《せんどう》」の項目がある。すなわち第一条で規定された犯罪に対して、「教唆」、あるいは「煽動」した者も罰せられるというものだ。

（よし、これでいこう）

刑法の中からいちいち拠りどころになる条文を探していくより、爆取の方が明らかに使い勝手がいい。舟生はそう思った。

『腹腹時計』は、爆弾の作り方を書いてあるだけではなく、爆弾闘争の必要性、そしてその手段についても記述している。要するに、犯罪に対する「教唆、煽動」である。

言論・出版の自由を認めながらも、この小さなリーフレットを差し押えなければならない理由——これがもし一般に啓蒙《けいもう》・流布《るふ》されると、一般市民の安全が危機に瀕《ひん》し、はなはだ憂慮すべき事態が引き起こされる可能性がある、という論理である。

何度も書き直し、その晩、舟生は徹夜で差し押え令状の請求書を書き上げた。

翌日、幸いにも差し押え令状はすぐに出た。舟生が書いたものが令状を出す裁判官を納得させる内容だったということだろう。

そして、『腹腹時計』は、新左翼系書店の店頭から消えた。すべてが差し押えられたのである。

それは、ちょうどフィリピンのルバング島で小野田寛郎《ひろお》・元少尉が発見され、日本はもちろん、世界中が驚愕している頃のことだった。

「おまえら、どうしてもやるのか」

こいつら、これで「爆弾闘争」をやるつもりなのか。やるとしたら、どんな方法でやるんだ。

ターゲットはどこだ。

以来五か月の間、舟生は、爆弾教本『腹腹時計』のことが頭から離れなかった。

極左暴力取締本部を取り仕切る管理官の地位にあり、『腹腹時計』の差し押え令状を請求した当事者でもあり、さらにその中身を繰り返し読んだ公安捜査官である舟生にとって、それは当然だっただろう。

「〝腹腹〟がやったのか、それとも別の何かが爆発したのか」

現場に走ってくる間でさえ、舟生は、そのことを考えていた。

足を踏み入れた舟生は、三菱重工の玄関ロビーの中に入っていこうとした。だが、いつ上からガラスの束が落ちてくるかもしれない。しかも、一時の爆風の威力で、あらゆるものが吹き飛ばされている。

「街路樹のありさまが何とも言えなかったですね。木の幹《みき》はあるんですけど、爆心の側だけが折れて飛んじゃった半欠《はんか》けの生木が、ぼこぼこあるわけです。つまり、片側半分、吹き飛んだ街路樹です。奇妙な生木が立っていました」

その時、舟生は公安総務課の特殊班にいる大野という後輩の警部に会った。特殊班は、電子機器をはじめ、さまざまな極左犯罪に対処するため、理化学系の者を中心に集められた部署である。この班をつくったのも、柴田善憲だった。

「おい、どうなんだ?」

舟生が大野警部に話しかけた。

「あっ、舟生さん」

大野は、混乱の現場に出張ってきた舟生に気づいた。

「タクシーのプロパンガスが爆発したと言ってるけど、そんな馬鹿なこと、ないだろう」

舟生はそう続けた。

「タクシーだなんて、誰が言ったんですか。舟生さん、見ましたか？」

逆に大野はそう聞いた。

「何を？　何も見てないよ」

そう反応した舟生に大野は、

「あれです」

と、指を指した。

見ると、三菱重工の玄関前に、畳二畳分ぐらいはあろうかという大きな木のパネルが何かにかぶさっている。玄関の天井、あるいは壁面にあった化粧板が落ちてきたか、吹き飛ばされてきたものだろう。相当大きな木のパネルだ。

それが、何かに覆いかぶさっている。どうやら下にあるのはフラワーポットらしい。いや、フラワーポットというより、お椀《わん》型というか、楕円形の「花壇」みたいなものだ。人間がすっぽり入ることができるぐらいの大きさのものだ。

何かが植えられていたのだろうが、それはなくなっている。そのフラワーポットが押しのけられて、斜めになっていた。そこに、パネルがかぶさっているのである。

「これ見てください」

大野警部は、一緒にいた特殊班の仲間に目配せして、パネルを持ち上げさせた。

（あっ）

両膝をついて、その持ち上げてくれた「下」を覗いた舟生は息を呑んだ。

そこには、すり鉢状の孔《あな》がぽっかり開いていた。直径四十センチほどの真ん丸な円錐《えんすい》形になった孔である。

明らかに強烈な爆発の衝撃によって生じる「漏斗孔《ろうとこう》（shell crater）」だった。爆発の瞬間に道路が漏斗（じょうご）のように削れてできるものである。はっきりとコンクリートがすり鉢状に抉れている。公安部の面々は、これを「ロトコウ」と呼んだ。その孔は、この爆発が間違いなく「爆弾」によって生じたものであることを物語っていた。

（おまえら、やるのかよ……）

その瞬間、激しい憤りの感情が舟生に湧き起こってきた。

（やめろ、と言ってるじゃねえか。そりゃ、ねえだろ。おまえら、どうしても、やるのか？）

舟生は、孔に向かって、心の中でそう語りかけていた。多くの人命を奪い、運命を変えさせた爆弾の痕《あと》である。

とうとうやってしまったのかよ。なんでなんだ。こんなことやっても、世の中はなんにも変わりゃしないんだよ。どうして、こんなことをしでかしたんだ。なんでこんな罪もない人たちを殺すんだ。俺たちが「受けて立たなきゃいけない」じゃないか。

時間にすれば、その孔を見ていたのは、ほんの数秒に過ぎなかっただろう。現場保存のために、上にかぶさっているパネルを引っ剝がすわけにはいかない。舟生はすぐに、

「ああ、もういい」

そう言って、パネルをもとに戻してもらった。しかし、その数秒の間に舟生の頭には、そんな思いがぐるぐると駆けめぐったのである。

とうとう〝一線〟を越えちまったか――。

爆弾教本を書くだけでなく、実際に多くの犠牲者を出して、ついに犯人が「闘いを挑んできた」ことを舟生はひしひしと感じていた。

ハンドメイド・ボム（手製爆弾）に間違いない。しかも、塩素酸塩系と思われる。舟生は、三年前に、土田邸爆破事件が起こった時も現場に駆けつけている。

卑劣な爆破犯による犯行の捜査に、これまで何度も加わっている。これが、プラスティック爆弾などでないことは、ひと目でわかった。

「こういう衝撃波は、一旦、Ｇ（重力）の反対方向に上がるんです。そこが仮に建物だったら、ガラスに向かうんですね。壁面に向かったものが跳ね返されちゃうから弱い部分である〝窓〟に向かうんです。カーテンとかブラインドを見ると、どっちが爆心の方向だったかわかりますよ。特殊班の連中は、みんなそれを見て、爆心はこっちだろう、と。そして、そこにロトコウがあれば、〝ああ、これです〟ということになるんですね」

いくつもの爆破現場を見てきた舟生ならではの言葉である。

「そういうことに関しては、特殊班が一番強いんですよ。私も、これは爆弾に間違いないことがわかりました。それは、『腹腹時計』を差し押えて五か月も経ったのに結局、俺は犯行を防げなかったじゃねえか、ということでもありますからね。目の前が真っ暗になりました。その思いが、今でも胸の中を渦巻きますよね。もう、こいつらの挑戦を受けて立つよりしょうがない、と」

舟生は、昭和四十九年の夏の終わりに起こったその衝撃の爆破の現場を、自らの無念をこめてそう語った。

何も悪いことをしていない人、なんの罪、咎《とが》もない人が、みんな吹き飛んじゃってるじゃないか。道路を歩いていた人や、建物の中にいた人も……。

思わず、漏斗孔に向かって、「おまえら、どうしてもやるのかよ」と語りかけた舟生。それは、表現しがたい悔しさと共に、ふつふつと湧きあがる闘志を伴うものだった。

現場から一旦、桜田門の警視庁本庁に戻った舟生は、

〈プロパンガスによる爆発ではない。手製の爆弾による可能性が強い。主剤は塩素酸塩系だと思われる〉

というわずか二行の簡単な報告文書を小黒公安一課長宛てに提出したあと、さっそく丸の内警察署内に立ち上がった捜査本部の最初の会議に駆けつけた。

まだ爆発の喧騒《けんそう》が醒めやらない中、すぐに丸の内署に設置された特別捜査本部には、多くの捜査官が集まっていた。小さな講堂のような部屋だった。

舟生が入っていった時、もう立錐《りっすい》の余地もない状態になっていた。全部で百人、いやもっといるだろうか。席に座っている者だけではなく、うしろの方は、立ったままだ。遅れて入っていった舟生も座る席はない。立ったまま会議に参加するより仕方がなかった。

前の方は、丸の内署の刑事課、防犯課（今の生活安全課）などが占め、私服も制服も、そして男性も女性も、捜査官たちでぎっしり埋まっている。

個人個人が発する殺気《さっき》のようなものが部屋全体に充満し、この捜査本部自体が一種の〝生き

物〟となって、行き場のないエネルギーを蓄えているかのようだった。

まだ、捜査本部長である丸の内署の署長が来ていない。皆が、じっと到着を待っていた。

「気をつけ。敬礼！」

その時、署長が入ってくると同時に合図の掛け声が発せられた。

（えっ）

その光景は、衝撃的だった。

皆が敬礼する中、入ってきた捜査本部の本部長、小関《こせき》賢二郎・丸の内署署長は血だらけだったのだ。

夏衣のシャツ姿の胸も、ズボンも、そして手につけた白手袋も、赤く染まっていた。署長が「現場から」そのままやって来たことは、明らかだった。

（……）

それは、たった今まで署長自ら、犠牲者や負傷者の搬送《はんそう》作業に携わり、現場指揮を執っていたことを物語っている。捜査員たちは、負傷者を引きずって必死に救急車に乗せている小関署長の姿を思い浮かべた。

まだ捜査の編成もできていないし、書記もいない。混乱がつづく中での第一回の捜査本部会議である。皆が息を呑んで小関署長の声を待った。

「ただ今、特別捜査本部を設置します」

小関署長は、そう言った。怒りと哀しみ、そして犠牲者の無念を凝縮させたような、低く、重い声だった。

「現時点では何もわかりません。だが、爆弾だと思われます。警察は絶対に犯人を許さない。皆、しっかり頑張ってください！　終わり」

張り詰めた空気の中、小関署長はそう言った。

警察は絶対に犯人を許さない――捜査員たちの身体が震えるような迫力のある一声だった。それは、まさしく犠牲者の無念を代弁した訓示にほかならなかった。

誰も質問をしない。そんな必要もなかった。捜査本部の本部長である署長の思いは、その短い言葉と血だらけの姿が表わしている。舟生は、震えるようなその訓示を会議室の片隅で立ったまま聞いていた。

あとは、署長に代わった進行役によって、細かい指示が始まった。刑事部の独特の手法に従って「地取り」の班編成など、次々と指示がなされていく。最後の方に、

「公安部、何か発言ありますか」

そう問われた。本来、青柳敏夫・公安部参事官が出席するはずだったが、本庁での会議に追われて、まだ到着していなかった。

「ありません！」

その瞬間、公安総務課特殊班の幹部からそんな声が飛んだ。舟生は、そのようすを黙って見ていた。第一回の特別捜査会議はこうして終わった。

第三章　呼び寄せられる猛者たち

派閥抗争の只中で

現場から警視庁の公安一課長室に戻ってきた小黒隆嗣は、さっそく〝幕僚〟を呼び集めた。公安一課には理事官が一人、管理官が五人、主査が二人いる。彼らが、いわば公安一課長の幕僚たちだ。小黒は、ただちに指示を出した。

「いいか。慌てるな。もう（爆破事件は）起きてしまった。まず、それぞれの〝担当〟から、捜査と分析を始めてくれ」

公安一課の五人の管理官には、中核、革マル、革労協、赤軍、共産同（ブント）系の諸派……といった具合に、それぞれが担当しているセクトがある。もちろん公安二課には、公安二課の担当がある。そこでも、おそらく同じような指示がおこなわれているに違いない。小黒は、部下である公安一課の幕僚たちにまず、担当のセクトから洗い出せ、という指示を出したのである。

理事官というのは、課長を補佐して事務的な仕事をやっていくのが中心で、担当セクトは持っていない。また、二人の主査は管理官級の係長であり、彼らにも担当がある。この時から、公安一課の捜査活動が実質、始まったことになる。

犯行声明はまだ出されていない。しかし、あれほどの破壊力のある爆弾が首都・東京のど真ん中で爆発したという事実は、この事件が刑事部による捜査で解決できるものでないことは、公安部には想像がついている。

それは、公安部の「存在意義」を問う捜査とも言える。通常の犯罪のように聞き込みや目撃者探しの刑事部的手法ではなく、どういうグループがどういう思想に基づき、どういう理由で三菱重工を狙ったのか。道筋を導き出すことが最も重要だった。

そして、どのセクトなのか、または、どこのセクトにも属さない人間、あるいは独立のグループなのか、そこに辿りつかなければならない。

警察がウォッチしなければならないセクトは、この時、「五流二十二派」、あるいは「八派九十」などと言われ、膨大な数に達していた。

しかも、次々と新たに生まれては消えていく。短命に終わるグループもあれば、秘かに「でかいこと」を狙って存続しているグループもある。

「一体いつまで〝湧《わ》いて〟くるんだ」

誕生と分裂を繰り返す過激派グループに対して、そんな嘆きを漏らしながら、公安部員は日頃、情報収集活動を展開していた。しかし、すべてをウォッチすることなど、到底不可能だった。

彼らの動向を探るために、最も重要なのは〝協力者情報〟である。グループの内部、あるいは、周辺にいる人物の中に「協力者」を獲得して、情報を収集する。それが、セクトの重要情報をキャッチする上でなによりも必要だ。

そして、捜査官の腕とは、どんな「協力者」を持っているか、にかかっている。

協力者のことを彼らは「タマ」と呼ぶ。どれだけ重要なタマを持っているか、すなわちタマをどう「運営」していくかによって、捜査官の真価が問われるのである。

誰がタマなのか、それは当事者である捜査官しか知らず、記録にもそのタマの「本名」は残さない。もし、情報が洩《も》れれば、いつタマが消されるかわからないからである。そのため、タマの「本名」だけはどんな捜査書類にも記載しないのである。

一週間か十日に一度、接触し、「捜査協力費」という名目での金銭を渡し、次の情報収集を頼む。時に、大きな情報がもたらされることもあるが、接触しても大抵は、よもやま話をして終わりである。

活動家たちも、生活に困っている者は多い。公安部から貴重な「捜査協力費」を頂戴している活動家は現実に少なからずいた。「受取人」当事者の「本名」を記すこともできないこの「捜査協力費」にこそ、公安部の捜査の成否がかかっていた。この日、そんな日頃の協力者への情報収集活動が、あらためて強化されたのである。

しかし、通常の捜査活動を強化する以上に、どんな捜査体制を組むのか、そこが重要だった。

小黒は、これから、総監、副総監、公安部長などの話し合いを待って、どんな体制をとるか、また、どうやって、あの凄惨な現場から証拠品を持ってくるのか、協議しなければならなかった。すなわち、現場の「ゴミさらい」をどうするか、である。

刑事部に属する鑑識課は、人数的には、大したものではない。爆発の証拠物収集のためには、公安部からも大動員していかなければならないだろう。そうなれば、公安部で最も大きい公安一課であっても、到底、まかなえない。

さあ、どうするのか。そんなことを考えていた時、課長室に連絡が入った。

「副総監がお呼びです」

小黒は、別室からそう声をかけられた。

小黒を呼び出した副総監とは、三井脩《おさむ》（五一）である。前年の十月まで警視庁公安部長であり、滝野川署の署長だった小黒を五か月前に公安一課長に抜擢《ばってき》したのも、三井だった。

連合赤軍事件をはじめ、数々の公安事件の捜査を小黒に命じてきた上司である。いわば小黒のうしろ盾《だて》とも言える存在だ。この人物の特異なキャラクターと、当時の警察内部の事情を知らずして捜査の内幕を理解することはできないだろう。

当時の幹部の一人は、こう語る。

「この時の槇野《まきの》勇警視総監は、重要事件が頻発《ひんぱつ》した昭和四十年代前半に警視庁刑事部長を務めた人物です。しかし、爆弾事件となると、思想的な背景が最重視されますから、捜査は公安部が中心になる。公安関係を取り仕切っていたのは、前公安部長の三井さんです。表向きは、三井さんの後任の公安部長である中島二郎氏に任せる形にして、実質は副総監の三井さんに指揮を執らせる決断を槇野警視総監はしたのではないかと思います」

副総監が事実上の捜査の陣頭指揮を執る――それは、当時の警察上層部を取り巻く事情が一方の原因にある。三菱重工爆破事件が起こった時、警察内部は、熾烈な派閥抗争の只中にあった。

それは、その後も長くつづくことになる警察組織そのものに影を落とす大抗争である。

爆破事件は、「政治派」と「独立派」、あるいは、「名門組」と「平民組」……等々、派閥の呼び方こそ違え、「二つの派閥」が激しい抗争を繰り広げる警察内部の暗闘のさなかに起きたのだ。

その派閥抗争の片方の中心人物こそ、この三井脩だった。

満洲で培った執念

三井は、独立派、あるいは平民組と呼ばれた派閥のリーダーだ。

父親は熊本県警の「駐在さん」で、そのことを三井は、いつも口癖のように語っていた。頑固で妥協を許さない〝肥後もっこす〟を絵に描いたような男である。

三井は、警察とは政治から距離を置き、独立した存在でなければならないという信念を持っていた。政治家に近づこうとする警察官僚を嫌い、あるいは、名門の家に生まれ、有力な家の娘を嫁にもらって閨閥《けいばつ》を構成しようとする者を好ましく思っていなかった。

政治家は、警察にとっては、汚職をはじめ、いついかなる事情で捜査対象になるかわからない存在である。警察官僚はできるだけそこから「離れていなければならない」のは当然だが、そうはならないところに警察の病理があった。

三井は、東京帝大の農学部から法学部に転じ、昭和二十一年に内務省に入った。

プライド、正義感、支配欲……さまざまなものを併《あわ》せ持ったこの内務官僚は、警察畑を歩いていく。色浅黒く、骨ばった、ごつい顔の三井に、ぎょろりと目を剝《む》かれたら、大抵の部下たちは震え上がった。部下の面倒見がいい反面、大酒呑みで豪快なこの人物にひとたび嫌われ、敵対したら、徹底的に叩きのめされることを覚悟しなければならなかった。

当時の警察庁長官の高橋幹夫は、果たして三井をどう処遇するつもりだったのだろうか。個性の強い三井にこのまま「トップへの道」を歩ませるか否か。多くの警察官僚にとって、それは大きな関心事だった。

「警察上層部の対立の中で、三井副総監をこのまま警備局長、警務局長、次長、長官というトップへのコースに乗せるかどうか。あるいは、別の人をコースに乗せるか。それは微妙だったと思います。当時の状況を見れば、三井さんがどっちに行ってもおかしくない地位にいたことがわかります。ならば、三井さんに事件の指揮を執らせて、その結果を見る。つまり、犯人検挙に至れば、三井さんがそのコースに乗り、犯人未検挙に終われば、責任を取ってコースから外れ、別の人間が長官への道を駆けあがる。そういう見方が警察内部には強かったですね」

当時の警察幹部は、トップ人事の複雑さを語った。

この三井と激しく対立していたのが、当時、警視庁の総務部長だった鹿児島出身の下稲葉《しもいなば》耕吉（四八）である。三井より一期下で内務省入りした下稲葉もまた、強烈な個性派だった。

のちに警視総監を経て参議院議員となる下稲葉は、三井とは正反対の立場をとっていた。政治家とも交流を深め、政治の力を時に利用し、警察組織にとってプラスになる者は、どんどん取り込んでいこうという合理派でもある。

「政治派」、あるいは「名門組」と呼ばれた彼らのグループに属していたのは、三菱重工爆破事件が起こった時に、警視庁の公安部長の地位にあった中島二郎（四八）や警備部長だった村上健（四四）である。下稲葉も総務部長の要職にあり、両グループの勢力は拮抗《きっこう》していた。

三井は、組織作りの天才とも呼ばれた富山県出身の柴田善憲を懐刀として使い、その系列に属する福井與明（四〇）を公安部のナンバー2である公安部参事官に据えていた。

すなわち三井―柴田―福井というラインが、この時、でき上がっていた。「三井連合艦隊」とも称された強固なラインである。

そのラインに、公安一課長という最も力量が問われるポストにいた小黒も組み込まれていた。ただし、小黒は、警視庁採用のノンキャリア組である。

警察組織は、ほかの官僚組織と同じくキャリアとノンキャリが明確に区別されている。

国家上級試験（以前は、高等文官試験）に合格し、幹部候補生として中央官庁に採用されたキャリア組と、それ以外の試験によって採用されたノンキャリア組とは、出世のスピードも、就《つ》くことができるポストもまったく異なっている。

ポストも階級も、あっという間に駆け上がっていくキャリアが「特急列車」なら、ノンキャリは、「鈍行列車」である。だが、警察にとって最も大切な「捜査の現場」はすべてノンキャリによって占められている。

組織を根底で支え、捜査の第一線で活躍するのは、すべて彼らノンキャリア組だ。

小黒は、昭和二年に、姉と弟がいる三人きょうだいの長男として満洲で生まれ、祖父も、そして父も満鉄という〝満鉄一家〟に育った。父の転勤に従って満洲や北支を転々とする少年時代を過ごし、撫順、大連、新京、天津、張家口、北京……等々で暮らしたことがある。小黒は転校の連続で、小学校だけで八つも通っている。

小黒が終戦を迎えたのは、大連である。酒好きの父が四十代の若さで死に、小黒が外務省立の専門学校「大連経済専門学校」に通っている時に終戦となった。学校は廃校になり、同時に「卒業扱い」となった。母親や姉、弟たちはこの時、天津にいて、敗戦の混乱の中で別々に故国・日本を目指すことになる。

ソ連が進駐して来た大連で、小黒は帰国までの一年半を、自力で生き抜いた。ソ連の軍人は、日本人の家を接収し、そこに住んでいた。父方の叔父の家にいた十八歳の小黒は、ロシア語を耳で覚えながら、いろんな日雇い労働をしつつ、叔父の家を接収したソ連兵と同居して、糊口《ここう》を凌いだ。ある時は、大連港の埠頭《ふとう》で荷運びを手伝い、ある時は中国人の練炭《れんたん》屋で働き、また、仕事がなくなれば、ソ連兵からパンをもらって食いつないだ。

そんな苦労の末、昭和二十二年四月にやっと小黒は大連からの引揚《ひきあげ》船に乗った。寒風吹きすさぶ満洲で敗戦後の一年半を生き抜いた小黒は、内地にいた同年代の人間とは、その時点で「生きる」ための執念が違っていただろう。

長崎の諫早《いさはや》に上陸した時、小黒はすでに二十歳になっていた。

母と姉と弟は、昭和二十一年に葫蘆島《ころとう》からの引揚船に乗り、天津から帰国していた。久しぶりの再会を喜んだ家族の全生活は、二十歳の小黒の肩にかかっていた。

上京した小黒は、家族を支えるために、試験を受けて、警視庁に入った。採用されて警察学校に入校した日は、帝銀事件発生の昭和二十三年一月二十六日だった。それは、のちに過激派セクトとの激しい攻防を繰り広げる小黒の波乱の警察人生を予感させるものだったかもしれない。

戦後の大きな公安捜査にかかわってきた小黒は、三菱重工爆破事件が起こるわずか五か月前に警視庁公安部の最大部署である公安一課の課長に抜擢されていた。

白羽の矢が立った男

警視総監室、副総監室は、小黒のいる公安一課長室より一階下の三階にある。

警視庁庁舎は、大正十二年の関東大震災による火災で焼失したが、昭和六年八月、建坪九千七百六十一坪に及ぶ六階建ての新庁舎が完成した。以後、昭和五十五年に完成する現在の庁舎まで、およそ半世紀にわたって全国の警察の権威を象徴する建物となった。

正面は二階までが白の大理石、三階から上は重厚な濃茶《こげちゃ》の煉瓦色の庁舎はテレビドラマでもおなじみで、独特の偉容《いよう》を誇っていた。当初は、もっと高く設計されていたが、皇居を見渡せることに、宮内省からクレームが来て、この高さになったという。

副総監室には、副総監の座る大きな机と椅子が、教壇のように一段高くなったところにあった。応接セットは、その前の一段低いところに置かれている。そこで副総監は、人と会うのである。

小黒が副総監室に入っていった時、すでに三井はその応接セットに座っていた。

「捜査の指揮は俺が執る。田村町に、お前の好きな人間を、好きなだけ連れて行って捜査にあたれ。（あとは）俺がなんとかする」

三井は、入ってきた小黒にそれだけを言った。

「報告は俺にだけしろ。ほかはいい」

「はっ」

やりとりは、それだけだった。三井と小黒の間に余計な会話は必要なかった。上司と部下とはいえ、互いの気心はもとより通じている。

特異なエリート官僚である三井脩は、四歳年下のこの満州育ちの叩き上げの捜査官、小黒隆嗣の力を買っていた。

こいつに任せればいい。こいつでダメなら仕方ない。三井は、そう思っていたのかもしれない。

警察内部の激しい派閥抗争の真っ只中で起こった史上最大のテロ事件の捜査は、こうして、「三井―柴田―福井―小黒」というラインで始まった。

対立グループからは冷ややかな目が向けられる中、歴史的な捜査に突入していくのである。

このラインを担う実働部隊として、小黒によって白羽の矢が立てられたのは、公安部総務課の係長、江藤勝夫（四〇）だった。

当時、警視庁公安部には、総数で二千五百人ほどの公安部員がいた。すべてが警視庁本庁に詰めているわけではない。本庁に千五、六百人いるとすれば、あとは管内の各警察署に警備課があり、その中にある「公安係」として、およそ千人が配置されている。

小黒は、このうち実働部隊として「二百人体制」で捜査に臨もうとしていた。その中に精鋭を「五十人」集め、これを軸に正体不明の犯人を追い詰める捜査を展開しようという方針である。

その時、真っ先に小黒の頭に浮かんだのは、この江藤勝夫という捜査官だった。江藤は、連合赤軍事件など、これまで何度か小黒と組んで難事件の捜査にあたってきた。

小黒は、自分より六つ年下の江藤の能力を高く評価していた。数々の公安事件で捜査を共にしてきた江藤の発想力、分析力、そして下の者に対する統率力……さまざまな点で、公安部の中で抜きん出ていると見ていたのだ。

舟生が管理官として束ねている通称「田村町」の極左暴力取締本部。そこに江藤を送り込み、本格的な捜査体制を組むことを小黒は考えたのである。小黒は、江藤なら舟生のもとで、最前線の捜査を担当する「戦闘員」となる精鋭五十名を掌握し、きっと犯人を追いつめていくに違いない、と思った。

江藤が警視庁に入ったのは、小黒の五年後、すなわち昭和二十八年十月である。福島県を代表する進学校、県立安積《あさか》高校を出た江藤は、高卒で警視庁に入った。四人兄弟の三男だった。

江藤の父は、戦後の経済混乱のあおりをまともに受けた人物だ。東京の五日市で、鉱山経営に携わっていたが、終戦と同時に、アメリカに接収され、その上、せっかくの貯金が戦後の預金封鎖と新円切り換えによって、紙切れと化した。

兄二人は、無事大学を出させてもらったが、江藤は許されなかった。進学校の安積高校では、昭和二十年代でも大学進学は当たり前だった。だが、終戦後数年の間に江藤家の財政状態はすっかり変貌していたのである。

「父は、一生分働かずに食えるような額の貯金を持っていたようですが、預金封鎖と新円切り換えで、食えなくなりました。その影響を私が受けたわけです」

江藤は、自らの半生をそう振り返る。

「父は失業者同然で、故郷の福島に帰ってきて、日雇い労働とか、パン屋の経営とか、いろいろやっていましたね。それでも私は兄たちと同じく、東京の大学へ進学させてもらえると当然思っていました。だけど、考え方が甘かった。家計が非常に深刻な状態になって、それで、ある時、父に進学のことを相談したら、〝おまえ、我慢してくれ〟と。うちはそういうような状況じゃない、って言われてね」

進学を断念した江藤は、警視庁の採用試験を受けて、巡査から警察官生活をスタートさせた。ほとんどが大学進学の道を選ぶ安積高校の中で、江藤は、この時点で同級生たちとは「まったく違う道」を歩み始めるのである。

江藤は、まず蔵前警察署に配属され、地域課の巡査として、浅草・田原町の交番勤務を三年勤める。その間に江藤はロシア語を習いに行っている。全国から十四名が集まって、神田のニコライ学院で、一年三か月にわたってロシア語の習得をおこなったのだ。

江藤は、まだ公安警察が何たるかを知らず、また「志望した」わけでもなかった。だが、すでに〝適性〟というものを見てとられていたのだろう。

公安警察官、刑事警察官になる場合には、それぞれ公安講習、刑事講習を受けなくてはならないが、江藤は公安講習を受けさせられ、公安捜査官の道を歩み始める。

ロシア語の習得が終わった江藤は、警視庁公安部外事課への異動を命じられた。以後、警視庁公安部の中で、数々の公安事件にかかわっていくのである。

江藤は、過激派セクトが跋扈《ばっこ》した昭和四十年代、連合赤軍事件やあさま山荘事件など、多くの事件で小黒と共に最前線の捜査に携わった。その過程で、小黒は江藤の公安捜査官としての力を見てとったのである。

茗荷谷の目撃情報

「茗荷谷《みょうがだに》駅から、円筒形の大きな紙包みを二つ持って乗り込んだ二人組がいた」

「〝ここで爆発させたら、こんな電車、いっぺんに吹き飛んでしまう〟と、二人組が声を潜めて話していた。一人は髪の毛が肩まであるロングヘアで、もう一人は丸顔の男だった」

捜査本部にそんな耳寄りな情報が寄せられたのは、事件から間もなくのことだ。

史上最大の惨事となった爆破事件である。一般からの警察への情報提供や励ましの電話は、膨大な数に達していた。だが、寄せられる情報は、取るに足らないものがほとんどだ。

しかし、地下鉄丸ノ内線で霞が関に通う公務員によるこの情報は、捜査本部を色めき立たせた。目撃者の身元もしっかりしており、わざわざ虚偽の情報を提供する理由もない。さらには、情報が詳細かつ具体的だったのである。

事件当日の朝九時頃、地下鉄丸ノ内線・茗荷谷駅。この公務員がホームで目撃したのは、「高さ四十センチ、直径三十センチほどの円筒形の紙包み」を二つ持った若い男二人だ。

彼らは、そのまま電車に乗り込んだ。

これだけなら、どうということはない。問題はそのあとだ。地下鉄車内に乗り込んだその二人組が、周囲に聞こえないように物騒なささやきをしていた。前述の発言のほかにも「三菱」「時限装置」という言葉、さらには、「危ないから気をつけろよ」というものがあった、というのである。

詳細なこの目撃情報は、「二人は午前九時十分頃、御茶ノ水駅で下車しました」というところまで入っていた。捜査本部は一瞬のうちにざわめきに包まれた。

犯人たちに違いない。捜査官たちがそう思ったのは当然だった。提供された情報は、それほどきめ細かなものだった。

だが、仮にその二人が犯人であるなら、昼の十二時四十五分に爆発させるはずの「爆弾」を、なぜそんな混み合ったラッシュアワーの時間帯にわざわざ運ばなければならなかったのか、あるいは、どうしてそれほど重そうなものを人目につく「地下鉄」で運ぶ必要があったのか……など多くの疑問も生じた。

謎はともかく、この情報が直接犯人に結びつく可能性はある。地下鉄・茗荷谷駅付近、そして御茶ノ水駅付近は、事件捜査の最重要地点として浮かび上がったのである。

茗荷谷駅付近を管轄するのは、大塚警察署である。ここに「準捜査本部」が設けられ、警視庁刑事部捜査一課の管理官がやってきた。事件解明の鍵を握る拠点として大塚署が浮上したのである。

その大塚署の警備課公安係に一人の若き巡査部長がいた。

身長百七十三センチ、体重六十八キロ。新潟生まれ、岐阜育ちの古川原一彦である。昭和二十二年一月生まれの古川原は、この時、二十七歳。ひと目見て、彼を「警察官」だとわかる人間はいなかっただろう。

筋肉質の引き締まった身体と大きな目、そして肩まで伸ばしてパーマをかけた髪の毛が古川原の特徴だ。当時、古川原はひと月に一度、美容院に行き、ロットで髪を巻き、熱をあてて髪の毛にウエーブをつけていた。女性ばかりの美容院の中で、この青年はいつもにこにこしながら、自慢の〝ロン毛〟にパーマをかけていた。

若者と言えば、ジーパンにTシャツ、ポロシャツといったラフな格好だった頃、古川原はその風体で、そのままどこにでも「入り込む」ことができた。「刑事さん」というイメージとは、最もかけ離れた男といっていい。

だが、古川原は、容貌《ようぼう》からは想像もできない苦労を経験してきた男だった。

ガラス加工職人だった父を幼い時に結核で亡くした古川原には、常に「貧困」がついてまわった。三つ違いの姉と妹がいる古川原には、父の結核菌がとりついていた。

きょうだいの中で、古川原だけが結核菌に侵されており、母がひとりで働く家族の生活は、困《こん》窮《きゅう》を極めた。治療費を捻出する余裕は、古川原家には、ほとんどなかったのである。

それでも「かあちゃん」は、息子に高価なストレプトマイシンという結核治療薬を飲ませるために働きに働いた。町医者の事務をやったり、夜は、裁縫《さいほう》技術を生かして、すそ上げなどの内職もおこなった。その甲斐あって、古川原の幼い身体から結核菌が消えたのは、小学校に入る直前の六歳の時である。贅沢《ぜいたく》とは無縁の母子は、それでも、貧困から抜け出せなかった。

古川原には、幼い時の記憶がある。

岐阜駅を出て左側にあった交番の前で泣いている「自分の姿」である。手をつないだ母と子供が、お巡りさんに質問をされている光景だ。

父親の位牌《いはい》を風呂敷に包み、それを背負わされた小学校一年生の幼い古川原に、警察官が優しく微笑みかけて何かを聞いている。しかし、自分は、ただ泣くだけで何も答えられない。

そんな光景を何十年経っても思い出すのである。

「それが生活に行き詰まった母が、私たち子供を連れて長良川に入水《じゅすい》自殺するためにやってきた場面だったことを、ずっとあとになって母から聞かされました。三つ違いの姉はこの時の光景を記憶していないんですが、私は今も覚えています。その時にお巡りさんに声をかけてもらっていなかったら、母子とも、この世の人ではなかったかもしれない。自分が警察官への道を選んだのも、その時のことが影響しているのではないかと思います」

古川原は幼い時の記憶をそう振り返った。

母に何があったのかはわからない。きっと、親戚にも世話になりながら生活する中で、思い詰める何かがあったに違いない。

平成九年一月、喜寿のお祝いを目前にして胃癌で七十六歳の生涯を閉じた「かあちゃん」に、古川原は、子どもたちとの心中を思い立った理由を、最後まで聞くことはできなかった。

その後、小学生ながら新聞配達や、母が内職したズボンを問屋に届ける手伝いをつづけた古川原は、そのお蔭で類《たぐ》いまれな脚力を身につけるようになる。

「あの頃は、家に父親がいないことを不思議ともなんとも思っていなかったですね。小学校の三年か四年の時の遠足で、お菓子を五十円分しか持っていってはいけないことになっているのに、友だちが〝うちはお父さんとお母さんから三十円ずつもらったから六十円でいいんだ〟と言っているのを聞いて、初めて家にお父さんがいるのが普通なんだ、と気づきました」

物心がついてから、ずっと家庭の中に父親の存在がなかった古川原は、〝父親がいることが普通〞ということを知らなかったのである。

「うちでは、母の内職の手伝いをしていましたから、子供でも、働くことは当たり前でした。いつも重い荷物を持って運ぶ仕事をしていたので、自然に下半身が鍛えられ、走ることでは誰にも負けなかったですよ。朝早く起きて新聞配達もずっとやっていましたからね。校内のマラソン大会で無敗をつづけました」

　古川原は中学に入っても、八〇〇、一五〇〇、三〇〇〇メートルという中距離走で、岐阜県本巣郡の大会で三年連続の学年別優勝を飾っている。

　そして、その脚力は、古川原に新しい「道」を開いた。高校への進学である。

　古川原は、愛知県の名門・中京商業（現・中京大中京高校）の陸上部に特待生として入学したのである。そして全国高校駅伝メンバーとして高校二年で全国優勝し、キャプテンとなった高校三年でも、全国四位に食い込んでいる。

　高校卒業時には、順天堂大学や拓殖大学、東京農大、駒沢大学など、箱根駅伝の参加大学から誘いがあった。もちろん、入学金と授業料免除の「特待生として」である。しかし、古川原が大学に進むことはなかった。

　東京で暮らすことになれば、生活費が必要だ。たとえ入学金や授業料が免除されても、過酷なトレーニングの中でアルバイトはできない。すなわち生活費が稼げないのである。古川原は、貧しい生活がつづく母に、「授業料は免除になるから、生活費は仕送りしてくれ」とは、どうしても言えなかった。

古川原が大学進学をあきらめ、採用試験を受けて警視庁に入ったのは、昭和四十年春のことである。新米巡査として新宿区の四谷警察署に配属された古川原は、交番勤務から警官人生をスタートさせた。

交番には、「一等交番」から「三等交番」の序列がある。新宿区内では、追分《おいわけ》交番や御苑《ぎょえん》大通交番、あるいは、歓楽街の中にある新宿マンモス交番などが、「一等交番」だった。

そこでは、さまざまな事件や事故が日々、起こった。

日本の悲願だった東京オリンピックが開催されて半年しか経っていない大都市・東京は、岐阜県の田舎町で育った古川原にとって目を見張るような地だった。

開通して間もない首都高速道路や夢の超特急・ひかりは言うに及ばず、五年前に池田勇人《はやと》首相が唱えた「所得倍増計画」は、おそろしい勢いで日本経済を高度成長の波の中に放り込んでいた。

大都会といえば、「名古屋」だった古川原にとって、東京はまさにケタ違いの勢いとパワーに満ちていた。地下鉄をはじめ、公共工事があちこちでおこなわれ、ビルの建設ラッシュもとどまるところを知らず、また、夜の街にネオンが消えることはなかった。街全体が、不夜城《ふやじょう》として底知れぬ不気味さを漂わせているように、若い古川原には思えた。

そんな東京のもう一方の主役は、反権力闘争である。終戦直後の数年の内に生まれたいわゆる〝団塊《だんかい》の世代〟が大学生となり、大人になるための「通過儀礼」ででもあるかのように、学生運動に没頭していた。どの大学のキャンパスにも「反権力」「反日帝」といった過激な立て看板が並び、学費値上げ反対闘争が火を噴いていた。社会全体が、反権力という言葉に酔ったかのような不穏な空気に支配されていたと言っていいだろう。

当時、芸能界では、西郷輝彦や三田明が人気の頂点にいた。古川原は、二人と昭和二十二年生まれの同い年だ。

「同じ人間に生まれて、どうしてこうも違うのか」

貧しい母子家庭に育った古川原は、交番勤務をしながら、いつもそんなことを考えていた。四谷三丁目交番での交番勤務をする古川原巡査には、親の脛《すね》をかじりながら、学生運動に身を投じる学生たちがどこか許せない存在に映《うつ》った。

ふつうの家庭に育っていたなら、いや、せめて母親が入水自殺を考えるほどの貧困生活でさえなかったら、古川原も、箱根駅伝を目指すどこかの大学の陸上部にいたはずだった。

交番勤務をしながら勉強した古川原は、二十四歳の時に昇進試験に合格し、巡査部長になった。早く一人前の捜査官になって、大事件を捜査する最前線でばりばり活躍したい。なんとかして這《は》い上がってやる――古川原の望みは、それだけだった。目がギラギラしたような気迫を持った警察官は、「その時」を待っていた。

そして、その機会は、三菱重工爆破事件という史上最大の爆破テロによって、はからずも目の前に現われるのである。

発見された「一番違い」のトラベルウォッチ

古川原が、文京区音羽《おとわ》にある大塚警察署の警備課公安係に配属されたのは、昭和四十八年のことだ。爆破事件が起こった時、大塚警察署のすぐ隣にある大手出版社「講談社」の労働争議の担当をしていた。

姉妹会社ともいうべき光文社に端を発した不当解雇反対の騒動が講談社に波及し、連日、講談社前では、「臨労《りんろう》」（臨時労働者組合）の活動家たちが盛んにシュプレヒコールを上げていた。

「解雇を撤回しろ！」「解雇撤回を要求する」

活動家たちは口々にそう叫び、出勤する講談社社員にビラを配っていた。反権力という空気は世の中に充満し、音羽でもお決まりの風景が展開されていたのである。

古川原は大塚警察署警備課公安係の若手として、毎朝、ビラ配りの現場に出向き、監視のために目を光らせていた。活動家たちの写真を撮るのも古川原の役目だった。

しかし、そこに三菱重工爆破事件から間もなく、「茗荷谷駅から犯人が地下鉄に乗車して現場に向かったことが濃厚」という情報がもたらされたのだ。日本中を震撼させた大爆破事件が、いきなり古川原が勤務する大塚警察署のエリアに向こうから〝飛び込んできた〟のである。

犯人たちをなんとしても逮捕しなければならない――底辺からのし上がっていこうとするこの若者にとって、卑劣な爆弾犯を追いつめていくことは、なによりの生き甲斐となった。犯人たちは、古川原の〝闘志〟をぶつける格好の対象となったのである。

三菱重工爆破事件の「聞き込み指令」が古川原に下ったのは、昭和四十九年九月上旬のことだ。茗荷谷駅を中心とする聞き込みのローラー作戦は、まず第一に、ビラ配りから始まった。地下鉄で目撃されたという〝謎の二人組〟の似顔絵を印刷したビラを、駅の改札口で利用客に片っ端から配るのである。

「こういう人を見たことはありませんか」

「捜査にご協力をお願いします！」

ついこの前まで、講談社前でビラを配る活動家たちを監視し、写真を撮っていた古川原が、今度は自分がビラを配り、声を嗄《か》らして人々に協力を求める側になっていた。

毎日ラッシュが始まる七時前からその活動は始まる。古川原は、通勤・通学のラッシュ時を中心に、根気よく駅頭でビラを乗降客に配った。そして、午後は、聞き込みのローラー作戦の一員となった。連日の古川原の活動は、さっそく大きな成果を出すことになる。

警視庁の鑑識課、そして公安部など総出の班は、爆破翌日の八月三十一日には爆弾の時限装置を発見した。それは、炎天下の中、微細な塵《ちり》さえ見逃さない執念と根気の作業によるものだった。三菱重工ビルを中心に六つのブロックに分け、南北百メートルずつ区切って全員が一列に並び、地面に這いつくばって細かな金属片やガラス片をピンセットで拾い上げていったのである。その量は、大きなビニール袋でおよそ二千四百個、トラック十台分に達した。

膨大な量の破片や塵の中から、時限装置は旅行時計（トラベルウォッチ）であり、起爆には電気雷管が使用されたことが割り出されていた。

発見の主役となったのは、公安部総務課の特殊班である。警視庁が誇る爆弾の専門家集団といった方がいいだろう。ここには理工系の大学や工業高校、高専などを出た二十人ほどの専門的な捜査官がいた。彼ら特殊班は、警視庁屋上にプレハブを建てて、そこを「本拠」にしていた。

この組織をつくったのも、前述の柴田善憲である。

もともとは、三年前の昭和四十六年六月に起きた明治公園爆弾事件にまで遡《さかのぼ》る。

沖縄返還協定調印に反対する過激派と機動隊とが、国立競技場横の明治公園で衝突したこの事件で、機動隊は鉄パイプ爆弾によって四十名近い重軽傷者を出した。衝撃を受けた警察は、機動隊員の「装備の強化」が急務とされ、さらには爆弾対策の専門集団創設の必要性を痛感する。

しかもその後、日石、土田邸爆破事件など、過激派による爆弾闘争はつづき、公安総務課の中に「特殊班」がつくられて、爆弾専門家が養成されていったのである。

彼ら専門家たちによって、三菱重工を爆破した爆弾の徹底した分析がおこなわれた。その結果、驚くべき速さで起爆装置に使われたのがトラベルウォッチだったことが割り出されていたのである。さらに、そのトラベルウォッチがスターレットという種類であり、製造番号までもが特定されていた。

その情報を持って、古川原は連日、聞き込みに没頭した。

「スターレットありますか」

「ありますよ」

茗荷谷駅近くにあった地元の時計店でのそんなごくありふれた会話から、〝偶然〟がスタートした。店主は、ひとつの時計を持ってきた。

「これです」

それは、折りたたみ式のスターレットという旅行携帯用目覚まし時計である。古川原は、手に取って裏返してみた。裏には製造番号が刻まれている。

（！）

何気なく数字を復唱した古川原は、あまりの偶然に絶句した。なんとそれは爆弾に使用されたスターレットと製造番号が「一番違い」だったのである。

「一番違いの時計を見つけました！」

興奮した古川原の声が、大塚署の上司の耳に届いた。製造番号が一番違い――？　そんな偶然があるのか。古川原の報告に大塚署に設置されていた準捜査本部は、どよめいた。

犯人は「茗荷谷周辺」にいるかもしれない。

警視庁公安部も、古川原の摑んだ情報に注目した。ここで挙げた「手柄」が、古川原のその後の運命を変えていくことになるとは、本人もまったく予想していなかった。


この時計店は、実際に犯人がトラベルウォッチを購入した店では「なかった」ことが、のちに判明する。しかも、茗荷谷駅から犯人が地下鉄に乗った事実も「なかった」ことが、これまた、のちに明らかになる。

では、いったいこれらの情報は何だったのか。それは今も謎のままである。だが、製造番号が「一番違い」のトラベルウォッチ「スターレット」を発見した古川原が、このことによって本庁での捜査に抜擢されたのは、間違いなかった。

「イキのいい奴を集めて、とにかく犯人に迫れ」

警視庁は、威信をかけた捜査にやる気のある若手を続々と投入していた。古川原が大塚署の署長から呼び出しを受けたのは十月下旬である。

「古川原巡査部長、十月三十日をもって公安部公安一課への転勤を命ずる」

署長はにこやかにそう告げ、この若者を本庁に送り出した。こうして、公安部の〝花形〟公安一課に古川原は加わることができたのである。

しかし、憧れの警視庁公安一課は、古川原がイメージしていたものとは程遠いものだった。

通称・馬小屋――。

古川原が足を踏み入れた警視庁の庁舎は、老朽化し、赤茶けた錆《さ》びだけが印象に残るような建物だった。その旧庁舎の中で、かつて馬小屋として使われていた一階西側の大部屋に、古川原は放り込まれた。

「昔、騎馬隊の馬がいたところだと言われていました。公安の各担当の部屋がこの中にありました。入れるのは担当の部屋だけで、ほかの部屋に行くのは禁止でしたね。今のような部屋を区切るパーテーションさえなかった時代なので、それぞれがカーテンで仕切られていましたよ。天井が低くて、床までカーテンという奇妙な空間でした。僕らみたいな新人には、全体のことなんか何も知らされない。隣のカーテンの中でどんなことをやっているのか、何もわからなかったねえ」

古川原は、最初に行った時の〝馬小屋〟の印象をそう語った。

「屋上には、〝鳩小屋〟と呼ばれるところがあってね。実際に警視庁が飼《か》っていた鳩小屋があったところだそうです。そこにも、公安の別の部隊が入っていました」

存在そのものが秘密である公安部の面々は、部員同士もお互いが「何をやっているのか」わからないような環境にいたのである。

その時、古川原たち若手捜査官は、「裏本部」と呼ばれる田村町の極左暴力取締本部の存在など知ろうはずはなかった。

第四章　ブン屋と捜査官

報じられた『腹腹時計』

「腹腹時計？」

事件の翌日、産経新聞社会部の遊軍記者、山崎征二《やまざきせいじ》（三〇）は初めてその名を聞いた。

史上最大の爆破事件となった三菱重工爆破は、日本中をニュースの渦に放り込んだ。新聞はもちろん、テレビはスイッチを入れれば、どのチャンネルからも、関連情報が洪水《こうずい》のごとく流れ出てきた。

ひとつの出来事や事件にマスコミが大騒ぎするのはいつものことだが、東京の表玄関である丸の内で、しかも日本を代表する企業・三菱重工が爆破され、多くの死傷者を出したとなると、さすがに報道の量も空前の規模となっていた。

山崎は、警視庁記者クラブで警備部・公安部を担当し、半年前に社会部の遊軍記者として、本社社会部に上がったばかりだった。だが、警視庁公安部に多くのネタ元を持つ山崎は、すぐに事件の取材班に投入された。

　史上最悪の爆破テロの犯人を逮捕するために、警視庁は威信をかけた捜査に乗り出していた。無論、捜査本部が刑事部・公安部合同で立ち上げられたとしても、この手の思想的背景が重視される犯罪を解決するには、「公安部の踏ん張り」にかかっていることを山崎は熟知している。

　山崎は、引き継ぎができる公安部内のネタ元については、次に公安部を担当することになった記者に紹介していたが、それができなかった情報源には、自分自身が直接、あたっていくことになった。一朝ことが起こった時のために「人脈」とは構築しておくものである。酒を酌《く》み交《か》わし、取材を超えた日頃の談論風発の中から、警察官との信頼関係は生まれる。

　警備部・公安部担当時代に地道に築きあげた人脈は、日本中を震え上がらせているこの事件にこそ発揮すべきものだろう。

　山崎は、さっそく半年ぶりの庁内まわりを始めた。いわゆる〝昼ブラ〟である。夜討ち・朝駆けが新聞記者たちの独自取材である「非公然取材」とするなら、庁内を昼間ブラブラ歩きながらおこなうのは「公然取材」と言える。事件翌日の八月三十一日は土曜日で、官庁は昼まで仕事だ。いわゆる半ドンである。まず警察の動きを肌で感じるために、山崎は警視庁内の〝馴染み〟をまわってみたのだ。

　捜査の真っ只中にある警視庁には、半ドンの緩《ゆる》んだ空気などどこにもない。庁内全体がピリピリとした、ただならぬ雰囲気を漂わせていた。

「こんなのが出てるよ」

ある公安部の幹部のもとに行った時、山崎は、『腹腹時計』というものの存在を知る。それは、実に奇妙な名前だった。

「腹腹時計？」

思わず問い返した山崎に、その印刷物が半年前、過激派関連の機関紙や刊行物を取り扱っている新左翼系書店に、アングラ出版物として出まわったものであることを教えてくれた。爆弾のつくり方から始まり、企業をターゲットにする方針まで書かれたものだという。

「爆弾づくりには、クセというものがあるからねえ」

その幹部は、言った。

「爆弾ってのは、ネジの巻き方ひとつでも、それぞれに特徴があるものなんだ」

まだ爆破が過激派の仕業とも、また、どんな爆弾であったかもわかっていない段階である。もちろん、「ネジの巻き方」など、何もわかっていない。

しかし、その段階ですでに公安部の人間が、冊子のようなその出版物に注意を向けていることを山崎は知った。爆弾づくりには、クセというものがあるからねえ――公安担当記者としての山崎の嗅覚《きゅうかく》が、その言葉に反応した。

だが、幹部はちらっとも見せてくれない。ましてその冊子を貸してくれたり、コピーをしてくれたりはしない。あくまで、口頭で参考情報を提供してくれているだけだった。

山崎は、さっそく『腹腹時計』なるものを入手するために動き始めた。

新左翼系書店をまわり、どこかにこの冊子が残っていないか、探し歩いた。だが、書店の店頭からは、この出版物が完全に消えていた。

半年前に舟生管理官が警察庁の柴田善憲公安三課長に命じられて差し押えた『腹腹時計』は、どこにも「残っていなかった」のである。

山崎は都内の新左翼系書店をまわったあと、次に山谷に行った。山谷は、台東区と荒川区にまたがる日雇い労働者たちが集まる〝寄せ場〟である。簡易宿泊所が多く、左翼運動をおこなう労働者が多数いただけでなく、当時、過激派の活動家も少なからず「入り込んでいる」とされていた。山崎は、『腹腹時計』入手のヒントがないか、あるいは実際に持っている人間がいないか、山谷を歩きまわったのである。

しかし、二日間にわたった『腹腹時計』の〝捜索〟は、空振りに終わった。どうしても、現物が見つからない。いや、それどころか、存在を知っている者にすら行きあたらなかった。

（これは独自に入手するのは無理だ……）

そう思ったが、諦《あきら》めるわけにはいかない。

こうなったら、直接、公安部の「誰か」から入手するしかない。山崎は、夜になって知り合いの公安部員に何人か連絡した。

「例の『腹腹時計』だけど、コピーしてくださいよ。どうしても欲しいんです」

ここで、山崎は「例の」とつけ加えることを忘れなかった。

すでに「存在」は知っている。「中身」も、だいたいわかっている。だけど、コピーがないから困っている。なんとか、都合をつけて欲しい。そうアピールしたのである。

もともと『腹腹時計』の存在を知っている山崎が、中身をより確実に知りたいために手に入れようとしているのならば、現物を持っている側が山崎にそれを渡すハードルは一段、下がるはずである。もし、『腹腹時計』の存在を教えた上に、さらにそれを渡すとなると、積極的なリークとなるが、もう存在を知っている相手ならば、そうとはならないからだ。

山崎は、そう考えた。しかし、それでも捜査官たちの反応は芳《かんば》しくなかった。

「それ、何?」

と、『腹腹時計』の存在を知らない人もいれば、

「これはコピーできない。申し訳ない」

そんな断り方をする公安部員もいた。

『腹腹時計』の存在を知っている捜査官と、そうでない捜査官がいる。日頃の飲み友だちである捜査官に頼んでも、なかなか入手はできなかった。

山崎は、公安部から直接、入手するのは容易ではないことがわかった。

「よし」

それなら、あそこから……山崎はターゲットを変更した。

山崎は、『腹腹時計』が公安部の中で思ったより〝拡散〟していることを感じとっていた。トップ・シークレットではない。だが、爆破事件捜査に携わっている公安部員は、今、マスコミに流れると捜査に支障を来たすと思って、コピーさえ警戒している。

特捜本部に入った捜査員の名前もまだ、こちらは摑み切っていない。知り合いの捜査員が特捜本部に加わっていたとしても事件直後である。自宅に『腹腹時計』を持ち帰っていることはないだろう。本部泊まりで、帰宅していない確率も高い。おそらく誰にあたっても入手は困難だ。

『腹腹時計』は、爆破事件の半年前に出版されていると言っていた。公安部のことだ。すぐに

〝ブツ〟を入手しただろう。それから、かなり時間が経つと言っていた。ということは、公安部の外に流出している可能性がある。

その時、山崎の頭に浮かんだのが警備部だった。

警視庁公安部と警視庁警備部。この二つの部署の関係は深い。左翼、過激派、共産党、右翼……両部署は、それぞれ同じ対象を相手にしている。その対象を「捜査」「情報収集」するのが公安部なら、その対象に対して「警備」を担当するのが警備部である。そのため、情報が共有されることが多く、両部署は、実に仲がいい。幹部同士だけでなく、現場も同じだ。

それを象徴するのが「三四会《さんしかい》」である。

これは、公安部と警備部の幹部と担当記者との間の会だ。刑事部をはじめ、ほかの部署では考えられないことだが、公安部と警備部は、二つの部署で担当記者との交流のための会を持っていたのである。

警備部は本庁の三階、公安部は四階にあり、そこから名をとって「三四会」と名づけられたこの会は、年に一回、事件が比較的少ない時期を見計らって飲み会をおこなっていた。これが二次会、三次会とつづき、お互いの関係を深める貴重な機会になっていたのである。

半年前まで警視庁記者クラブで警備部・公安部を両方担当していた山崎の頭に、この「三四会」のことがふと浮かんだのだ。

仕事の関係で仲がいいだけでなく、警察官同士の情報交換が必ずある。警察学校時代の同期など、横の関係は外部の人間が想像している以上に深い。これほどの大事件が起こった以上、『腹時計』の存在を公安部から聞かされ、現物を持っている警備部の幹部は必ずいるはずだ。

よし、警備部の人間を当たろう。山崎はこうして公安部ではなく、警備部から入手しようと〝方向転換〟したのである。

山崎が思いついたのは、ある警備部の中堅幹部である。警備部でも課長以上になると、公式の話しかしない人物が多い。いろいろな話ができるのは、現場に精通した管理官や係長といった中堅幹部だ。山崎には、警備部の中堅幹部に情報源がいた。日頃、人事の裏話などを忌憚《きたん》なく話し合う間柄だ。

「警察と新聞記者の間には、立場の違いがありますから、捜査をしている公安と記者との間には、どうしても越えがたい溝《みぞ》というのがあるわけです。ところが、警備部の場合は、捜査はしていないので、私たちとの溝が比較的、狭いわけです。私たちから見れば、公安部に比べて情報を入手しやすい存在でした」

山崎は、さっそく三階にある警備部の大部屋に行き、出入口から中を覗いてみた。警視庁三階の半分以上を占める大きな警備部の部屋だ。日頃親しいその中堅幹部が自席で書類に目を通しているのが見えた。雑談なら応じてくれそうな雰囲気だ。

「例の『腹腹時計』を読みたいんだけど……」

中堅幹部の席まで行って、山崎は、いきなり、そう小声で話しかけた。

「えっ……」

書類から顔を上げた彼は一瞬、驚いたようだった。そこに馴染みの山崎が立っていた。ここでも、山崎は「例の」という言葉を枕につけるのを忘れなかった。

ひと呼吸おいた中堅幹部は、にやりと笑った。

了解の合図だ。山崎も笑った。

「どうしよう」

どうもらえるか、という意味である。中堅幹部は、こう応えた。

「コピーしておく。二時間後の午後三時はどう？　いつもの喫茶店の三階トイレで……」

阿吽《あうん》の呼吸だった。

「わかった。二時間後、例のところで」

山崎は、その中堅幹部と時々、人目につかずにお茶を飲む店があった。新橋と虎ノ門の間にある古いビルである。そこのビルの三階に十人前後が用を足せる広いトイレがある。二人ともそこなら、よく知っている。

時刻通り、二人はそこで落ち合った。先にトイレに入ったのは山崎で、大便用の個室を一つ一つ見て、誰もいないことを確認した。

用を足すふりをした山崎は、小便器の前に立って待っていた。

間もなく彼はやってきた。彼もまた小便をするふりをして、山崎の隣に立った。そして無言で紙封筒を手渡した。想像していたより、ちょっと重い。

この間、わずか一分足らずだった。二人は別々にトイレを出ると何事もなかったように街の中に消えていった。

それは、山崎が最初に『腹腹時計』の存在を知ってから「三日後」のことだった。

「その『腹腹時計』のコピーは、何回かコピーを重ねたもので少し字がかすれていました。それに、手書きされたメモのようなものも余白に書かれてありました。誰に渡されたか、特定されないように、その手書きの文字を修正液で消してから、取材にかかわっていた仲間と上司に渡すため四部ほどコピーしました」

『腹腹時計』のことが広く知れ渡るのは、この山崎の記事によって、である。事件から六日が経過した九月五日付の産経新聞夕刊に、『腹腹時計』は初めて報じられた。

〈三菱重工ビルの爆破　アングラ出版で〝予告〟?〉

〈ゲリラ教本「腹腹時計」そっくり　大阪で出版「狼」グループを追及〉

こんな大見出しを掲げて、初めて産経新聞が『腹腹時計』のことをスクープしたのである。

〈三菱重工ビル爆破事件の丸の内特別捜査本部は過激派グループによる犯行とみてこの四月、地下出版された都市ゲリラ教本「腹腹時計」の分析を急いでいたが五日、このゲリラ教本に今回の事件を暗示する内容が書かれていることを突き止めた。ゲリラ教本の発行元は東アジア反日武装戦線「狼」になっているが、その実態はまったくベールにつつまれている。特捜本部では三菱重工ビル爆破事件となんらかのつながりがある可能性もあるとして「狼」グループの組織を解明、追及することになった〉

そんなリードで始まる記事は、『腹腹時計』が、〈植民地主義企業への攻撃、財産の没収〉を記し、企業を狙うことをはっきり示唆《しさ》していること、そして、〈起爆装置に雷管〉を用い、さらには、〈旅行用時計（トラベル・ウォッチ）、電池をセットした時限式爆弾方式を奨励している〉ことなど、三菱重工ビル爆破で使われた爆弾と〈同じ仕組み〉であることを報じている。

国民は、犯人グループの影はおろか、その存在を考えるヒントすらなかった時期であり、記事は、読者はもちろん、メディアの関心を一気に呼び集めた。

山崎の放ったスクープは、熾烈な報道合戦にも、一石を投じることになったのである。

難航する捜査

だが、捜査は難航した。当初の目撃情報から、進展が見られない。

それは、洪水のごとく〝参考情報〟が寄せられたことにも起因するだろう。提供された情報は、恐ろしい量に達した。膨大な情報に捜査陣は振りまわされた。

事件発生後、数か月の間は、日本全国から寄せられてくる情報をひとつひとつ潰《つぶ》していくことが「捜査の八割以上を占めた」といっても過言ではない。それは、東奔西走の日々だった。

中でも語り草になるのは、北海道からもたらされた情報だ。

「俺は赤軍だ。あのバカが爆弾でやりやがった」

事件の報道を見ながら、そう嘯《うそぶ》いた男がいる――そんな直接的な情報が提供されたことがある。ここまで具体的であれば、捜査官が北海道に飛んで実際に確認しなければならない。

北海道から警察庁にもたらされたその情報は、極左暴力取締本部に下りてきた。

「すぐ北海道に人をやって、その線を追え」

それは、警察庁からの直々《じきじき》の指令だった。だが、北海道に飛んだ捜査官が本人に辿りつくと、

「すみません。実際は赤軍でもなんでもありません。そういう風に言えば、自分が遊び相手にしている女が（自分のことを）格好いい、と思うかもしれないと思って、つい、デタラメを言って

しまいました」

平身低頭で謝る男を前にして、捜査官は絶句した。

大笑いで終わったひとつの例だったが、このエピソードは、事件にかかわっていたり、あるいは「知っている」ことで、女に「格好をつけられる」時代だったことを示している。多くの犠牲者が出たこの事件で、犯人側につくことが「格好いい」と思われていた時代――その〝空気〟は、立ち向かうものがいかにとてつもないものであるかを捜査官に知らしめたに違いない。

その手の話は、枚挙に暇《いとま》がない。だが、ほとんどは警察に情報を寄せられた時点ですぐに処理できるものだった。極左暴力取締本部が自ら乗り出すまでもなかったが、中には、実際に動かなければならないものもあったのである。

刑事部の捜査も同じように暗礁に乗り上げていた。刑事部の手法は、あくまで「地取り」である。目撃者情報、怪しい人物についての市民からの通報、あるいは、現場の遺留品（ここでは爆弾）が示す情報……等々に徹底した追跡がおこなわれた。

爆弾事件は、証拠そのものが破裂して飛び散ってしまうため、証拠の収集と分析が極めて困難だ。しかも、三菱重工爆破事件で現場から収集した証拠物は、前述の通り、トラック十台分以上にのぼった。その膨大な〝ブツ〟の中から気の遠くなるような分析がおこなわれたのである。

主体となったのは、爆弾の専門集団である公安総務課特殊班と共に、警視庁の科学捜査研究所だった。

その中で、爆弾の容器に使われたペール缶、時限装置に使われたトラベルウォッチ、リード線、ビニール線、オイルタンク……などが炙《あぶ》り出され、これらの分析とそれを追跡する捜査官たちの聞き込みが、昼夜を分かたずおこなわれた。

注目されたのは、犯人が爆弾の主剤として使ったのが、塩素酸塩系の「クサトール」という除草剤だったことだ。これにパラフィンとワセリンという薬剤を反応させて爆薬としていたことを、科学捜査研究所は割り出していた。

文字通り、靴底をすり減らした捜査官の聞き込みの成果で、事件に使用されたクサトールの入手法、あるいは、ペール缶がどこで売られたものだったかが、徐々に明らかになっていった。

このペール缶は、墨田区の森島金属工業という会社でつくられたものであり、しかも、口金に特徴があり、二年前のオイルショック時に、備蓄用の缶として急造されたもので、百個足らずしかつくられていないことがわかった。

数に限りがあるだけでなく、それが売られた小売店は北区内の金物店一店しかなかった。その周辺に犯人が居住している可能性が浮上したのである。

この店は、爆弾製造にあたった犯人の一人のアパートとわずか一・五キロの位置にあり、実際にこの店でペール缶が購入されたことがのちに判明する。しかし、その一・五キロは、刑事部の捜査官にとって、それ以上、縮めることのできない果てしない「距離」だったのである。

ついに出た「犯行声明」

九月二十七日、そのニュースは、共同通信によって全国に配信された。

事件発生から二十九日目、ついに犯人が、「犯行声明」を出したのである。

「〃狼〃通信第一号」と題された犯行声明が共同通信に送られ、三菱重工爆破が「狼」による「ダイヤモンド作戦」だったということが宣言された。共同通信は、犯行声明の全文を配信した。

国民は、その内容に驚くと共に、身勝手な論理に怒りを覚えずにはいられなかった。

〈一九七四年八月三〇日三菱爆破＝ダイヤモンド作戦を決行したのは、東アジア反日武装戦線〃狼〃である。三菱は、旧植民地主義時代から現在に至るまで、一貫して日帝中枢として機能し、商売の仮面の陰で死肉をくらう日帝の大黒柱である。今回のダイヤモンド作戦は、三菱をボスとする日帝の侵略企業・植民者に対する攻撃である〉

そこには、三菱重工が、日帝中枢として機能した企業であり、商売の仮面の陰で〈死肉をくらう日帝の大黒柱〉であったことが攻撃の理由であったと表明されていた。さらに犯行声明は犠牲者に対しても、こう容赦なく指弾していた。

〈〃狼〃の爆弾に依り、爆死し、あるいは負傷した人間は、『同じ労働者』でも『無関係の一般市民』でもない。彼らは、日帝中枢に寄生し、植民地主義に参画し、植民地人民の血で肥え太る植民者である。〃狼〃は、日帝中枢地区を間断《かんだん》なき戦場と化す。戦死を恐れぬ日帝の寄生虫以外は速やかに同地区より撤退せよ。〃狼〃は、日帝本国内、及び世界の反日帝闘争に起ち上っている人民に依拠し、日帝の政治・経済の中枢部を徐々に侵食し、破壊する。また『新大東亜共栄圏』

に向かって再び策動する帝国主義者＝植民地主義者を処刑する〉

犠牲者をも〈日帝中枢に寄生〉していたと糾弾し、〈植民地人民の血で肥え太る植民者〉と規定したのである。そして、〈日帝中枢地区を間断なき戦場と化す〉と宣言していた。声明文は、こう警告を発して締め括《くく》っている。

〈最後に三菱をボスとする日帝の侵略企業・植民者に警告する。海外での活動を全て停止せよ。海外資産を整理し、『発展途上国』に於ける資産は全て放棄せよ。この警告に従うことが、これ以上に戦死者を増やさぬ唯一の途である〉

声明文の主は、「東アジア反日武装戦線〝狼〟情報部」であり、日付は、九月二十三日となっていた。犯人は、捜査当局にさらに真っ向から闘いを挑んできたのだ。

そして、「東アジア反日武装戦線〝狼〟情報部」と名乗り出たことによって、『腹腹時計』を発行した同じグループの犯行だったことが、ここに「確定」したのである。

日本赤軍の犯行か

犯行声明は出た。しかし、「東アジア反日武装戦線〝狼〟情報部」なるものが、どんなグループであるか、実態がつかめない。

そんな中で、アラブにいるとされる日本赤軍から日本国内の支援者に手紙が届いたという情報を警視庁公安部はキャッチした。

〈三菱村でのダイヤモンド作戦が成功した〉

そこには、そんな文章があった。日本赤軍担当の公安捜査官は、その極秘の手紙の中身を掬《すく》い上げていた。日頃の協力者づくりの成果だった。日本赤軍は、すでに、二年前（昭和四十七年）の五月三十日、イスラエルのテルアビブの空港の税関カウンター前で突然、旅客や空港警備隊に向かって奥平剛士《おくだいらつよし》（二七）、安田安之（二五）、岡本公三（二五）が自動小銃を乱射、さらに旅客機に向かって手榴弾《しゅりゅうだん》二発を投げつけるという大事件を起こしている。

空港内は飛び散った犠牲者の血で染まり、死者二十六人、重軽傷者七十三人という凄惨な地となった。日本赤軍は、一躍、恐怖のテロ集団として世界中にその名を轟《とどろ》かした。奥平と安田はその場で射殺され、岡本は警備隊によって取り押えられた。

その日本赤軍による日本国内にいる支援者への手紙の中に、

〈三菱村でのダイヤモンド作戦が成功した〉

というくだりがあったというのである。公安部は、この日本赤軍の支援者情報に注目した。多くのセクト、活動家をウォッチする中で、日本赤軍のシンパや支援者への監視が強化された。公安一課は当時、「第一担当」から「第三担当」、そして「調査第一」「調査第二」という五つの担当に分けられていた。一担は「庶務」、二担は「中核・革マル」、三担は「ブント、日本赤軍」、調一は「黒ヘルなど諸派」、調二は「事件担当」という役割分担である。

ここで、日本赤軍の「三担」の活動の重要性が増した。

割りふられた監視対象がどこへ外出し、誰と接触し、どう帰宅したか。くまなく調べるのだ。「尾行」という言葉は、刑事部独特の言葉である。公安部では、尾行とは呼ばない。「行確《こうかく》」だ。これは、「行動確認」を略したもので、公安部の前身である思想警察の特高《とっこう》（特別高等警察）時代からの名残《なご》りである。そのため捜査官の中には、「行確」という言葉を嫌う者もいる。

公安部の行確は、独特のものがある。もちろんどの部でも、またそれぞれの都道府県警によって、捜査の手法は違い、千差万別である。それでも警視庁公安部は、特別といっていいだろう。

行確のターゲットが自宅や会社から出てくることを「吸い出し」と言い、逆に会社や自宅など目的の場所に入っていくことを「追い込み」と呼ぶ。

彼らは、最初は用心していわゆる〝尺取虫《しゃくとりむし》方式〟で行確を始める。尺取虫とは、細長い芋虫《いもむし》で、自分の身体を縮めたり、伸ばしたりして進んで行く。それが親指と人さし指で長さを計る、すなわち「尺を取る」動作に似ていることから、この名がついた虫である。

行確で最も重要なのは、〝出〟と〝入り〟だ。ターゲットが寝ているところから勤め先に行くところまで、すなわち「吸い出し」から「追い込み」まで目を離さないのが行確の基本だ。途中で誰と接触し、どこに立ち寄るか。

それを寸分漏らさずおこなう。だが、最初からいきなりずっと尾いていけば、相手に悟られる危険性がある。

それを避けるため、今日は何百メートル、次の日もさらにそこから何百メートル……とつづけ、最後に勤め先に辿り着くまで、だいたい一週間をかけるのである。これが、いわゆる「尺取虫方式」である。

「ああ、こいつは、ここが勤め先か」

「追い込み」が完了し、職場まで把握すれば、あとは監視がやや楽になる。

次の週からは、吸い出しと追い込み以外に途中で待っている一組が、よそへそれないかをそっと見ていればいいのである。

〝吸い出し〟たあと、尾いていき、もし、バレそうになれば、途中の担当にバトンタッチする。そして、職場に〝追い込む〟のだ。勤め先からの帰路も同じである。「行確」していることがバレることだけは絶対に避けなければならない。

大塚警察署から公安一課に引き上げられた古川原一彦巡査部長も、この日本赤軍の行確に投入された。

さまざまな日本赤軍のシンパや支援者がいた。それぞれに〝担当〟がつくのである。根《こん》のいる作業が延々と続けられた。

新たに起こった爆破事件

その日、東京、いや日本全体が独特の感傷に浸っていた。

昭和四十九年十月十四日。それは、国民的ヒーロー、読売巨人軍・長嶋茂雄の現役引退の試合が後楽園球場でおこなわれる日だった。

中日ドラゴンズに史上初の「十連覇」を阻止された巨人軍は最終戦を迎え、長嶋の引退試合を迎えていた。長くお茶の間のヒーローとして活躍し、日本の高度成長と共にあった長嶋の存在は、野球ファンだけでなく、多くの国民に特別の感慨をもたらさずにはおかなかった。

試合は午後〇時開始のダブルヘッダーである。二試合が終了したあと、グラウンドでそのまま長嶋の引退セレモニーが開かれることになっていた。

「長嶋ぁ、長嶋ぁ！」

長嶋は、現役最後の勇姿をホームグラウンドに見せて、絶叫に近いファンの声援を一身に浴びていた。

だが、第一試合の中盤に差しかかった午後一時十五分、後楽園球場から、およそ四キロ離れた港区西新橋一丁目にある三井物産館で爆発が起こった。

それは、平和を象徴するヒーロー、長嶋の引退試合に合わせたかのような犯罪だった。

爆発直前の午後〇時四十五分すぎ、予告電話が三井物産館三階の業務部極東室、総務部総務室、重機部開発室の三か所に相次いで入った。

「われわれは、東アジア反日武装戦線〝大地の牙〟である。三井物産に爆弾を仕掛けた。ただちに全員退避せよ」

海外を舞台に業務を展開している企業には、三菱重工爆破事件がもたらした動揺は大きかった。特に、財閥系企業は事件以来、どこもピリピリとした空気に包まれていた。

〈日帝中枢地区を間断なき戦場と化す〉

〈『新大東亜共栄圏』に向かって再び策動する帝国主義者＝植民地主義者を処刑する〉

犯行声明にあったその言葉が彼らに重くのしかかっていたからである。

三菱がやられるなら三井も――。そう懸念していた三井の関係者には、「ついに来たか」という思いを持った者もいただろう。

予告電話は、ただちに警察に通報され、愛宕《あたご》警察署の警察官が駆けつけた。舟生管理官がトップの極左暴力取締本部の〝裏本部〟があるのは、その愛宕警察署の敷地内である。三井物産館からは、一キロも離れていない。

爆発が起こったのは、駆けつけた警察官が三井物産館の三階を捜索中のことである。午後一時十五分、警察官は爆弾のすぐ近くまで迫っていた。爆発によって警察官や三井物産社員十二名が重軽傷を負ったが、幸いに死者は出なかった。仮に三菱重工を爆破した規模の爆弾だったら、どのくらいの犠牲者が出たか、想像もつかない。不幸中の幸いというべきだろう。

警察の懸命の捜査をあざ笑うかのように、犯行声明での〈日帝中枢地区を間断なき戦場と化す〉という宣言は、容赦なく実行に移されたのである。

それは、三菱重工爆破事件から四十五日後のことだ。この爆破事件で、都心の交通はマヒ状態に陥った。長嶋の引退試合に駆けつけようとしたファンも渋滞に巻き込まれ、ダブルヘッダーの二試合目の終わりにようやく間に合ったファンも少なくなかった。

「わが巨人軍は永久に不滅です」

夕闇迫る後楽園球場で、涙の引退セレモニーがおこなわれ、長嶋が長年声援を送ってくれたファンに向かってそう挨拶した時、警視庁は、ついに起こった〝第二の爆破事件〟によって危機感と緊迫感が入り混じった息が詰まる空気に支配されていた。三菱重工爆破だけで終わって欲しいという捜査官たちの願いは、無残にも薙《な》ぎ払われてしまったのである。

犯行声明文は、今度は朝日新聞東京本社に郵送されてきた。新聞・雑誌から活字を切りとって貼りつけ、それをコピーしたものである。

〈日帝ブルジョア報道機関に告ぐ〉

と始まった声明文は、こう続いていた。

〈東アジア反日武装戦線に志願し、その一翼を担うわが部隊は、本日、植民地主義侵略企業三井物産に対し、本社爆破攻撃を決行した。

一九七四年十月十四日　東アジア反日武装戦線〝大地の牙〟〉

暗中模索の捜査

東アジア反日武装戦線に志願し、その一翼を担う〝大地の牙〟――声明文を信じるなら、〝狼〟グループに「新たな仲間が加わった」ことになる。

警視庁刑事部も公安部も、まったく犯人の影さえ見えていない暗中模索の状態をつづけていた。そこに〝新たな敵〟が加わったのか。

三菱重工爆破から一か月半が過ぎ、犯人による〈処刑〉宣言が実は脅《おど》しだったのか、という空気が警察内部にも漂い始めていた時期だっただけに、不意を突かれた打撃は小さくなかった。

だが、十一月二十五日午前三時十分、今度は〝狼〟が、ふたたび牙を剝《む》いた。まるで、新たに加わったという〝大地の牙〟に触発されたかのような行動だった。

東京の日野市旭ヶ丘四丁目にあった帝人株式会社中央研究所の配電盤室に仕掛けられた爆弾が爆発。部屋は大破したが、無人であったため、幸い負傷者はいなかった。

帝人は財閥系の会社ではないものの、海外進出に熱心で、当時、特に韓国でのビジネスを強化していた。すかさず〈〝狼〟通信第2号〉と題された犯行声明が出された。

〈1974年11月25日、東アジア反日武装戦線〝狼〟は帝人中央研究所を爆破した。帝人は韓国ウルサンに於ける伊藤忠及びジャパンラインとの共同による石油精製基地建設を速やかに中止せよ。韓国女性の名古屋工場への強制連行＝タコ部屋の強制を速やかに中止せよ。南ベトナム、タイ等の資本を全て放棄せよ〉

差出人は、〈東アジア反日武装戦線〝狼〟情報部〉である。

声明文は、具体的に〈韓国ウルサンに於ける伊藤忠及びジャパンラインとの共同に依る石油精製基地建設を速やかに中止せよ〉と指弾していた。

ひとつのプロジェクトを名指しするだけでなく、〈韓国女性の名古屋工場への強制連行＝タコ部屋の強制を速やかに中止せよ〉とまで言及しているのは、犯人が帝人の内部情報をキャッチしていることを示唆している。

韓国に対して〝狼〟が相当なこだわりを持っているのは間違いなかった。キーワードのひとつとして、「韓国に進出する日本企業」が大きな意味を持っていることに捜査当局は注目した。

だが、肝心の捜査はなかなか進展しなかった。

爆破事件が相次いでも、行確していた監視対象がまったく〝動き〟を見せなかったのである。

公安部は、日本赤軍の支援者たちばかりでなく、各担当の過激派の目ぼしい対象を徹底マークしていた。来る日も来る日も、監視対象の行動を逐一、確認して報告する地道な捜査がつづいていた。それは、根気との勝負だった。しかし、爆破事件が起こっても、それぞれの監視対象は「まったく動かなかった」のだ。関係なく市民生活をつづけ、三井物産館に近づいた者もいなければ、帝人中央研究所のある日野に向かった者もいない。

ターゲットを二十四時間体制でマークする捜査陣に焦りが生まれて来るのは当然だった。

(こんなことをしていていいのか……)

まるで見当はずれの捜査をやっているのではないか、それぞれの捜査官がそんな思いを抱き、焦燥感をつのらせていった。

第五章　浮上する犯人の「思想」

「シンクタンクをつくれ」

小黒隆嗣・公安一課長は、柴田善憲からあることを命じられていた。

「シンクタンクをつくれ」

それは、〝考えるチーム〟と言いかえた方がいいかもしれない。今では、さまざまな分野の専門家を集め、頭脳集団として機能するシンクタンクは、実業の世界でも政治の世界でも、ごく一般的な言葉となっている。だが、一九七〇年代半ばの日本にはそういう言葉も概念もなく、当時としては極めて珍しいものだった。

犯人像に迫るためには、『腹腹時計』の解析が不可欠だ。その中に鏤《ちりば》められている思想は何に通じるか、そこに犯人に迫るヒントは隠されていないか。

極左暴力取締本部にとってそれを探りあてることこそ、目をつけた人間を片っ端から行動確認することと共に、いや、それ以上に重要なことだった。

田村町の裏本部にそのチームをつくらせる時、柴田は、「シンクタンク」という言葉を用いて小黒に命じたのである。柴田が求めたのは言葉通り、頭脳を武器に戦いを挑む集団だった。

「左翼、極左の論文を全部読み込め。そして、『腹腹時計』の裏に潜むものを炙り出せ。文章から、文脈から、抱いている思想を読み解いて、誰がこれを書いたのか、影響を受けたのはどんな思想なのか、どういう人間の影響を受けたのか、それを徹底して分析せよ。誰が書いたのかがわからなくても、どういう思想のやつが書いたのか、そこに辿りつけ。左翼の論文の葉脈《はみゃく》から、あらゆるものを割り出していけ」

小黒は江藤にそう指示した。捜査のごく初期から、シンクタンクは稼動した。極本の中で、十名ほどが要員になり、手当たり次第に論文の分析をつづけた。

「いいか、〝読書百遍《ひゃっぺん》〟だぞ。何度でも読み直せ。百遍でも二百遍でも、文章を諳《そら》んじるぐらいまで読み込め」

シンクタンクを指揮した江藤は、メンバーに口が酸《す》っぱくなるまでそう言った。

その十名ほどのメンバーの中に、小黒が「この男だけは必ず入れてくれ」と江藤に頼んだ捜査官がいた。それは、小黒が滝野川警察署の署長時代から買っている若手の刑事である。

「滝野川、板橋警察署、公安部というルートで引っ張り上げてきた、まあ、まことに地味ですが、書類を徹底的に分析していく男がおりました。その男は、とにかく粘り強く読み込んでいく。ある時、江藤君から〝課長の言っていたあいつ、いろんなものを読んだ末に、これに間違いないと言い張っているものがあるんですよ〟という報告がありました。ある革命論にこだわっているという話でした」

その刑事は、小黒の期待にみごと応えてくれたのだ。それは、「窮民《きゅうみん》革命論」なるものだった。革命の主体となるのは、あくまで「労働者階級」である。しかし、これまでの考え方では、その労働者階級の中でも、最下層の階級は〝極貧《ごくひん》〟過ぎて、その日暮らししかできず、革命に対する意欲や思いが欠けるため、革命の主体にはなり得ないと捉えられてきた。

だが、「窮民革命論」は、まったくそれとは逆の考え方を打ち出していた。すなわち日本においては一般の労働者は高度経済成長によって生活水準が上昇し、労働者階級でありながら革命への意欲を失い、もはや革命の主体とはなり得ない。むしろ、そこから疎外されたルンペン・プロレタリアートと呼ばれる「窮民」こそが革命の主体となり得るはずだというのが、「窮民革命論」である。

そして、その革命の主体と考えられたのは、差別を受けている日雇い労働者、アイヌ民族、在日韓国・朝鮮人、琉球人……等々だというのである。それは、彼らをオルグして革命の主体にしていこうという新しい理論にほかならなかった。

全共闘運動の敗北が明らかになる中で、この理論は左翼活動家の中で一定の評価を得るようになっていた。これを唱えたのは、竹中労や平岡正明、太田竜といった新左翼系の活動家たちである。

まだ巡査部長に過ぎないこの若い捜査官は、膨大な量の左翼の論文を分析し、『腹腹時計』の底に流れている思想は、「窮民革命論」ではないか、と主張したのである。彼が注目したのは、『腹腹時計』の〈はじめに〉にあるこの文章だった。

〈日帝は、三六年間に及ぶ朝鮮の侵略、植民地支配を始めとして、台湾、中国大陸、東南アジア等も侵略、支配し、「国内」植民地として、アイヌ・モシリ、沖縄を同化、吸収してきた。われわれはその日本帝国主義者の子孫であり、敗戦後開始された日帝の新植民地主義侵略、支配を、許容、黙認し、旧日本帝国主義者の官僚群、資本家共と再び生き返らせた帝国主義本国人である。これは厳然たる事実であり、すべての問題はこの確認より始めなくてはならない〉

これは「窮民革命論」につながるのではないか。『腹腹時計』に流れているのは、まさに高度経済成長時代の「労働者階級」からこぼれ落ちている人々への〝救済宣言〟と〝呼び掛け〟ではないのか。

〝読書百遍〟の中で、若き捜査官はそう分析したのである。

『腹腹時計』に何が欠落しているか

「あいつが言っているなら、と思って、もういちど『腹腹時計』を読み返してみました」

小黒公安一課長も共通点をさぐってみた。

「窮民革命論、あるいは第三世界革命論なるものに、ああ、確かにこれは似通《にかよ》っているな、と思いました。東アジア反日武装戦線は、労働者もほとんどが敵、ホワイトカラーはもちろんすべて敵にしています。だから、あれほどの犠牲者を出す爆破事件を丸の内で起こしている。丸の内にある三菱重工を標的にしたのは、三菱重工が資本主義の象徴だったともいえるし、あの丸の内という場所そのものが象徴であったという見方もできる。彼らにとってみれば、資本主義の中枢に爆弾を仕掛けたという思想的な意味合いも持つことができるということを感じました」

小黒は、田村町の裏本部に自分の部屋を持っていた。ベニヤ板で仕切られた小さな部屋で、そこに小黒用の椅子と机が置かれていた。そこへ、舟生管理官や、その下にいる江藤などを呼んで、捜査の進捗《しんちょく》状況の報告を受け、これからの方針を話し合うのだ。

その部屋で、小黒推薦の若手捜査官が「これではないか」と主張してやまない窮民革命論についても、議論がなされていった。

『腹腹時計』の中に記述されている主張には、こんな部分もあった。

〈日帝本国に於いて唯一根底的に闘っているのは、流民＝日雇労働者である。彼らは、完全に使い捨て、消耗品として強制され、機能付けられている。安価で、使い捨て可能な、何時でも犠牲にできる労働者として強制され、生活のあらゆる分野で徹底的なピンハネを強いられている。そうであるが故に、それを見抜いた流民＝日雇労働者の闘いは、釜ヶ崎、山谷、寿町に見られる如く、日常不断であり、妥協がない闘いであり、小市民労働者のそれとは真向から対決している〉

「これしかない。この思想の流れは、ここに行きつく」

窮民革命論だ。間違いない。若手捜査官の一人が『腹腹時計』の中に見つけた成果についてそう主張している時に、江藤は、〝読書百遍〟を通して、逆に「見つからないもの」に注意を向けていた。

それは、『腹腹時計』の中に新左翼の理論とは一線を画す、言いかえれば、新左翼の理論から「欠落」しているものがあることに気づいたのである。

「当時の極左担当の捜査員というのは、私も含めて彼らの書物や論調、主張をいつも見ている。繰り返し『腹腹時計』を読んでみると、新左翼の読み物としては、欠落している一つの大きな柱があることに気づきました。それは、虫の知らせということかもしれません。ふと、頭の中に出てきたわけです」

江藤は、そう語る。それは何か。

「組織論ですよ。新左翼というのは、政治が先か、行動が先か、という具合に、常に問題意識を持って政治や行動を見ている。政治が優先して、行動を押えるとか、それとも行動の方が先なのか、いろいろ屁《へ》理屈を言っているのが新左翼の特徴です。そこには、常に組織論があるわけです。しかし、この『腹腹時計』には、それが完全に欠落している。そのことが、われわれに、どこへ目を向けたらいいのかを示唆してくれている気がしました」

組織論が欠落している連中――それはすなわち無政府主義者、アナーキズムではないのか。江藤の頭の中に、初めて「アナキスト」という存在が浮かび上がったのは、この時である。

さらにシンクタンクが注目したのは、『腹腹時計』の中にある次のくだりだった。

〈〝狼〟は、あくまでもわれわれの現状より問題を提示したいと思う。そして少なくとも爆弾の製造に関しては、確信をもって提示することができる。
〝狼〟は、現在いくつかの爆弾「事件」によって治安警察から「追及」されているが、致命的な捜査資料は残していない。そして次の「事件」の準備を着々と進めている。それを今迄保障してきたのが、「兵士読本Ｖｏｌ．１」の内容の実践的適用であった。同志諸君の中で大いに検討され、これを踏み台としてさらに飛躍されんことを期待する。爆弾の製造とそれの行使に関する基本準備は万全となるはずである〉（傍点筆者）

自分たちが記した爆弾製造法が正しいことを伝えるために、『腹腹時計』は、自分たちが〈現在いくつかの爆弾「事件」によって治安警察から「追及」されている〉と吐露しているのである。いくつかの爆弾事件とは何か。その解明が、最重要となったのは、言うまでもなかった。

キーワードは「北海道」

どこのセクトにも属さない無政府主義者たちの動向は、公安部の中であまり把握されていない。アナキストは、存在自体がいわば〝一匹狼〟のようなものである。生まれては消え、またどこかに流れていくような存在が、彼らだ。

そんな連中を相手にする捜査官は、もちろん公安部の中でもマイナーな存在だ。しかし、当然、担当はいる。

彼らは、全国にいる数百人規模と言われるアナキストたちの中にも協力者を持っていた。その協力者の中には、極本のシンクタンクの中で議論されているものと同じことを言う者もいた。

「この文体は、窮民革命論を唱えている太田竜のものに似ている。彼か、その周辺を洗ってみるべきです」

そんな情報が協力者からもたらされた。

さらに解析を進めたシンクタンクは、犯人が「四つの特徴」を持っていることに気づいた。

一つは、前述のようにアナキスト的な体質を持っていること、二つめに、窮民革命論、第三世界革命論の思想的な影響を受けていること、三つめに、アイヌ問題、朝鮮・韓国問題、台湾問題、東南アジア問題に強い関心を抱いていること、四つめは、爆弾闘争の経験をすでに持っていること——以上の四点である。

アナキスト担当者は、この時、「無政府共産党」の存在を浮かび上がらせている。

昭和四十年当時、東京西神田にあった現代思潮《しちょう》社を中心に、アナキストたちが集まって「無政府共産党」が組織され、月刊機関紙『東京行動戦線』が発行された。

昭和四十年といえば、日韓基本条約批准《ひじゅん》阻止闘争とベトナム戦争反対闘争が激化しており、東京行動戦線グループと称された彼らは、すでに火炎瓶や塩素酸塩系爆弾の開発・実験をおこなっていた。

昭和四十年十一月、東京行動戦線グループはアメリカ大使館を爆弾攻撃すべく準備を進めていたが、計画が事前に漏れて、主要幹部は一斉に検挙された。

その後、彼らの〝生き残り〟は、文京区本郷に「レボルト社」という革命思想の啓蒙を目的とした出版社を設立し、秘かに活動を継続していた。

窮民革命論とアナキスト、東京行動戦線グループ、そして、「いくつかの爆弾事件」――それは、やがて「北海道」というキーワードにつながっていった。

北海道警は、三菱重工爆破事件とはまったく関係なく、ある〝容疑者〟を追っていた。

昭和四十七年十月二十三日午後十一時半頃、札幌市北区北九条西七丁目にあった北海道大学の文学部二階ホールで突然、大音響が轟いた。

北大付属の北方文化研究所の陳列ケースが下に仕掛けられた爆弾によって爆破されたのである。夜遅くでもあり、二階ホールは無人で、そのためにけが人は出なかった。

だが、奇妙なのは、その札幌から百三十キロも離れた旭川市で、ほぼ同じ時刻に爆弾事件が発生したことである。

旭川市の中心部にほど近い常磐《ときわ》公園にある北海道開拓記念碑「風雪《ふうせつ》の群像」の中の「コタンの像」のうしろに仕掛けられた爆弾が爆発し、ブロンズ像が大破した。それは、かなり離れたアパートのガラス窓を割るほどの威力だった。

人通りのない夜遅くだったから被害が少なかったものの、旭川市民の憩《いこ》いの場となっている常磐公園で仮に昼間にでも爆弾事件が起こっていれば、多数のけが人が生じた可能性があった。

この日は、松前藩と戦ったアイヌの英雄シャクシャインが松前藩に騙《だま》し討ちされたと言われる日であり、当然これを狙った犯行だと思われた。

北方文化研究所は、アイヌ文化を研究・展示している研究所だが、アイヌが弾圧されていると考える立場からなら、「アイヌの文化遺産略奪」を象徴する施設と見ることもできる。さらに、

「風雪の群像」は、「アイヌ同化政策」を象徴する像ということになるわけである。

いずれにせよ、アイヌが受けている差別に対する抗議の犯行だと考えられた。

また、爆弾事件ではないが、そのひと月ほど前の九月二十日、シャクシャインの最後の砦とされる日高地方の静内《しずない》町「真歌《まうた》公園」にあるシャクシャイン像の台座に刻まれていた北海道知事・町村金五の名前が何者かに削りとられるという事件も発生していた。

未解決爆破事件とアイヌ、そして北海道——極本の目は、次第に北海道に注がれていった。事件解決のカギは「北海道」にあるかもしれない。

江藤の回想は、詳細だ。

「『腹腹時計』には、材料がいくつかありました。窮民革命、第三世界革命とかの思想にかぶれているのではないかと思われる部分と、アイヌ問題への強い関心、それと新しい意味でのアメリカ帝国主義の打倒、さらには、日本による軍事進出ではない〝経済産業の進出〟という考え方です。何十回と読んでいくうちにいろいろと見えてくるものがありました。外の弱小国家、弱小民族を虐《しいた》げて、不当な利益を貪る新しいかたちの帝国主義ということを意識しているグループであることはよくわかりました」

見出した材料を分析するのが裏本部のシンクタンクの役割である。

「こういうことに該当するのは、どういうのがいるのか、あらゆる資料を漁《あさ》って検討しました。アイヌ問題に関心を持っているのは、どういうやつらなのか、かつてアナキストが起こした事件にはどんなものがあったのか、その時に誰が主役を演じたのか、あるいは、救援活動の主体は誰だったのか、等々、徹底的に調べていきました。いろいろな角度から資料を集めて検討しましたが、理論的な指導者クラスは、すでに歳をとっていました。そこで、彼らの周辺にこういうことができる若いやつはいないか、とだんだん幅を広げていったわけです」

さらに調べていくと、関東でも不可思議な爆弾事件が起こっていたことがわかった。

昭和四十六年十二月十二日に、静岡県熱海市の伊豆山にあった興亜観音像、七士《しちし》之碑、大東亜戦争殉国刑死一〇六八霊位供養碑に仕掛けられた四個の爆弾のうち二個が爆発し、七士之碑が全壊し、供養碑の一部が破損した事件だ。

興亜観音像は、南京攻略戦の司令官だった松井石根《いわね》が、日中両軍が多くの戦死者を出したのを悼《いた》み、亡くなった両国の兵士を慰霊する目的で建立したものだ。

また、七士之碑は、東條英機など東京裁判によって処刑されたA級戦犯を祀《まつ》った碑であり、大東亜戦争殉国刑死一〇六八霊位供養碑は、ＢＣ級戦犯として命を落とした人たちのための供養碑である。これらは、日本帝国主義のアジアへの軍事侵略の歴史を「象徴するもの」として、爆破されたものだと思われた。

さらにその四か月後の昭和四十七年四月六日、横浜市の鶴見区鶴見町にある曹洞宗大本山「總《そう》持寺《じじ》」の常照《じょうしょう》殿納骨堂の壁に仕掛けられた爆弾が爆発する事件があった。

この納骨堂は、戦前戦後にかけて朝鮮で死亡した日本人たちの納骨堂である。

爆弾は、納骨堂の窓ガラス付近の墓石を破損させた。納骨堂裏にある墓石には、ガリ版印刷のビラが貼りつけられていた。

〈入管法反対、朝鮮侵略日本人植民者ノ、慰霊観音像建設反対〉（傍点筆者）

そこには、短くそう記されていた。裏本部のシンクタンクが注目したのは、この中の「植民者」という言葉だ。それは、三菱重工爆破事件の犯行声明文にそのまま出てくる特徴的な「言葉」だったのである。

（このグループの犯行に違いない）

極本のシンクタンクの面々は、確信した。

『腹腹時計』が〈現在いくつかの爆弾「事件」によって治安警察から「追及」されている〉と吐露していた事件に該当するものがいくつも出てきたのである。

（待っとけよ。絶対に正体をつきとめてやる）

極左暴力取締本部の捜査官たちは誰もがそう思っていた。

〝理論的リーダー〟の出頭

裏本部が「窮民革命論」に注目していることは、やがて、担当記者たちが知るところとなった。三菱重工爆破事件に関して、どんな些細《ささい》なことも聞き逃すなという指令を受けている記者たちは、捜査官たちへの苛酷な夜討《う》ち朝駆《が》けの毎日を送っていた。

この理論を唱えた「太田竜」について、マスコミは早くも十月下旬に報道を始めている。犯行声明が送られてきて、まだひと月も経っていない頃のことだ。

昭和四十九年十月二十一日の夕刊で、読売新聞は思い切った記事を掲載した。

〈暴力理論革命指導者「太田竜」を追え　アイヌ事件で指名手配
　爆破事件　腹腹時計　思想的に強い影響　14日に渡道、姿くらます〉

読売は、こんな見出しを掲げて北海道警が新左翼の理論家、太田竜（四四）を指名手配したことを報じた。そこには、二年前の「シャクシャイン像」破損事件の容疑で北海道警が太田を手配し、さらに警察庁などが三菱重工爆破事件についても「太田の思想的影響下にあるグループ」によるものとの見方を強めていることが記述されていた。

それは、三菱重工爆破について、事件の輪郭すら想像できなかった国民に、曖昧とはいえ、ある種の〝像〟を結ばせる貴重なスクープとなった。しかし、この記事が出たことによって、事態は意外な展開を見せていく。

当の太田竜が突然、警察に出頭してきたのである。

アイヌの英雄・シャクシャインの命日である十月二十三日朝、太田は神奈川県警小田原警察署に出頭した。ただちに指紋照合がおこなわれ、本人と確認されて逮捕された。

指名手配をスクープしていた読売新聞は、十月二十三日夕刊で大々的に取り上げた。

〈「太田竜」小田原で逮捕　爆破事件の関連追及
　ヒゲ落とし変装、出頭　調べに薄ら笑いで黙秘　北海道へ移送〉

北海道警による指名手配だったため、太田の身柄は北海道へ移送されるが、マスコミの中には、これで一挙に三菱重工爆破事件の解明が進むのではないか、と見る向きが少なくなかった。当の読売新聞は、こう報じている。

〈警視庁など捜査当局の調べによると、三菱、三井両爆破事件の犯人グループが、新左翼の理論家である太田の「思想的影響下のグループ」にほぼ間違いないとみられ、両事件との関連追及に全力をあげることになった。

太田が小田原署に出頭してきた時、最初に応対したのは同署警備課外事係の木村精三巡査。太田は「わたくしは、北海道警から手配されている太田竜という者です。責任者に伝えてください。わたくしが手配されていることを確認してください。北海道警に連絡してください」と、静かな口調で話しかけてきた。木村巡査ら当直の警官が神奈川県警本部に連絡するとともに、太田から任意で指紋をとり、手配されていた指紋番号と照合したところピタリ一致、午前十時、暴力行為容疑で逮捕状を執行した〉

読売新聞は、「なんで小田原に来たのか」「自首してきたんだから、しゃべってもよいだろう」と捜査官が水を向けても、太田は両手を組んでニヤニヤするだけだった、と記している。

全八段を費やしたその記事は、北海道のシャクシャイン像破損事件に対する容疑にもかかわらず、あたかも三菱重工爆破事件に対する容疑であったかのような大きな扱いだった。

だが、その〝期待〟は、見事に裏切られる。

三菱重工爆破事件に対して太田の容疑は、ほどなく晴れるのである。十日前に〈薄ら笑いで黙

秘〉とまで書いた読売新聞は、昭和四十九年十一月三日朝刊で、

〈「爆破」無関係と断定　太田竜、アイヌ像破損で起訴〉という見出しでトーンダウンしていく。

〈太田が東京都内で起きた連続爆破事件に何らかのつながりがあるのではないか、と捜査当局がみていたのは、三菱重工業爆破決行を宣言した「東アジア反日武装戦線」の〝狼〟グループが、今年三月にアングラ出版した爆弾教典「腹腹時計」の中の暴力革命理論が、太田のいう「窮民革命論」にそっくりだったため。ところが、太田が警察に出頭する直前までアジトにしていた東京・北千住のアパートに「腹腹時計」はあったが、コピーされたもので、いたるところに赤線や疑問符が記されてあったことなどから「腹腹時計」は太田が書いたものではないことがわかった。また、これまでの言動からみて、太田は横のつながりを持つグループ組織に指示を与え、動かすようなことは、あまり考えられない――などの点から、同警備部は、東京の二つの爆破事件については、まず無関係と断定した〉

いかにも悔しさが溢《あふ》れる記事である。

しかし、この悔しさは捜査陣も同じだった。たとえ太田本人に関係がなくても、その理論に共鳴したり、共に活動していた人間の中に、怪しい人物が必ずいる――裏本部はそう考えていた。

周辺への捜査は、太田の容疑が晴れたことで、一層、強化されることになった。

第六章　端緒

あざ笑う犯人と爆破事件

「不愉快《ふゆかい》だっ」

　千代田区霞が関の人事院ビルの四階、警察庁記者クラブの記者会見の席上、国家公安委員長の福田一《はじめ》（七二）がそう言い放った時、記者たちは一瞬、その迫力にたじろいだ。

　昭和四十九年十二月十日午前十一時過ぎのことだ。

　福田は、自民党の大野派や船田派に属し、晩年は無派閥になった自民党の一言居士《いちげんこじ》である。戦中に同盟通信（現在の共同通信と時事通信）で政治部長を務めただけあって、マスコミ内部も知り尽くしている政治家だ。

　この時、田中角栄首相が『文藝春秋』の「田中角栄研究」（立花隆）レポートに端を発した金脈問題で退陣した後、自民党副総裁・椎名悦三郎のいわゆる〝椎名裁定〟によって三木武夫政権が誕生したばかりだった。福田は、過激化するセクトの犯罪と、極めつきのテロ事件である三菱重工爆破事件の解決を大きな課題として自治大臣兼国家公安委員長に就任していた。

その福田が国家公安委員長として最初の記者会見に臨んだ時、よりによって新たな爆破事件の一報が飛び込んできたのである。

爆発が起こったのは、中央区銀座二丁目にある大成建設ビルだ。一階駐車場にある鉄板下に仕掛けられた爆弾が爆発。現場は、福田がいる人事院ビルから一・七キロほどしか離れていない。

会見中に秘書官からのメモを受け取った福田は絶句し、しばらく押し黙ったあと思わず「不愉快だっ」という言葉を発したのである。

しかし、気を取り直した福田は、何事が起こったのかと驚く記者たちに対して事情を説明し、

「なんとか犯人が捕まらんもんかねえ……」

と、平静を装って呟《つぶや》いた。だが、今度は記者たちが、鳴り始めたパトカーの音で落ち着きを失った。外は騒然としている。至近距離で爆破事件が起こったとすれば、自分たちもなんらかの取材に当たる必要があるかもしれない。

会見は、早々に切り上げられた。

「こんな暗い事件が起こると、一日中、不愉快になるねえ」

福田国家公安委員長は、そう記者たちに向かって苦笑いしながら席を立った。新政権の発足を狙い打ちするかのように、犯人は至近距離で新たな事件を引き起こしたのである。

犯人逮捕のメドはまったく立っていない。それは、犯人たちの不敵な挑戦にほかならない。

「不愉快だっ」と叫んだのは、福田が犯人の意図を一瞬で嗅《か》ぎとったからに違いない。

事件は、事前に大成建設の総務部庶務課と技術開発本部、さらには、すぐ近くの大倉商事の工事課の三か所に、

「爆弾を仕掛けた。ただちに避難せよ」

という予告電話が入った上で起こっていた。大成建設と大倉商事は、共に〝商傑〟と呼ばれた明治の実業家・大倉喜八郎に設立された旧大倉財閥系企業だ。

急報で築地警察署の署員が駆けつけ、急遽、爆弾の捜索と付近の交通規制に入ったが、爆弾発見に至らないまま午前十時五十五分に爆発が起こったのである。

重軽傷者は、爆弾の捜索にあたっていた警察官や通行人で、その数は「八名」にのぼった。

犯行声明は、朝日新聞、毎日新聞、読売新聞の各本社およびＮＨＫに郵送された。小学館発行の『現代漢字辞典』の文字を切り貼りして作り、コピーしたものだ。名乗りを上げたのは、「東アジア反日武装戦線〝大地の牙〟」である。

なぜ両社が狙われたか。声明文には、理由が詳細に書かれていた。

〈〔第二号〕通告
東アジア反日武装戦線の一翼を担い、わが〝大地の牙〟は本日、大成建設（大倉土木）を筆頭とする旧大倉財閥系企業の本拠地を爆破攻撃した〉

そう前置きした犯人は、両社がいかにアジアの人民を搾取し、「死の商人」として活動してきたかを指弾している。

〈大倉組（大成建設・大倉商事等）は明治維新以来、政商「死の商人」として日本反革命軍とともにあり、台湾、朝鮮、アイヌモシリ、沖縄、中国大陸、東南アジアの侵略、植民地支配の尖兵をつとめ、敗戦後米帝反革命等の兵站を担って延命し、いま本国の下層プロレタリアからの搾取、収奪と韓国、インドネシア、アラブ、ブラジルをはじめ、海外への侵略を推進している新旧日本帝国主義の代表的企業であり、大成建設らの今日は、大倉農場にその大地を侵奪《しんだつ》されたアイヌ人民、朝鮮人民……、一九二二年新潟県の信越電力信濃川火力発電所工事現場で大量虐殺された朝鮮人労働者等々夥しい植民地人民の血と屍の上に築かれている〉

あくまで彼らの論理は、台湾、朝鮮、アイヌモシリ、沖縄、中国大陸、東南アジア……等々の人民が、いかに日本の帝国主義と死の商人によって搾取されてきたか、にあった。

〈わが部隊は、この大倉＝大成ら日帝の全構築を破壊し植民地主義企業、帝国主義者を地上から掃滅《そうめつ》する戦いの一環として今日の作戦を決行した。一九七四年十二月十日東アジア反日武装戦線〝大地の牙〟情報部〉

やはり、そこには「窮民革命論」があった。犯行声明を出せば出すほど、彼らは自分の正体を警視庁公安部のプロの捜査官たちに告げていた。

さらに、あと一週間で激動の一年が終わるという十二月二十三日午前三時十分頃、江東区東陽町二丁目の鹿島建設・建築本部内装センターKPH工場敷地内に仕掛けられた爆弾が爆発した。

夜中であり、負傷者はなかったが、爆風により工場の従業員休憩室の窓ガラスが破壊された。

犯行声明は、今度は、読売新聞本社に郵送された。

〈コミュニケ第1号　本日、鹿島爆破＝花岡《はなおか》作戦を決行したのは、東アジア反日武装戦線に参画する抗日パルチザン義勇軍〝さそり〟である。鹿島建設は植民地人民の生血をすすり、死肉を食らい獲得したすべての資産を放棄せよ　一九七四年十二月二十三日〉

そこには、これまでの〝狼〟と〝大地の牙〟ではない〝さそり〟という名前が記されていた。

犯人グループへ新たな加入があったことを示すものである。

それは、捜査当局の苛立《いらだ》ちをあおるような挑戦状だった。

解析される爆弾

事件に使われた爆弾には、すべてにある「共通点」があった。

起爆装置と雷管である。

三菱重工爆破事件で、〝狼〟は、起爆装置にトラベルウォッチ（目覚まし時計）を使っている。

これを時限装置にする方法に犯人グループの特徴があった。

どの事件でも、ベルについている「撞木《しゅもく》」、いわゆる板バネを爆弾のスイッチの「電極」として利用する方法をとっていた。

目覚まし時計は、セットされた時間がくれば、それまでかかっていた板バネ（撞木）がストンと落ちる仕組みになっている。これを時限装置に利用するなら、板バネの落ちるところに、プラスマイナスの電流が通じるようにしておき、電流が雷管の方にいけばいいのである。

そして、この雷管にも特徴があった。

雷管の中の発火装置に、犯人グループは、硫黄と塩素酸カリウムを一対一で混合したものを使っていた。それは、『腹腹時計』の記述通りであり、明らかに「共通の爆弾」だった。

「爆弾で大事なのは、起爆装置と雷管なんです。これに同一性があるかどうか。一連の爆弾は、全部同じものでした」

当時、公安総務課の特殊班で解析にあたった係官は、飛び散った爆弾の破片をかき集め、特徴を探りあてたのである。手口の同一性によって、犯人たちが同一、もしくは情報を共有しあっている仲間であることが想像できた。

膨大な証拠物の中から、解析班は、小さなバネやネジのひとつひとつについて、詳細に分析し、爆弾を完全再現していた。そして、犯人たちがつくった通りの爆弾を実際に製造し、その爆破実験までおこなった。

爆破実験は、どこでもできるものではない。時には、自衛隊の群馬・相馬原《そうまがはら》駐屯地まで行って、爆破実験をおこなうこともあった。警視庁は、次第に犯人の技術のレベルを摑んでいった。

「ブツは嘘を言わない、というのが、私たちがいつも肝に銘じている言葉です。どんなに広範囲に証拠が飛び散っても、必ず探し当てます。どんな技術と理論を駆使しようが、解析していけば必ず私たちにはわかります。徳田球一らに指導されて日本共産党臨時中央指導部が武装闘争を展開していた頃に、時限爆弾や火炎瓶などの製造法を記した『栄養分析表』という爆弾教本を出したことがあります。犯人グループは、明らかにこれを参考にしていました。また彼らは、塩素酸カリウムとワセリンとパラフィンを混合して〝セジット〟と呼ばれる爆薬をつくり、それに白色火薬を混ぜていました。これは、事件の三年ほど前にオーム社というところから出版された『火薬と発破』という本を参考にしています。彼らが何を参考にし、何を利用していたか、解析によって次々とわかってきました」

公安総務課特殊班の係官は、そう振り返った。犯人グループは、思想や理論だけでなく、その技術力も徹底して解析され、次第に丸裸になっていったのである。

浮上した二人の若者

捜査線上に二人の若者の名前が浮かんで来たのは、昭和四十九年が師走の声を聞くころである。それは、北海道警の地道な捜査がきっかけだった。

警察庁は、キーワードとなった「北海道」の捜査で北海道警との連絡を密にし、北方文化研究所や「風雪の群像」爆破事件の解明を目指していた。三菱重工爆破事件という史上最大のテロによって、捜査はあらためて強化され、捜査官も増員されて展開されていた。いうまでもなく、これは警察庁の柴田善憲公安三課長から北海道警への強い要請によるものだった。

そんな中で、興味深い情報がキャッチされた。

同じ日時に起こった両爆破事件の前後、すなわち昭和四十七年九月から十一月にかけて、アイヌのことを調査、聞き取りするために北海道を旅行している若者二人組がいた――という情報だ。ある時は、自らを「土工」といい、またある時は、「フリーのジャーナリスト」と自称していた二人組は、日高地方に来た時、その行動が道警にキャッチされている。

「若者は、投宿先の旅館の女将《おかみ》がリュックサックをたまたま触《さわ》ったら、血相を変えて怒った」

聞き込みで道警はそんな話を摑んできたのである。咄嗟の怒り方があまりに激しく、女将はこの時のことをはっきりと記憶していた。二人とも瘦せており、片方は黒縁、片方は銀縁のメガネをかけて、共に独特の雰囲気を持つ若者だった。

道警が宿帳に記入された住所と名前をあたってみると、それは架空のものだった。ひょっとしたら、そのリュックサックの中身は爆弾ではなかったのか、あるいはその材料ではなかったのか。

それは、二人組の正体解明の必要性を促す重要な情報となった。

一方、極本は、「東京行動戦線」を発行していた旧メンバーの張り込みや、ほかに当時そこに出入りしていた若者はいなかったかという捜査を徹底した中で、謎の二人組に特徴が似ている若者を浮かび上がらせていた。

昭和四十八年三月二十五日、旧東京行動戦線の発刊メンバーが起こしたレボルト社という出版社が公安部の家宅捜索を受けた際、その場に立ち会った人物として佐々木規夫（二六）という名が出てきた。

佐々木はこの時、『薔薇の詩』という爆弾教本を所持していた。佐々木の兄がレボルト社にかかわっていたことから、若くしてレボルト社に出入りしていた人物である。

もう一人は、斎藤和《のどか》（二七）である。室蘭出身の元都立大学（現在の首都大学東京）の学生で、学生時代から学生アナキスト連盟に所属して、同じ東京行動戦線に出入りしていた活動家だ。旧東京行動戦線グループの関係者の居所が、一人、また一人と把握されていく中で、二人はまだ所在確認ができておらず、しかも、北海道で目撃されていた二人組に極めて風貌が「似ていた」のである。

しかし、その程度では、「ひょっとしたら、あの二人組かもしれない」というだけのことである。この時点で、佐々木と斎藤は居所不明の東京行動戦線関連の「若手活動家」という存在に過ぎなかった。

極本は、昭和四十九年の十二月頃から、東京行動戦線、そしてレボルト社関係者の「本籍照会」を断続的におこなった。本籍照会の総数は、数十名にのぼった。戸籍の附表《ふひょう》を追えば、住民登録さえしていれば、その人物の居所に行きあたることができる。

しかし、数が多すぎてすべてをやり切れないまま、激動の昭和四十九年は暮れていった。

本籍照会を終えた人間を基調《きちょう》（注＝基礎調査のこと）することと、残りの本籍照会は、年明け以降に「持ち越される」ことになった。

舟生管理官の〝檄〟

日本赤軍の関係者や支援者を行動確認していた古川原たちが、年明けから田村町の極左暴力取締本部に行くよう命じられたのは、昭和四十九年暮れのことだ。

日本赤軍関係者の監視からはなんの成果もなく、「このままこんなことをつづけていていいのか」という思いに捉われていた矢先のことだった。

初めて行く者にとって、田村町の極左暴力取締本部は実にわかりにくい。

そもそも、看板が掲げられていないのだから、説明をきちんと受けていなければ辿りつくことができない。〝裏本部〟と称されていた所以である。

愛宕警察署の裏にあると聞いていた古川原は、コンクリート色の四階ぐらいの古ぼけた建物を初めて見た。その建物の道路に面した側には、玄関脇に警察学校第三教養部、通告センター……など五枚ほど看板がかかっている。「極左暴力取締本部」とはもちろん書いてないが、取り敢えず入ってみた。しかし、それらしきものはなかった。

表からは、極本には行けない。同じ建物であっても、裏に行く通路は途中で塞がれており、表と裏は、それぞれが完全に「独立」していたのである。

唯一、極本に行く方法は、愛宕署の裏にある駐車場だ。そこを通れば、やっと極本の入口につくことができる。

昭和五十年一月四日、御用始めの朝八時過ぎ、古川原は、初めて極左暴力取締本部に足を踏み入れた。かなり大きな部屋に公安部の腕利きがすでに何十人も集まっていた。ここが、もとの警察学校であり、その時の教室をふたつほどぶち抜いて裏本部として使っていたことを古川原が知るのは、ずっとのちのことである。

警察では、初めて来た部署では必ず「氏名申告」をしなければならない。

「××警部補、××警部補、××巡査部長、××巡査部長、××巡査、××巡査の何名は本日、極左暴力取締本部勤務を命じられました。以上、申告いたします」

新しく来た人間が一列か二列に並び、そのなかで一番階級の高い者が申告する一種の〝儀式〟である。受けるのは、田村町の極本を率いている舟生禮治管理官である。

年明け早々の氏名申告は新鮮であり、同時に気持ちが引き締まるものだ。ことに日本中が注目する連続企業爆破事件の解決を託されている部署に新たに戦力が加わるのである。身震いするほどの使命感を覚えた人間がいたとしてもおかしくない。

代表して新しく加わった警部補の氏名申告を受けた舟生は、新年の挨拶と訓示をおこなった。

「皆さん、あけましておめでとうございます」

六十人ほどはいただろうか。極本の公安部員に向かって舟生はそう話しかけた。舟生は、かの『腹腹時計』を差し押えた九か月前から、目に見えないこの敵と最前線で戦ってきた。

三菱重工爆破事件では、いち早く現場に駆けつけ、田村町が裏本部として機能し始めると、江藤たち現場指揮官が動きやすいようにさまざまなサポートをおこなってきた。福井與明参事官や小黒隆嗣公安一課長と現場とのパイプ役になったのも舟生である。

「皆さんには、三菱重工爆破事件の〝狼グループ〟の捜査に従事してもらいます。具体的には、東京行動戦線の捜査です」

　舟生はそう言うと、Ａ４ぐらいの大きさの紙を自分の前に広げて、皆に見せた。「東京行動戦線」という固有名詞が飛び出したことで、うん？　と驚きを隠さない部員もいた。

「このグループが一連の爆破事件に関与している可能性が出てきました。皆さんは自信をもって、捜査に邁進《まいしん》してもらいたい」

　舟生は息を継《つ》いで、こう力を込めた。

「犯人は、われわれが威信をかけて、逮捕しなければならないと思う」

　メガネをかけ、大学教授のような雰囲気を持つ舟生は、普段は理論的な話し方をする。その舟生の口から「威信をかけて逮捕」という気迫に満ちた訓示が発せられるとは、誰ひとり予想していなかった。

　古川原らこの日から加わった捜査官たちは、もちろん「東京行動戦線」という名前自体を聞いたことがない。いや、同僚の捜査官がどんなことをやっているのかわからない極本では、その名前を知らない捜査官が多かった。極めて短期間しか存在していない「東京行動戦線」という機関紙は、公安部の人間の中ですら認知度は低かったのである。

　ところが、この時、そういう筋読みがすでに極本でおこなわれており、管理官である舟生がそのことに自信を持って「語る」ほどだったのである。

　それは、極本が威信をかけて犯人を逮捕するという「決意表明」にほかならなかった。言いかえれば、極本の部員に対する大いなる〝檄〟だったのである。

この時、二十七歳の古川原巡査部長は、不思議な満足感に浸《ひた》っていた。

「ほかの人はどうかわからないけど、舟生さんの訓示を聞いた時、俺は、えっ？　と思ったんだ。そこまでわかっているのか、と。これでやれるって初めて思ったよ。ここまでわかっていたら、なんとかやれる、これが当たりだ、と満足感と充実感がこみ上げてきてね。俺はこれで〝ホンボシを追える〟と、嬉しくてたまらなかったことを覚えています」

古川原もほかの部員と同じように「東京行動戦線」なるものを知らない。しかし、そんな大きなヒントがあるなら必ずやれる。いや、必ずやってみせる。古川原は、そう固く心に誓っていた。

一方の舟生は、新しく入ってきた古川原たちを見て、一抹《いちまつ》の不安を覚えていた。

「古川原君などは、そこらへんで缶カラを蹴っ飛ばして歩いている若いお兄ちゃんのように見えました。正直、こいつらで大丈夫なんだろうか、と思いましたね。あとで、一杯飲ましたら、このとき入ってきたのは、イキがっている若い連中が多かったですよ。でも、とにかく人手が足らないですから、たとえ長い時間の行確は任せられなくても、三十分でも四十分でもいいから、やらせなければならない場合もあります。そういうことをやる連中を私たちは、〝追《お》っ飛《と》ばし屋〟と呼ぶんですが、彼らでもそういう役目なら、できるのかな、って漠然と考えておりました」

そんな〝若い連中〟が、その後次々と大きな手柄を挙げてくることなど、この時の舟生には、想像もできなかった。

この日、新たな体制で捜査に突入することになった極本では、大編成替えがおこなわれた。

のちに犯人逮捕に大きな役割を果たすことになる廣瀬喜征の班に古川原は入った。

坊主よりスポーツ刈りに近い髪をした廣瀬は、痩せぎすで精悍な捜査官だった。三十一歳ですでに警部補となっていた廣瀬はこの日以来、古川原たちの班長となった。

東アジア反日武装戦線との激しい闘いを展開することになる廣瀬班に集《つど》ったのは、古川原のほか、若松正雄、三浦泰、西前泰廣《にしまえやすひろ》、田崎栄一、栢木國廣《かやきくにひろ》という計六人である。

みな初めてやって来た極本に戸惑《とまど》いを感じながらも、早く溶け込もうと必死だった。

訓示をおこなったナンバー1の舟生、その下で温和な中にも鋭い眼光を持つナンバー2の江藤勝夫など、オーラを発する幹部たちが極本にはいた。

これならきっと犯人を逮捕できるに違いない。古川原は、そう思った。御用始めの当日、こうして極本はいきなりエンジン全開で活動を始めたのである。

古川原は、佐々木規夫の担当になった。北海道・小樽市出身の佐々木は、地元の小樽潮陵《ちょうりょう》高校に進み、大学受験に失敗し、父親が経営する呉服店を手伝った後、上京している。

昭和四十五年十二月には、朝鮮革命史研究会の東京北部集会のビラ張りによる軽犯罪法違反で、荒川署に検挙された過去があった。朝鮮問題に強い関心を抱く若者らしい。

昭和四十八年三月には、前述のようにレボルト社家宅捜索の際に、公安部によって「その場にいた」ことが確認されている。極本では、軽犯罪法で四年前に逮捕された時の所在地とその区役所にすでに照会をおこなっていたが、佐々木の行方はわからなかった。

古川原は、念のために小樽の市役所に問い合わせて、戸籍の附票を調査してみた。意外なことに、逮捕された時の区役所にはなんの痕跡も残していなかった佐々木が、その後、なぜか住民票を小樽から東京に移動させていたことが判明した。思いがけないことが佐々木に迫る端緒となったのである。

第七章　極秘捜査

置かれていた荷物

北区中十条二丁目の美島荘《みしま》――。それが目的のアパートだった。

極左暴力捜査本部の若松正雄（五〇）と栢木國廣巡査（二四）が〝基調〟のために美島荘にやってきたのは、昭和五十年一月八日のことである。

基調とは、捜査官が最初におこなう「基礎調査」のことだ。まだ犯人の目星がどうこうする段階ではない「基礎的な調査」である。まずは、住民登録どおりに、そこに目的の人物が居住しているかどうか。それを確かめるのも基調のひとつだ。

もちろん若松にも、そして若い栢木にも、この段階で緊張感は微塵《みじん》もない。

長野県の木曾《きそ》出身の栢木は、昭和四十四年に高校卒業後、警視庁に入って六年目である。三鷹署から警官生活をスタートさせた栢木は、四年目に三鷹署の公安担当となっていた。そして、三菱重工爆破事件勃発で本庁に呼ばれ、公安警察の威信をかけた捜査の一員として聞き込みや基調を担当していたのである。

〝いつもの〟基調のつもりでやって来た二人は、それが「すべての始まり」になるとは予想もしていなかった。

アパートは平屋で、なんの変哲もない脱靴《だっか》式のつくりだ。玄関は共同で、ここで靴を脱いでスリッパに履《は》き替える。奥に伸びている廊下の左右に各部屋が並んでいるが、昼間だというのに中は薄暗く、いかにも安アパートという感じだった。

あくまで基調で来ているだけなので、たとえ目的の人物「佐々木規夫」の部屋がわかっても、ノックをするつもりはない。

だが、美島荘の玄関で、二人の目は、あるものに吸い寄せられた。

荷物である。それは、国鉄（ＪＲの前身）など運輸会社が手荷物輸送のサービスで運んでくれるいわゆる「チッキ」による荷物だった。茶の包装紙できちんと包まれ、紐《ひも》で括られていた。

宅配便に押されて今ではなくなったが、この当時、チッキは、乗客の荷物を運ぶなど、宅送の手段として、一般的なものだった。

宛名は、「佐々木規夫」。差出人は「本人」である。出した場所は北海道だった。北海道に行っていた佐々木規夫が、大きな荷物をこの国鉄の宅送サービスを使って、送ってきたものである。その荷物が、目の前にある。本人が不在のために、廊下の上がったところに荷物がそのまま置かれていたのだ。

二人は、顔を見合わせた。高さ一メートル、幅は四十センチ以上ある大きなものである。

栢木は、荷物に触った。そして、ちょっと傾けてみた。

（重い）

それは、ずっしりと来る重さだった。中身はとても衣類などではない。相当、重量がある。本か？　それとも……。その瞬間、

（爆弾かもしれない！）

栢木はそう思った。三菱重工爆破事件の爆弾の材料に「クサトール」という除草剤が使われていたことは、すでに明らかになっている。あれほどの大爆発を起こさせた原料となると、量も半端なものではなかっただろう。

不穏な気分にさせられるこの重さは、旅行者が宅送をお願いする単なる手荷物とは思えない。ひょっとして、「佐々木規夫」というのは、本当に怪しいかもしれない。

栢木の頭に、そんな疑念が湧き上がってきた。

部屋を確認すると、佐々木の部屋は、一番手前の右、すなわち「美島荘一号室」だった。だから、玄関の上がり口にそのまま荷物がドンと置かれていたのである。

部屋のドアには、「荷物が届きましたら管理人さんに届けてください」と貼ってある。

荷物が届くことは、あらかじめ佐々木にもわかっていたようだ。おそらく大家（管理人）がいなかったか、あるいはその指示で、ここに荷物が「置かれた」のだろう。

本人が不在の時に荷物が届き、その間に、捜査官がこの正体不明の荷物を〝現認《げんにん》〟するという「偶然が重なった」のである。

栢木は、近くの交番に走った。とにかく上に報告し、命令を受けなければならない。どんな指

示があろうと、すべては佐々木が帰ってくるまでに終わらせなければならなかった。

江藤に警電（警察電話）で説明すると、すぐに指示が飛んできた。

「（荷物の）写真を撮れ」

そうだ。写真だ。たしかにそれが必要だ。だが、栢木は、カメラを持って来ていなかった。若松も同じだ。あいにく交番にもカメラがない。

（しまった……）

栢木は、交番でカメラ屋の場所を確認すると、そこに走った。

「警察です。カメラをお借りできないでしょうか！」

いきなり飛び込んできた男が警察手帳を見せながら、そう叫ぶ。緊急の捜査に必要であることは、その男の顔が物語っている。カメラ屋には、商品でなくてもいくらでもカメラが置いてある。

「これならいいですよ」

差し出されたカメラを受け取ると、栢木は「ありがとうございます！」という言葉を残して駆け出した。

もし本人が帰ってきて、荷物を中に入れられたら写真が撮れない。必死で走った栢木がアパートに着くと、幸いに荷物はそこにあった。

栢木は夢中でシャッターを切った。前からも横からも、何枚も撮った。

写真は、貴重な捜査資料になった。別に「犯人特定につながった」という意味ではない。

（こいつは、なにか怪しいぞ）

その「荷物」が裏本部にそんな思いをもたらしたのである。こうして佐々木規夫の本格的なウォッチは始まった。

「誰がターゲットだ?」

佐々木規夫の「行確」は、翌日から直ちに始まった。

行確のスタートは、「拠点づくり」からだ。まず、行確の対象である家やアパートなどの出入口を見通せる拠点を確保するのである。

だが、美島荘は、住宅街の中にあり、前を通る道路も広くない。拠点になる場所が見当たらない。出入口を見通せるところは限られているからだ。

どのくらい長期に及ぶかわからないので、一般の民家の一室を借りるわけにもいかないのである。彼らが目をつけたのは、美島荘の三、四十メートル東にある大工の作業場だ。

現場は、京浜東北線の東十条駅と赤羽線の十条駅のほぼ中間に位置していた。どちらの駅を利用することもできるが、やや東十条駅を利用する人の方が多い。もし、東十条駅を使うなら、アパートを出て東に向かい、目の前を通ってくれる位置である。

二階に大工の仕事場があり、ここから美島荘を監視させてもらうことにした。

「覚醒剤の売買をやっている疑いのある人間がいます。ご迷惑をかけませんので、しばらくここを使わせてもらえませんか」

三菱重工爆破事件の犯人がいるかもしれません、などと言えば、大騒ぎになる可能性がある。

こういう時に使う理由は、ほとんど「覚醒剤」である。大工の棟梁《とうりょう》にそう言って許しを得たメンバーは、ここを拠点として佐々木の行動確認作業に入った。

佐々木の写真を撮れ――。最初の指令は、それだった。佐々木の「現在」の顔を知ること。なによりも、それが重要だった。アパートに出入りする人間は、片っ端から撮らなければならない。その撮った写真の中から本人を特定するのが、次の作業である。

木造平屋の美島荘は、名前とは正反対に暗い感じのアパートだ。玄関を出れば、木の塀がある。住民は、アパートを出てこの木の塀の引き戸をガラガラと開けて出ていくのである。

ここから右に向かえば東十条駅、左に向かえば十条駅で、どちらも普通に歩けば十分はかからない。栢木をはじめ廣瀬班の面々は、引き戸を開けて出てくる人間は、望遠レンズですべて撮っていった。十条駅に向かう人間は、背中しかとれないが、それでも撮りつづけた。

出入りを根気よくチェックして、たとえば夜、アパートに帰ってきた時に一号室の電気でもつけば、それが佐々木だとわかるが、なかなかそう簡単にはいかない。

行確の基本である「吸い出し」から「追い込み」まで目を離さないのが公安刑事たちの腕前だが、そこにいくまでが難しいのである。いわゆる〝尺取虫方式〟での行確を始める前段階だ。

幸いに美島荘の住人は、十人もいない。年格好の似たものは、せいぜい数人である。根気さえあれば、特定はいずれできるだろう。

写真を撮るチャンスは、出勤時が一番大きい。あらかじめピントを引き戸に合わせておき、誰かが出てくる度に、シャッターを切りまくるのである。

「顔がわからないから、出て来るやつは全員撮りました。何人目かに、引き戸を開けた時、きょろきょろ左右を確認してから出てくる若い男がいました。あわててシャッターを切りましたよ。拠点にしていた大工さんの二階の仕事場から撮りました。その男は、私がいる方に向かって、まっすぐ歩いてきましたね」

栢木は、そう語る。身長百七十センチほどで、目が細く、髪はスポーツ刈りのように短く、黒縁のメガネをした神経質そうな男。それが、のちに佐々木規夫であったことがわかる。

廣瀬班がこの佐々木の監視を受け持った。その後、栢木は、自分の住居がある三鷹在住の旧東京行動戦線グループの別の人間を行確する役にまわったため、佐々木の監視からは離れた。

佐々木は、アパートの入口の廊下に置いてあったあの北海道からのチッキの荷物によって、より重要な極本の「監視対象」となった。佐々木のまわりに意欲満々の極本の若手刑事たちの目が集中することになったのである。

危機一髪の尾行

その日は、特別寒い日だった。

昭和五十年一月十八日土曜日。半ドンのこの日、廣瀬班の古川原巡査部長は、佐々木のアパートに一人で張りついていた。一緒に張り込んでいた先輩刑事に用事ができて現場を離れたため、一人で美島荘を監視していたのである。

すでに佐々木の行確に入って十日ほどが経過していた。この間に、佐々木は台東区蔵前《くらまえ》にある中央倉庫という会社で働いていることが判明していた。

朝の「吸い出し」をつづけた廣瀬班は、佐々木が勤める会社を特定した。さらに監視をおこなっていくと段々、生活パターンがわかってくる。

勤務先がわかれば、バレないために朝の尾行をやめる日もある。いつもぴったり尾いている人間がいれば、どうしても感づかれてしまう危険性が出てくるからである。

朝、職場に向かうことがわかっている場合は、思い切って途中の行確をやめ、会社に入るところを監視し、確認するだけでもいいのである。

だが、帰りはそうはいかない。勤めが終わってどこへ行くのか、真っすぐアパートへ帰るのか、それとも誰かと〝接触〟するのか。それを把握するための行動確認である。帰りは、何組にも分かれて、佐々木の行動が監視された。

佐々木は、帰りの行確がやりやすい人間だった。いつも午後五時の終業時間きっかりに会社を出てくる。会社の出入口がいくつもあり、時間もまちまちなら、監視は極めて難しい。使う交通手段がその時によって違うなど、行動パターンがその日によって異なる監視対象もたまにある。だが、佐々木は、六階建ての中央倉庫の中で、自分の勤めている五階から、午後五時が来ると計ったように外階段を下りてくる。監視する側にとっては、実に楽なターゲットだった。

公安部は、対象を目視し、あとを尾けはじめることを「捕捉《ほそく》」と呼ぶ。捕捉したあとは、延々と尾いていくのである。誰かと接触した場合は、その接触した相手も尾けていかなければならない。そのために、必ず複数の刑事たちが佐々木を追った。

しかし、一週間経っても十日経っても、佐々木が勤め帰りに接触する人間は誰もいなかった。

彼は、いつも美島荘に真っすぐ帰ってきた。

（こいつ、なんて真面目なやつなんだ……）

若者らしく、どこかで羽を伸ばすわけでもなく、アパートと職場を往復するだけの真面目な青年像がそこにはあった。だが、それだけに同じ年代の若き刑事たちには、逆に違和感があった。五時きっかりに職場を出て、黙ってアパートへ帰る人間には、何かほかに人生の目的でもあるのではないか、という違和感である。

こいつ、どこかおかしい。同年代の刑事たちは、そんな思いにとらわれていた。

行確が始まって十日ほど経った時、古川原にとっては、初めての土曜日がきた。

半ドンなのに、この日、佐々木は会社を休んでいた。当時、半ドンの土曜日に社員を持ちまわりで休ませる会社が少なくなかった。佐々木もこの日はそうだったのかもしれない。

だがこの日、佐々木は午前中から妙な動きをし始めた。美島荘から出て、普段行く東十条駅の方向ではなく、逆の方向に向かったのである。

（どこか行くのか）

古川原は佐々木を追った。美島荘を出て数分歩くと、車が通る少し大きめの道路がある。そこには、小さな細長い公園があり、公衆電話ボックスがある。

佐々木は、その公衆電話ボックスに入ると、どこかに電話をしている。あとを尾いていった古川原は、物陰からじっとそのようすを見ていた。やがて電話を終えた佐々木は、アパートに戻っていく。身を隠して佐々木をやり過ごした古川原も拠点に戻った。

一時間ほど経っただろうか。また佐々木がアパートを出て左に向かった。すかさず追う古川原。

佐々木は、さっきと同じように公衆電話ボックスに入って、電話を始めた。

（なんだ……どこに電話しているんだ）

古川原は、今度も物陰からそのようすを見ていた。佐々木は、電話が終わるとまたアパートへ帰っていった。今日は、何かあるかもしれない。

刑事としての直感が古川原にそう告げていた。全神経を集中して拠点からの監視をつづけた。

昼の十二時半頃、佐々木が三たび美島荘から出た。やはり左に向かう。

（また電話か。今日は、どうなっているんだ？）

古川原は三たび佐々木を追った。そして、どこかに電話をすると、またアパートに帰ってくるのである。

午後二時半頃だっただろうか。またしても、佐々木が、玄関から姿を見せた。

引き戸をあけた佐々木は、左右を見渡した。誰もいないことを確かめると、今度は、これまでとは逆の京浜東北線の東十条駅の方角に向かって歩き始めた。今までとは異なり、明らかに周囲を警戒している。

古川原は一人である。尾行は、たった一人では危ない。気づかれる場合もあるし、途中でまかれる可能性もある。警戒している人間のあとを尾ける場合はなおさらだ。

だが、躊躇《ちゅうちょ》している時間はなかった。追うしかない。古川原は立ち上がった。

もし古川原が背広姿だったら、佐々木に気づかれる可能性は高かったかもしれない。しかし、古川原は、刑事とは思えない長髪であり、さらにジーパンにジャンパー姿である。どこにでもいる若者そのものだった。たとえ佐々木の視界に入ったとしても、印象に残りにくかっただろう。

少なくとも彼らが忌み嫌う「官憲」のイメージからは、最も遠い若者だった。

佐々木は、東十条から京浜東北線の最後尾の車両に乗った。古川原はかろうじて視界に入る同じ車両の一番離れたところに位置した。

だが、乗っている時間はほとんどなかった。佐々木は、次の駅の王子で電車を降りたのである。うしろを気にする風もなく、佐々木はそのまま王子駅の中央口を出た。

接近しすぎると気づかれる。だが、佐々木の行動は意外なものだった。中央口を出て右に曲がると、彼はいきなり駆け出したのだ。

（あっ）

まずい！　そう思いながら、古川原も走り出した。古川原は、箱根駅伝に出場する大学から誘いを受けていた元長距離ランナーである。走ることなら誰にも負けない。しかし、重要なのは、「まかれない」ことではなく、相手に「気づかれない」ことである。

その時、古川原の耳に、ジリジリと鳴るベルの音が入ってきた。見ると、佐々木が走って行く先に都電が一両停まっている。その電車の発車を告げるベルが鳴っているのだ。

佐々木は、その電車に乗ろうとしている。突然、佐々木が走り出した理由がわかった。しかし、このままあとを追えば、佐々木に気づかれてしまう。

一瞬、このまま走るべきか、走らないべきか、古川原に迷いが生じた。

あの一両しかない都電に一緒に飛び込んだら、さすがに佐々木も自分のことを気に留めるだろう。そうなれば、元も子もない。古川原はそう思ったのである。

しかし、その時、神様が手を差し伸べてくれた。それは、天使が微笑《ほほえ》んでくれたというしかない出来事だった。王子駅の反対側から来た小学生数人が、大きな声を上げて、その電車に向かって走り出したのである。

「うわー！」

「急げぇ！」

ベルの音に呼応《こおう》して、ランドセルをがちゃがちゃいわせながら、小学生たちが走り出したのだ。小学校四年、いやもっと上の五年生ぐらいだろうか。男の子が三人、女の子が一人だった。突然、鳴り出した発車のベルに、子どもたちも一斉に駆けだしたのである。

古川原は咄嗟にスピードを落とした。子どもたちは、佐々木と古川原の間に入り込むかたちで一緒に走ることになった。

走り始めたところから、停留所まで七、八十メートルあっただろうか。かなりの距離である。ベルは途中で鳴り止んだ。だが、自分たちを待ってくれているようだ。まず最初に佐々木が電車に飛び込んだ。つづいて小学生たち。そのあとに古川原がつづく。

大騒ぎで走った子どもたちのおかげで、佐々木は自分にはまったく気がついていない。小学生の方を微笑みながら振り向いただけである。

振り返って子どもたちを見た佐々木の視線は、うえには上がらなかった。古川原の存在は、まったく眼中に入っていない。

（助かった……）

まさに天使の助けだった。古川原は胸を撫《な》で下ろした。

その頃の都電は、今と違って車両の両脇に座る方式ではなかった。バスと同じように進行方向に向かって二人ずつの座席が、真ん中の通路を挟んで両側にあった。佐々木は、そのまま前の方に行き、進行方向右側の席に座った。

古川原は、前には行かず、一番後方から佐々木のうしろ姿を見ることにした。スポーツ刈りのような佐々木の短髪の頭を古川原は凝視していた。

行きついた先は……

三ノ輪橋行きの都電は、ごとんごとんと走っていた。王子を出ると電車は一路、東に向かう。栄町、梶原、荒川車庫前……都電の駅が通り過ぎていく。佐々木は降りる気配を見せない。

(どこに行くんだ、こいつ……)

古川原は不安と緊張に包まれていた。いつ、どこで降りるかわからない。混んでいる国電ならいざ知らず、都電はたった一両。しかも、停車駅で降りる客は、多くてもせいぜい数人である。一緒に降りたなら、佐々木の「視界に入ってしまう」可能性は高い。

都電の停車駅は、ただ線路の横にセメントで固められたホームがあるだけだ。その駅で降りる客がほかにいなかったら、佐々木と自分だけの二人っきりになる場合だってある。

ここまで来て行確に気づかれるのは、なんとしても避けたかった。しかし、佐々木が行く先まで、どうしても〝追い込む〟必要があった。

いったい誰と会うんだ。古川原は、それを突き止めなければならなかった。

乗ってから十分あまり経っただろうか。次の停留所が「東尾久三丁目」駅だというアナウンスがあった瞬間、佐々木に動く気配があった。

（次だ。降りる）

古川原はそう直感した。都電の乗車賃は、どこまで乗ろうと五十円である。古川原は、お釣《つ》りのいらないように小銭を準備した。

できるだけスムーズに降車し、佐々木がいる側とは逆の方角に顔を向けてホームに立つつもりだった。できるなら、そのままスタスタと、佐々木に気づかれる前にホームから去りたかった。

都電は、東尾久三丁目駅に着いた。真っ先に降りる佐々木。降りる客はほかにいない。古川原だけだ。大丈夫か……。続いて降りた古川原は、なにかを探しているような風情で佐々木のいる側とは逆の方に顔を向けた。

別に気づかれているようすはなさそうだ。ここまで来れば、佐々木の警戒心が薄まっていたとしても、不思議ではない。

（うまくいった）

古川原は、ここでも関門を突破した。東尾久三丁目駅は、ほかの都電の停留所と同じように道路沿いにそのままポツンと一段高くなったセメントのホームがあるだけだ。食堂も喫茶店もまったくない。むしろ農地が目につく。町工場と農地が半々のような場所だった。

佐々木は、古川原を気にするようすはまったくなく、線路沿いの小さな道路をそのまま渡って、農地の間を工場街のような方に入っていく。

都電の線路に直角の道だった。迷うことなく、すっと入っていくようすを見ると、来るのは初めてではなさそうだ。かなり慣れている土地である。

そうはいっても急に振り向かれたら危ない。農地が多いだけに姿を隠すところもない。古川原はあとを追わずに線路沿いの道路から佐々木のうしろ姿を見ていた。

そして、三、四十メートル離れたところで歩き始めた。これぐらい離れていたら、大丈夫だ。行確の時に一番怖いのは、曲がり角だ。距離を置いていたら、曲がったあと、姿を眩《くら》まされる場合もあるし、見失う場合もある。どこかの建物に入られて、その建物がどれなのかわからなくなる可能性もある。気づかれる危険性を回避しながらも、そこは思い切って曲がり角で対象を見失わないように万全を尽くさなければならなかった。

佐々木のようすを見て住宅街に分け入った古川原は、平静を装いながらも急ぎ足になった。土地勘のないところでは、どうしても不安が湧きあがってくるものである。

佐々木は、その道を百メートル以上、まっすぐ歩いていった。その先は行きあたりのようになっている。

(あそこで曲がる)

古川原がそう思った時、案の定、佐々木はそこを右に曲がった。

(よし!)

古川原は走り出した。この曲がり角が一番危ない。古川原の直感がそう告げていた。

曲がり角まで古川原が走って来た時、佐々木はもういなかった。

(しまった!)

見失った、と古川原が思った瞬間、ガチャンという音が聞こえた。それは鉄の扉が閉まるような音だった。

どこだ？　佐々木が曲がってから、まだ二十秒、いや三十秒ほどしか経っていない。今、ガチャンという扉が閉じるような音がしたなら、そこに佐々木が入ったということではないか。

そのあたりは、工場街といった感じである。アパートもいくつか建っている。住宅街というより、やはり町工場がいくつかあるようなところだ。

古川原は、まだ先の道に佐々木の姿がないか、必死で見てまわった。だが、佐々木の姿は忽然《こつぜん》と消えていた。ということは、やはりさっきの鉄の扉のような音が怪しい。あの音のしたところに佐々木は入ったに違いない。

古川原は、鉄の扉のような音を出す建物はどれかと探した。それは、すぐわかった。

小林荘というアパートだ。白い鉄筋四階建ての大きなマンション風のアパートで、扉は鉄でできていた。開け閉めに大きな音が出る。つくりは、中廊下はなくて、外階段方式だ。外から直接、住人の出入りを道から見えるようになっている。出入りに大きな音がするようなアパートはここしかなかった。

ここに違いない。古川原はさっそく大家を探した。アパートの隣は玩具をつくる小さな工場になっており、その隣が大家の家だった。古川原は、大家の家に飛び込み、警察手帳を見せて相談した。自分が聞いた鉄の扉のような音を説明したら、

「ああ、それはうちのアパートですよ」

大家は、そう答えてくれた。

三菱重工爆破事件の捜査などと言おうものなら、やはり、驚きのあまり情報が漏れる可能性も

て聞いてみた。

ある。そのため、捜査の中身は伝えず、古川原は、四方山話《よもやま》をしながら、アパートの住人につい

人のいい大家は、アパートは2DKの十四世帯で、家賃は二万五千円、そして一人を除いて全員が所帯持ちであることを教えてくれた。

そのたった一人の独身者は、一階の一番奥の部屋に住んでいる。キヤノンに勤めている真面目なサラリーマンだった。

名前は、片岡利明――。

この男の可能性が一番高い。果たして佐々木が訪ねたのは、この片岡なのか。それをまず確定させる必要があった。いずれにせよ〝謎の人物〟が浮上したのである。とにかく、ここにも「拠点」を確保しなければならない。そして、もし、これが佐々木と関係のある人物なら、どういう思想と背景を持つ人物なのか。それを探らねばならなかった。

だが、この二日後、警察の動きがばれてしまう危機に古川原たちは陥っている。それは些細なことがきっかけだった。

一月二十日早朝、古川原は、キーを何度まわしてもかからない愛車カローラのエンジン不調に焦っていた。この日から小林荘への監視が始まるため、早朝に小林荘の近くで先輩刑事と待ち合わせていた。

練馬区向山《こうやま》の古川原の官舎から荒川区町屋四丁目の小林荘までは自動車で早朝なら四十分もかからない。しかしこの日、零下〇・八度まで下がった寒さのせいか、古川原の愛車のエンジンが

動かなかったのだ。ひょっとしたらラジエーター液が凍ったのかもしれない。

（くそっ）

古川原は行確初日からの遅刻に舌打ちをした。待ち合わせをしている刑事は、同じ巡査部長とはいえ、年齢は十歳以上離れたベテランだ。後輩が遅れることなど許されるものではなかった。なかなか現われない古川原に、待ち合わせをしていた先輩刑事は、小林荘の前にある駄菓子屋で暖をとろうとした。

店の中では、鍋をストーブの上に乗せてお湯を張り、牛乳が温められていた。先輩刑事は、その牛乳と餡《あん》パンを買った。冷え切った身体に、温かい牛乳を流し込んだまさにその時だった。

突然、一人の若者が店に入ってきたのである。のちに判明するが、それは片岡利明本人だった。片岡は、毎朝、この駄菓子屋で朝食を調達していたのである。ぎょっとする刑事。片岡も一瞬ぎくりとした表情を見せた。これまで見たこともない男が、駄菓子屋で牛乳を飲み、餡《あん》パンを食べているのである。

「……」

「……」

気まずい沈黙が流れた。片岡に疑念が生じたのは当然だろう。

初日から、行確チームはこうして大きなミスを犯したのである。

以後、片岡は、常に点検活動をおこなうことになる。行確する対象の中で、最もやりにくかったのは片岡である。それは、この最初のミスから生じたものだったと思われる。

古川原たちはその後、大胆にもすぐ近くの民家の玄関を借りて拠点とした。その家の伯父が偶然、警察の署長を経験した人物で、警察に好意的だったのが理由だ。

出勤と帰宅の時の前後一、二時間に玄関の三和土《たたき》を使わせてもらい、そこでドアを少し開けたまま、じっと監視するのである。

そんな状態を二週間ほどつづけた古川原たちは、小林荘から百メートルほど離れた自転車屋の二階に部屋を借りた。片岡が千代田線の「町屋駅」を使うことがわかり、その自転車屋の前を通ることがわかったからである。窓を少しだけあけ、背中から毛布にくるまって、厳しい寒さに耐えながらの監視がその日から始まった。それは根気との戦いでもあった。

第八章　土田警視総監

警視総監の交代

三木内閣が発足して、間もなく二か月が経とうとする昭和五十年二月一日、警視庁のトップ、警視総監が交代した。

槇野勇に代わって新たな警視総監となったのは、土田國保《つちだくにやす》（五二）である。前年に警視庁は天皇皇后両陛下を招いて創立百年の記念行事を挙行したばかりだ。土田は初代の川路《かわじ》利良大警視から数えてちょうど七十代目の警視総監である。

多くの国民が、この人事に爆破事件への警察当局の並々ならぬ意欲を感じたのは当然だろう。それは、土田自身が三年二か月前に夫人を爆破事件によって失っていたからである。

「心残りなのは、やはり爆弾事件ですよ」

二年七か月間、警視総監の地位にあった槇野は三日前の一月二十九日、勇退にあたって記者会見に臨み、こう語っている。

「爆弾事件は必ず解決できます。しかも、それはそう遠くない。現場は、年末年始の休みも返上して血みどろの捜査を展開してきたんです。必ず解決できる。近いといっても遠いこともあり得るが、これは私の長年の経験が教えるカンですよ。言っておきます。事件の解決は遠くない」

〝血みどろの捜査〟という言葉に、勇退までに解決が叶《かな》わなかった槙野の無念と、現場への期待が込められていた。

そして、代わって警視総監になった土田は、二月一日土曜日朝、警察庁で警視総監就任の辞令を受けた。

警察庁のある人事院ビルの中庭で車に乗った土田は、そのまま隣接する警視庁に向かった。わずか二百メートルあまりの距離だが、桜田門に面する警視庁正面玄関へまわるのである。

土田新総監は、車寄せで儀仗《ぎじょう》隊と音楽隊のマーチング演奏に迎えられた。背筋が伸びるような雰囲気の中で、土田は正面玄関から円形の正面ホールに入り、奥にあるセントラル階段をそのまま警視総監室のある三階まで上がっていった。

旧内務省出身の土田は、警察生活の中で都合十七年も警視庁で過ごした官僚であり、いわば古巣への凱旋《がいせん》でもあった。

にこやかに槙野前総監から事務引き継ぎを受けたあと、土田は幹部たちに初めての訓示をおこなった。それは、市民の側からの視点を忘れない土田らしいものだった。

「警察は、悪に対して強くなければなりません。そして平穏に暮らす人々の〝街の灯台〟でなくてはならないのです。この警察の原点に立ち戻って、決意を新たにしてもらいたい。人は変わっても、警視庁の職務、生命は永遠のものです。これまで通り、頑張ってください」

　そして、午後から記者会見に臨んだ。居並ぶ記者たちを前に、土田はこう語った。

「私は、〝町を明るくする〟という警察の原点に立ち戻って欲しいと思っています。警察が力で解決せず、それぞれの部が都民の立場に立ってきめ細かい努力を続けていくことで、都民の信頼と協力を得られるようになるよう決意を新たにしております。また、都民の負託にこたえるため、ややもすると巨大な組織に頼りすぎる場合があります。しかし、警視庁は〝形式庁〟になってはなりません。現場がプロとして勉強し、精進できる場を、私が率先してつくっていきたいと思っております」

　言葉のひとつひとつが、いかにも土田の誠実な人柄を表わすものだった。そして、最大の案件である連続企業爆破事件について、土田はこう語った。

「爆弾事件は必ず解決します。私は、爆弾事件で家内を亡くした時、現場のあまりの惨状を見て、これが本当に解決できるのかと思いました。しかし、一年三か月に及ぶ捜査員の懸命の努力で、無事、解決することができた。しっかりした地取り捜査と情報面からの捜査を徹底すれば、必ず犯人に辿りつくと思っております。全力を尽くします」

　地取り捜査と情報面からの捜査——それは、前者が刑事部による捜査を指しており、後者は公安部の捜査である。決して、片方には寄らない土田らしい表現だ。

　土田は、元帝国海軍の軍人である。昭和十八年に東京帝国大学法学部を卒業して内務省に入省したが、直ちに軍務に就くため海軍経理学校に入校。それから約二年間、主計科士官として勤務し、大尉《だいい》で終戦を迎えた。その間、艦船勤務も半年経験している。

土田が乗艦したのは、戦艦武蔵である。大和と共に、四十六センチ砲という未曾有の巨砲を九門も備えた戦艦だ。土田は、半年間の武蔵での艦上勤務の間に昭和十九年六月、マリアナ沖海戦に参加している。この海戦に向かう時、戦艦大和、武蔵などで構成された前衛部隊が、後方の本隊の空母から発進した味方の航空機を敵と見誤って撃ち落とすという出来事があった。

だが、この前衛部隊の中で、武蔵は発砲しなかった。これを土田は、

「武蔵だけは発砲しなかった。見張士が極めて優秀だったんだ」

と、常々語っていた。土田は、マリアナ沖海戦のあと昭和十九年九月に海軍経理学校に転勤命令を受けた。だが、航空母艦・雲鷹《うんよう》に便乗して日本へ帰る途中、台湾沖で深夜に魚雷二発を受け、雲鷹は九月十七日早朝、沈没。土田は、昼頃まで泳いで海防艦に救助されている。

海防艦に助け上げられた時、気が緩《ゆる》んで死なないために、いきなりぶん殴られた話や、部下に救命具を渡して亡くなった雲鷹の少佐の話などを、戦後、息子たちによく話していた。

ちなみに戦艦武蔵は土田が去ったひと月あまり後、レイテ沖海戦に参加し、米軍機の集中攻撃を受けてシブヤン海で沈没している。土田は九死に一生を得て、戦後日本のために貴重な命を繋《つな》いだ若者だったのである。

また少年時代から没頭した剣道の腕前はこの時、七段だった。激しい格闘技でもある剣道は、「礼」が最も重視される。心身を練磨すると共に、気力を養い、礼節を尊び、自己の修養につとめることを基本とする剣道を土田はこよなく愛した。

剣道の「礼」は、日頃の土田の言動にも表われていた。土田は決して、はったりや大袈裟な表現をしない。もちろん、嘘を吐《つ》くこともない。そのことで記者の信頼を受けてきた人物でもあっ

た。

その土田が、はっきり「必ず解決します」と言い切ったのである。記者たちは、警察全体の気迫と執念を感じると同時に、土田が自分を追い込んだことにある種の感慨を抱いていた。もし、犯人逮捕に至らなければ、土田はきっと自ら責任を取るだろう。その覚悟を記者たちは感じていた。

国民の関心は、現在進行形の連続企業爆破事件の解決に集まっている。いつ、どこで、爆弾が爆発してもおかしくない東京――警察をあざ笑うように続発する爆弾事件に、都民の不安といらだちは頂点に達し、事件解決への期待をこの新総監に向けている。これまでの警視総監とはまったくレベルの違う〝特別の使命〟を帯びて、この人物は「警視総監となった」のである。

記者たちには、土田が警察のエースであるだけでなく「最後の砦」でもあることがひしひしと伝わってきた。

「爆弾事件は、必ず解決します」

土田に会見でそう言わせたのは、最愛の妻を奪われた三年前の事件があったからである。土田の思いを理解するには、あの悪夢のような事件を避けて通ることはできない。

土田邸爆破事件

昭和四十六年十二月十八日午前十一時――。

東京都豊島区雑司《ぞうし》が谷《や》の住宅街に、突然、地面を揺るがす大きな爆発音が響きわたった。それは、日蓮宗の本浄寺《ほんじょう》という寺のすぐ裏にある警視庁警務部長・土田國保邸からだった。何者かが送って来た、歳暮を装った爆弾によるものだ。

その瞬間、二階で勉強していた早稲田大学の三年生、土田健次郎（二二）は、耳を圧する轟音と共に、家全体が浮き上がり、ベランダが崩落していくような錯覚を感じた。震動の凄まじさは尋常なものではない。

下から煙とも埃《ほこり》ともつかぬものが上がってくる。

「ベランダが崩れ落ちたのか」

咄嗟に健次郎はそんなことを考えた。何が起こったのか、想像もつかなかったのである。気を取り直した健次郎は階段を駆け下りた。そして、信じ難い光景を目撃する。

そこには、なにもかもが吹き飛んだ中で、母の民子（四七）の死体と、茫然と立ち尽くす十三歳の弟の姿があった。

そこは、居間だった。健次郎がいた二階の部屋の真下ではない。土田邸は玄関を入ると右手に応接室があり、居間は正面の奥にある。台所はさらに奥だ。その居間で爆発が起きたのである。

母親は、変わり果てた姿となっていた。手と足が吹き飛んでいたが、なぜかそこからは血が出ていなかった。

「母はうつ伏せで、手足をもぎとられて、壊れた人形のように横たわっていました。血というものは、あまり記憶がないんです」

健次郎はその後、学究生活をつづけ、早稲田大学の教授となった。あまりに無慈悲で残酷な四十年以上前の光景を、健次郎はこう振り返った。

「母が蠟《ろう》人形のようになって横たわっている姿が忘れられないんです。ああいうものは、情景だけは忘れられなくなりますね。弟が立ち尽くしている姿もそうです。爆風を受けて顔が腫《は》れあがり、髪の毛が全部逆立《さかだ》っていました。部屋の端っこに呆然と立っていました。名前を呼んだんですが、破片が身体に突き刺さっていまして……。今も足に抉られたような跡が残っていますが、顔の皮膚もいろいろ治療しました。当初はひどい有り様でした。母親の爪が爆風で吹き飛んでいたこともあとになって知りました。爪が、柱に突き刺さっていたんです……」

健次郎自身も散らばっていたガラスを摑み、手から血が吹き出している。そのために、健次郎も負傷者の一人にされてしまう。母親の死体に毛布を掛けたのは、健次郎である。

「私はまず一一九番に急報し、次に母親の実家に電話したことを覚えています。父の役所（警視庁）にも電話をしたと思います。とにかく、（衝撃で）時間の感覚がなくなっていました。そのうち警官が来て、〝何かを母に掛けてあげなければ〟と思って、毛布かなんかを、私が掛けたんです。動転しているけれども、かといってボケッとはしていない。冷静ではないけれども、何かをやらなければいけない、と考えていました。不思議な感覚でした……」

父・國保が、いつ駆けつけてきたのか、健次郎には記憶がない。だが、父の死後、健次郎は父が若い時からつけつづけていた日記を読み返し、また関係者の証言も集めてこの時のようすを社団法人・日本弘道会が出す『弘道』（第一〇〇三号 平成十一年）の「土田國保理事追悼特集」の中にまとめている。土田日記には、こう記述されていた。

〈非常線をくぐって、直ちに邸内に入り、庭先に立つ。凄い破壊の跡である。應接間《おうせつま》と居間のガラスは粉々、壁は落ち、アルミのサッシは折れ曲がって外に飛び出し、爆煙立ちこめて足の踏み場もない。漸《ようや》く黄色の通行帯を敷いて貰って、居間の中に入る。民子自慢のデコラのテーブル吹き飛び、椅子も八方にコナゴナに散っている。壁より一米位のところに、スリ鉢型の直径一尺余の大穴が開いている〉

土田は駆けつけた時のようすを哀しみを抑えて日記にそう記している。〈民子自慢のデコラのテーブル吹き飛び〉という部分が痛ましい。

〈その向うの壁際に、赤い布が掛けてある一塊の物体。噫呼《ああ》！　即死。うつぶせになり、左手足飛び、右大腿部も吹き飛んで、どこに行ったか判らない。聞けば、爆発時、龍太郎、健次郎、英三郎は二階に居て難を免れ、健次郎が降りて来て居間に入らんとするに、蠟人形のごとき物を見て母と直感、敷物を掛けてやって一一九番で一報を入れた由。恭四郎は血まみれになって、テラスに出ていた由である〉

土田夫妻には、四人の男の子がいた。不幸中の幸いというべきか、子どもたちはみな家にいたものの、命にかかわるようなケガはしていない。日記はこう続いている。

〈病院で恭四郎に会う。顔は火ぶくれ、頭髪焼け、手足に弾片相当入っている模様だが、意識はあり、医師の言によれば、全治一カ月位とのこと。警察病院に移して貰うこととなるらしい。廊下や病院の出口には、テレビのマイクが殺到していたが、何も言わないことにして自宅に引き返す。然し、こうなれば、当方から積極的に出て、共同記者会見を申し入れることに決心し、民子のためにも、ここで、一番やらなければ申し訳ないのだ。

勝手口から寝室に入る。天井には、まだ爆煙が立ちこめている。今夜から、隣の弟の家で厄介になることにして、身の廻りの物を集めようとするが力が入らない。民子の布団や枕、その他柩《ひつぎ》に入れる物を整理しようとしても、溜息と涙だけが出て来る。あんなに苦労して、やっと新築の家が出来て、銀婚の祝いを迎えて、将来はだんだんと楽が出来そうだと、そしていろいろ趣味をふやしてゆくのだと楽しみにしていたのに。……この二十五年、随分苦労を掛け通して来てしまった。〝私が死んだら、よよと泣き伏すくせに〟などと、日頃冗談で言っていた民子が、本当にこうなってしまった。本当に泣き伏したい気持だ。しかし、まだ我慢せねばならぬ。まだ、これからやらねばならぬことがある。（中略）

四時過、目白署に着く。剣道の江成婦警が、目を腫らして、お茶を出して呉れた。夕刊一面トップに記事。やがて、記者が集ったというので、二階で百数十人にのぼる、マスコミ関係者との共同会見。ここで、犯人に対する世人の認識と、再発防止への連帯を強く訴えなければ、そして、民子の死が、第一線の仲間達の本当の身代わりとして、お役に立つことにならねばならぬそである〉

「民子は苦しみましたか」

民子夫人は、野口明・元お茶の水女子大学長の娘である。東京帝大を卒業後、文部省に入った野口は、戦前は宮内省の大臣秘書官や侍従を務め、戦後は、お茶の水女子大の学長などを歴任した教育者だった。

最愛の娘の訃報を受けた時、野口は、すでに七十六歳である。熱海逗留《とうりゅう》中でのことだった。すぐに東京へと戻ってきた野口を迎えたのは、弟子の鈴木勲（のちの文化庁長官）である。彼は当時、文部省初等中等教育局地方課長の地位にあった。その貴重な証言が残されている。

鈴木は、熱海から帰ってくる野口が必ず四ツ谷で下車することを知っており、そこで野口の姿が現われるのをひたすら待っていた。

その時のことを鈴木は警視庁公安一課の石崎誠一に語った。これもまた、石崎が鈴木の話をまとめたものとして、『弘道』の追悼特集に掲載されている。

〈私（鈴木勲）は、当日、テレビニュースで事件を知って驚きました。私は御夫人のお父さん野口明先生の、旧制二高での教え子であり、その後は、数多くの機会に御指導をいただいておりました……（中略）。

私は、ニュースを聞いてすぐ、御高齢の野口先生の御落胆を心配しましたので、当日、先生が熱海方面へ、お出かけになられていることを知っておりましたことから、お帰りは必ず四谷駅へ御降りになると判断し、四谷駅でお待ちしておりました。

テレビニュース後、駅に行き、夕刊を数部買って立読みするなど、かなりの時間御待ちしているうち、荷物を手に、駅階段を静かに昇られる先生をみとめましたので、〝野口先生、御待ちしておりました〟とだけ、声をお掛けしましたが、先生は私に気付かれ、黙ってうなづかれておりました。私が申し上げる言葉もなく、無言でお荷物をお持ちいたしますと、先生は、私に、

〝民子は苦しみましたか。即死でしたか〟

と訊ねられました。私は言葉に詰まりましたが、〝数社の記事では爆発と同時のようでございます〟と申し上げたところ、先生は、落ち着いた言葉で、

〝そうでしたか、それならよかった。数万の職員に代って逝ったことだろうから、民子も悔いてはいないだろう〟

とおっしゃられました。私は涙で声がつまり、御返事ができませんでした。

折が折でありましたから、駅の警戒も厳しく行われておりましたが、四谷駅には、どなたも御迎えにみえておりませんでしたから、私が一応御案内して辞去しました〉

最愛の娘が「即死」であることを聞いて、〈そうでしたか、それならよかった。数万の職員に代って逝ったことだろうから、民子も悔いてはいないだろう〉と凛として語った父。それは、気丈なだけに、よけい胸に迫る。

一方、捜査本部が置かれた目白警察署で土田が記者会見に臨んだのは、午後四時過ぎのことだ。

土田が今も語り草になる言葉を発したのは、この時である。

「どうも本日は大変お騒がせをいたしました。大変申し訳なく思っております」

土田警務部長は哀しみをこらえ、こう切り出した。

「現在の首都の治安の維持の一端を担う者として、今回のような突発事件というものは、かねて覚悟と申すと大袈裟ですけれども、しかし、万が一あるかもしれないというような気持ちを持っておりました。しかしこの事件は起こるべくして起こったものとは思うのですけれども、私も別に気負い込むわけではありませんが、こういった事件はこれで終わりにしてもらいたい。絶対に二度とやってもらいたくないという気持ちで一杯です」

こういった事件はこれで終わりにしてもらいたい――土田はそう言った。そして、こう犯人に呼びかけたのである。

「この凶行をおかした犯人に私は呼びかけたい。君らは卑怯だ。自分の犯した重大な結果について自ら進んで責任を負うことはできないだろう。しかし少なくとも一片の良心があるならば、このような凶行は今回限りでやめてもらいたい。そして、私の家内の死が善良な何の関係も無い都民、あるいは警視庁の第一線で働いている交番の巡査諸君や機動隊の諸君や家族の身代わりになってくれたのだというような結果がここで生まれるならば私は満足いたします。以上です」

君たちに一片の良心があるならば――という表現に土田のぶつけようのない怒りが込められていた。そして、都民、警察官、その家族の身代わりとなって妻が死んだのなら、私はそれで満足する、という言葉が聞く者の胸に突き刺さった。

この時、警視庁から記者会見に駆けつけていた毎日新聞の警視庁キャップ山崎宗次《むねつぐ》が突然、立ちあがった。土田の毅然とした態度と言葉に感激した山崎は、土田に向かってこう叫んだ。

「七社会（注＝警視庁にある記者クラブのひとつ）の幹事として、心よりお悔み申し上げます。そして、治安の維持のため、正義のため、警務部長の今後のますますの頑張りに私たちは期待しております！」

それは、絶叫ともいうべき発言だった。日頃、土田と親しい名物記者・山崎らしい言葉だった。ほかにも記者たちから、質問というより、土田に対するお悔やみと励ましの発言が相次いだ。

「ありがとうございます。心に沁《し》みます」

山崎らの言葉に、土田はそう応えた。わずかでも心が安らいだかもしれない。哀哭《あいこく》の声を上げることを必死に堪《こら》えていた土田は、自分の心情を少しでも思い遣ってくれる記者がいることだけで嬉しかったのである。

会見を終えた土田は、そのまま妻の仮通夜の席に駆けつけた。この日の土田の日記は、こう締め括られている。

〈六時半、吉祥寺別院にて仮通夜が行われる。警務部の人達、八方手分けをして奔走して呉れる。読経はじまり、写真を仰いでいるうちに、涙がこみ上げて来て止まらず。野口父に一言、済みません……と。父も母もどんなに悲しいことであろう。通夜終了後、雑司ヶ谷に引き揚げる。弔問の人々絶えず。十二時半過漸く一段落。寝につくも眠れず。悪夢の如き一日を省みる〉

三菱重工爆破事件が起こったのは、その二年八か月後のことである。

第九章

緊迫の張り込み

警視総監からの呼び出し

小黒公安一課長が土田警視総監に呼ばれたのは、土田の総監就任からそれほど日が経っていない頃である。まだ二月のことだ。

小黒が警視総監室に入っていくと、そこに三井脩がいた。三井は、土田の警視総監就任の同日に、副総監から警察庁警備局長に栄転していた。

旧内務省に昭和十八年に入った土田と、昭和二十一年に入った三井は、年次が三年違う。名門組に属する土田と、平民組の三井とは、そもそも派閥が違う。しかし、土田は、どの人物、どの派閥の人間とも、うまくやっていける人柄の高級官僚である。

その意味で、土田と三井の関係は決して悪くない。

連続企業爆破事件捜査のトップとして君臨してきた三井は、捜査状況を土田に問われ、小黒に報告をさせようと思ったのだ。

土田も、これまで数々の大きな公安事件にかかわってきた小黒の実力は知っている。捜査状況を小黒から直接、聞き、一応の見通しを立てたかったのだろう。

総監室には、応接セットが置かれた身内だけの会議室ともいうべき部屋がある。その部屋で、土田と三井が、小黒を待っていた。

土田警視総監と三井警察庁警備局長は、応接セットのソファに並んで座っていた。

その姿を見れば、二人の微妙な関係が小黒にはわかった。

警察庁の次長から警視総監になったばかりの土田は、連続企業爆破事件の捜査の内幕はわかっていない。三井の秘密主義と〝三井連合艦隊〟と呼ばれた一部の勢力だけで事件捜査を展開するやり方を土田は快くは思っていなかったに違いない。

土田は、和を重んじる組織人であり、刑事部と公安部、あるいは公安部内部でも対立があることは、捜査の上でも「好ましくない」と思っていたからだ。

「捜査の現況、見通しを報告せよ」

口を開いたのは、三井である。

二人の前にぽつんと座らされた小黒は、土田の気持ちを推《お》し量《はか》りながら、捜査状況の説明を始めた。

「現在、私どもはこの周辺が、一番望みがあると思っております」

〝この周辺〟とは、窮民革命論を思想的背景とし、アイヌ問題や在日韓国人・朝鮮人問題に関心を抱くグループのことである。

小黒は、佐々木規夫の名前こそ出さなかったものの、これを念頭に置いて二人に説明した。それは、実に微妙な言いまわしだった。

まだ捜査に目鼻が立っていない段階である。あまり甘い見通しも言えないし、そうかといってまったく目星がついていないということも言えなかった。

しかし、自分が狙っているスジだけは説明してみたのである。

「要するに、まだはっきりした目星はついてないんだな」

黙って聞く土田と、横からそんな言葉を発した三井。小黒は、土田がどんな感想を持ちながら自分の話を聞いているか、わからなかった。

土田は、目をつけているターゲットがいるなら知りたいと思っただろうが、残念ながらまだ「その段階にはない」ことがわかったようだった。

土田は、公安部長の中島二郎ではなく、三井が指揮を執ってきたことに対して、「なんで中島に指揮を執らせなかったのか」と思っているに違いない。中島も剣道では、相当な腕前だ。土田と中島は、剣道を通じて親しい関係にある。一定の情報はすでに入っているだろう。

しかし、土田はそのことを敢えて口には出さない。いかにも波風を立てるのを好まない土田らしい態度だった。

だが、今回、警備局長として警察庁に転出した三井が、警視庁副総監だったこれまでのようには指揮が執れなくなるのは間違いない。三井も、この際、小黒に捜査の経過報告をさせた方がいい、と思ったのだろう。

これが、事件解決までに、小黒が警視総監と会った唯一の機会となった。以後、小黒は土田と接触することなく、事件捜査を進めていった。

訪れた不審な男女

人間には、「運」、あるいは「ツキ」と呼ばれるものがある。

この捜査での古川原巡査部長には、まさにその「運」と「ツキ」があったに違いない。それは、「引き」と言っていいものかもしれない。

なぜか古川原が張りついている時に、さまざまなことが起こった。

佐々木と片岡利明の行確がつづいていた二月十一日、またしても古川原の「引き」が幸運を呼び込んだ。建国記念日のこの日、朝からしんしんとする真冬の冷気の中で、古川原は中十条二丁目の拠点から佐々木がいる美島荘を監視していた。

休みの日は、どうしても神経が弛緩するものである。動きのない退屈な監視には、時として油断が生じることがある。

一人で拠点にいた古川原は、休みの日なので動きはないのではないか、と思っていた。

しかし、昼の十二時半頃である。突然、佐々木が美島荘を出て、左に向かった。

（また電話か……）

片岡利明が住む小林荘を割り出した三週間ほど前のことを思い出しながら、古川原は佐々木の背中を追った。だが、佐々木は、いつも使う電話ボックスではなく、その横にある小さな細長い公園で所在なげに佇んでいた。

奥行きは十メートルあまりしかなく、道路側もせいぜい三十メートルほどしかない小さな公園だ。遊具もなく、ただの空き地と言ってもおかしくない。近づけば、一目で気づかれてしまうぐらいの広さしかない公園だった。

(佐々木は、誰かを待っている……)

古川原は、そう感じた。それ以外にこんな寒い時に公園などにいる必要がない。古川原は、かなり離れたところからようすを見ているしかなかった。

おそらく百メートルは距離をとっていただろう。古川原はそこから、じっと見ていた。緊張が段々と高まってくる。

その時、一台の車が近づいてきた。ごく普通のセダンだ。

すーっと近づいてきたそのセダンに、佐々木が気がついた。公園の横でセダンは停まった。

(おっ、誰だ)

見ると、車から長身の男がひとり降りて、佐々木と言葉を交わしている。そのあと佐々木は、車に乗り込んだ。

しまった！　古川原は車のところに走っていってナンバーを確かめたい衝動に駆られた。だが、そんなことをすれば、たちまち正体がばれてしまう。

幸運なことに車はすぐには発車しない。だが、早く行かなければ、やがては発車してしまうだろう。

とにかく近づかなければ、ナンバーを見ることができない。これが押えられなければ、いま接触している人間を割り出すことはできないのである。ここで、咄嗟に古川原がとった行動は、驚くべきものだった。

古川原は、服を脱ぎ捨てて、車に向かって歩き始めたのだ。

一年で最も寒い二月、祝日で人通りも少ない中十条の一角。そこで上着を脱ぎ捨てた古川原は、上半身下着一枚になった。ランニングシャツではなく、白い長袖の下着だ。ズボンの上にその白い長袖の下着をだらんと出して、古川原はふらふらとその車に近づいていった。

「こいつ、馬鹿か」

その姿を見たら、誰もがそう思っただろう。浮浪者以外のなにものでもない。髪の長い、少しおかしい若い浮浪者そのものである。

たとえ、バックミラーで姿を見られても、ヘンな浮浪者がいる、と思うぐらいだろう。古川原は瞬間的にそう判断し、ジャンパーやその下の服を脱ぎ捨てたのである。

（どこまでいけるか……）

古川原の視力は、二・〇である。目のよさだけは、自信がある。なんとしても、車のナンバーが見えるところまで近づかなければならない。

古川原には確信があった。相手にたとえ気づかれても、少なくとも警察とは思われないだろう。こんなおかしな浮浪者を誰も警戒はしない、と思ったのである。

ついに、古川原は、公園の端のところまで来た。佐々木の乗っているセダンは、公園の少し先に停まっている。距離は、まだ三十メートルはある。

ナンバープレートに「足立」が見えた。「56」という数字も見えた。驚異的な視力である。

だが、その次にある平仮名が見えない。

もっと接近するしかない。この〝ヘンな若者〟は、さらに近づいていった。

(よしっ)

古川原は、公園の真ん中ほどまで進み、そこのガードレールに腰を下ろした。

その時、すべてが見えた。平仮名も、残りのナンバーも、はっきり見える。平仮名は「つ」だ。

(足立56　つ　34―13)

その番号を古川原は、何度も何度も反芻《はんすう》した。これを間違っては元も子もない。おそらく、車の中の人間は、バックミラーで自分に気づいているだろう。しかし、

(俺は〝浮浪者〟だ。怪しまれるわけがない。大丈夫だ)

自分に言い聞かせつつ、必死にナンバーを頭に叩き込んだ。

ナンバーを覚え込んだ古川原は、今度はふらふらと、もと来た道に戻っていった。バックミラーで監視されていることを考え、できるだけ頭のおかしい人間を装った。

右にふらついたかと思うと、今度は左に、といった具合に足がもつれた人間を演じながら、次第に車から離れていった。

(絶対、怪しまれていない)

そう言い聞かせながら歩く。奇妙な平静と、動悸《どうき》が呼吸を呑み込んでしまうほどの緊張が古川原の身体の中に同居していた。

ようやく身を隠せる路地まで来た。

ついに彼らの死角に入った途端、古川原は、掌《てのひら》にボールペンで車のナンバーを書いた。それ

は何度も反芻し、頭に刻み込んだナンバーだった。

〝裏本部〟をキャッチした土田警視総監

ナンバー照会によって、古川原が目撃した車の持ち主は、すぐに割れた。大道寺《だいどうじ》将司、二十六歳。荒川区南千住のアパートに住む勤め人である。アパートには、夫婦で住んでおり、妻の名は、あや子、二十六歳である。

基礎調査で、二人が共に北海道の釧路出身であることがわかった。佐々木も北海道、そしてこの夫婦も北海道だった。

事件を解くキーワードに浮上していた「北海道」。極本は、新たな人間の登場に緊迫感を強めていた。

この捜査の進展具合を土田警視総監は、意外にも、いち早く摑んでいる。

土田が田村町の〝裏本部〟のことを知ったのは、大道寺夫婦の存在が浮かび上がって間もなくのことだ。

前総監の槇野勇にも極秘に捜査をおこなっていたほどの秘密主義を貫いていた部署である。小黒が警視総監室に呼ばれた時も捜査の状況を説明しただけで、裏本部のことは告げていない。

しかし、二月半ば、まったく予想外のルートから土田はその存在を知ることになる。それは、「剣道を通じて」である。

土田は、剣道の朝稽古を毎日、おこなっている。どこかの署へ、あるいは方面本部へ、土田は毎日、朝稽古に顔を出した。もちろん、本庁の稽古場にも通った。

直接、警視総監と竹刀《しない》を交えることができるのだから、剣道をやっている人間にとって、大いに励みになったことは間違いない。

剣道の「教士」七段である土田は、竹刀を持つとそれまでの温厚な人柄とは、まったく〝別人〟になる。「教士」とは、武道における称号で、「範士」に次ぐ最高位から二番目のものであり、この称号を得た人間と竹刀を打ちかわす機会はめったにない。それほどの腕前の警視総監に思いっきりぶつかっていけるのだから、若い警察官にとっては、それだけで感激だっただろう。

剣道では、実戦形式で竹刀を交えることを「地稽古《ぢげいこ》」と呼ぶ。柔道で言う「乱取り《らんど》」だ。激しくぶつかり合える地稽古は、なかでも、いい汗をかけるものである。

二月十五日土曜日朝、いつものように朝稽古に参加した土田は、外事一課から極本に入っているある捜査官から、地稽古の最中に捜査状況について耳打ちされている。

彼は、三十代後半の巡査部長である。だが、それは土田にとって、裏本部の存在と捜査の進展状況についての貴重な〝情報〟となった。

旧東京行動戦線をターゲットとする捜査を通じて、浮かび上がってきた容疑者グループについて、その捜査官は土田に語ったのである。

捜査としては、まだ、新たに「怪しい存在」が浮かび上がった、という段階に過ぎない。

そんな時に偶然、その若手捜査官と地稽古をおこなった土田は、〝裏本部〟の存在と捜査の状態を聞くのである。

稽古が終わったあと、土田はあらためて詳しく話を聞くためにヒルトンホテルで待ち合わせ、さらに亡き民子夫人の実家である野口邸に呼び、食事を共にしながら、さまざまなことを聞いている。それは、土田にとって、すべてが貴重なものとなった。

この異例の〝聴取〟によって、裏本部の地道な活動と、この極秘部隊の執念の捜査が炙り出しつつある「ターゲット」について、最高指揮官は具体的なものを感じたのである。

この日の日記に、土田はその時受けた感激をこう記している。

〈二月十五日
ヒルトンで、外事一の××君と落合い、毎日の記者をはずして番町の野口父の部屋で食事し乍《なが》ら報告を聞き激励、三万円をわたす。
剣友××君こそ敵の本陣を発見した男。その報告を野口の実家で聞こうとは、何たる因縁か。彼はまともに私の顔を見据えて云った。階級とは関係なく総監のため、一警察官として命がけでやりますと。何たる感激！〉（※筆者注＝××は実名が書かれているがここでは伏す）

ここで書かれている〈敵の本陣〉とは、古川原によって発見された片岡利明のアパート「小林荘」を指していると思われる。この巡査部長は、小林荘を発見した人物ではないが、片岡の行確は担当していた。土田は、この人物がアジトを〈発見した〉と誤解していたようだ。いずれにしても、土田は〝裏本部〟の捜査の最前線に太い情報ルートを持っていたのである。

土田が部下と接するのは、剣道を通じてだけではない。可能なかぎり各警察署をまわり、現場の声を直接、聞こうとした。

土田の警視総監としての日課は、各警察署を訪ねることにあったと言っていいだろう。斗酒《としゅ》猶辞《なお》せず、を地でゆく土田は、現場の警察官とコップ酒を酌み交わすことも少なくなかった。そうして彼らを直接、励ましたのである。

あらゆる機会を通じて、土田は四万二千人の警視庁職員全員とじかに接触を持とうとしていた。それは、総監就任の訓示や記者会見で宣言した「警察は、〝街の灯台〟となれ」という信念を部下たちにわかってもらいたいという思いだっただろう。

公安部の捜査官たちにも、土田は会っている。だが、それは励ましというより、〝檄〟だった。やはり、爆弾事件捜査の最前線に立つ公安部員たちへの土田の期待は大きかった。

裏本部の存在を知った土田は、予告なしで、さっそく田村町を訪れている。

極左暴力取締本部の舟生禮治管理官は、その時の土田の訓示を耳にした一人だ。

「あれは、犯人逮捕にまだ見通しが立っていない頃だったと思いますが、総監が直接、励ましてくれる場がありました。手すきの者が四、五十人集まったところに総監が来られたんです」

舟生は、そう記憶を呼び起こす。それは、おそらく二月のことではなかっただろうか。突然の最高指揮官の来訪は、裏本部の面々にとって、まさに度肝《どぎも》を抜かれる出来事だった。

舟生が忘れられないのは、その時、土田が発した言葉である。

「警視庁がこの事件を解決できるかできないか、国家、都民に対する影響は、極めて甚大だ。そのことは、君たちにもよくわかっていることと思います」

そう前置きした土田は、こう言ったのである。

「まさに警視庁は、この事件で鼎《かなえ》の軽重《けいちょう》を問われようとしている。それは、すべて君たちの働きにかかっている。私は大いに期待している。一日も早く都民に安心してもらうためには、事件を解決する以外に方法はない」

そう訓示した土田は、力を込めてこう言った。

「頑張ってください！」

それは、ほかの警視庁の部下たちに対するものとは、まったく異なるものだった。「警察は、〝街の灯台〟となれ」などというレベルのものではなく、爆弾事件の犯人検挙こそ警視庁の使命であるという〝宣言〟と〝檄〟にほかならなかった。

だが、舟生は、こう振り返る。

「私には、ハッパをかけるというより、捜査官たちに諄々《じゅんじゅん》と理解させ、問いかけるような感じを受けました。聞いているのは、極本のメンバーだけです。夕方、ちょっと、みんな集まれ、みたいな感じででした。時間にすれば、わずかなものだったと思いますけど、非常に深刻な内容の訓示で、私には総監のお言葉に強い印象が残っています」

それは、土田が、この〝裏本部〟にいかに大きな期待を寄せていたかを示している。

第十章　熾烈な攻防

〝離脱〟直後に起こった大爆発

新たに浮上した大道寺夫婦にも行確が開始された。

だが、夫婦が住むアパートは、監視が極めて難しい場所にあった。国鉄・常磐線の南千住駅から歩いて五、六分の住宅密集地で、アパートの前の路地は幅が一・五メートルほどしかない。さらに外玄関はそこからアパートをぐるりとまわる裏側にあった。

路地自体も道と道とを繋ぐ四十メートルほどの長さしかなく、拠点を確保することはとても無理だった。必然的に朝夕の〝流し張り〟が中心にならざるを得なかったのだ。

それでも、例の〝尺取虫方式〟の行確によって、大道寺が文京区湯島にある日本雑誌販売という会社に勤務していることがわかった。

基礎調査もおこなわれた。大道寺将司の出身校は釧路湖陵高校であり、二浪の後、昭和四十四年に法政大学文学部に入学したことがわかった。しかし、卒業はしておらず、なんらかの理由で、途中で退学したようだ。

大学には進学していない小樽出身の佐々木と、将司がどこで接点を持ったのかは謎だ。

将司の妻・あや子は、将司と同じ釧路湖陵高校の出身で、二人はクラスメートだったらしい。目鼻立ちの整った彼女は、高校時代から人気者で、現役で星薬科大学に合格。卒業後、薬剤師となり、文京区本郷の武藤化学薬品という薬品会社に勤務していた。

二人は、二年前に結婚している。大道寺夫婦と佐々木とのつき合いの原点はわからないが、どこかで、接触点があったはずである。

佐々木が活動をおこなっていた旧東京行動戦線関係やレボルト社の周囲に大道寺夫婦の影が見えないか——極本は必死で探った。

協力者を動員して、大学時代、そしてその後を知る人間を探ろうとしたが、なかなかわからない。だが、車両ナンバーから大道寺が割り出されてから半月が経った二月二十六日、大きな動きがあった。

それは、ターゲットを行確している捜査官同士が鉢合《はちあ》わせになるという、この捜査がスタートして以来、初めてのケースとなった。

それぞれに勤務を終えた大道寺将司、あや子、そして、佐々木規夫の三人がこの日の午後六時半頃、国鉄の信濃町駅に別々にやってきたのである。

信濃町駅には、出口は一か所しかない。外苑東通りに面する出口である。ここを出て左に行けば、神宮外苑だ。まず将司、あや子、佐々木という順番で、別々に姿を現わしたかと思うと、三人とも左の神宮外苑方面に向かった。

三人のうしろには、言うまでもなく、極本の刑事たちがいる。お互いを目と目で確認し合った彼らは、これから「何かが起こる」ことを予想し、身を引き締めた。

だが、ここで問題が生じた。

佐々木がきょろきょろと絶え間なく周囲を見ている。突然、うしろを振り向くなど、異常な警戒心を見せているのである。

（まずい）

佐々木を追う刑事は、これ以上の行確は無理だと判断した。

〝勇気ある離脱〟――これは江藤が口を酸っぱくして極本の捜査官たちに注意している言葉である。「見失う」ことよりも相手に「気づかれる」ことの方が捜査する側にとって打撃は大きい。もし、気づかれるぐらいなら勇気をもって離脱せよ。それが江藤の教えだ。佐々木を追った刑事は離脱を余儀なくされた。

やがて、三人は神宮外苑の周回道路で落ち合った。それを確認したのは、大道寺夫婦の追跡班である。

だが、真冬の神宮外苑は人通りが少ない。コートの襟《えり》を立てて行き交う人は、ほかの季節に比べると著しく少ないのである。しかも、広々としているために、見通しがきく。その意味で、神宮外苑は、行確には極めて難しいエリアといえた。

三人は、およそ四十分にわたり一緒に神宮外苑周辺を歩いている。佐々木だけは、相変わらず歩きながら時々、うしろを振り返っていた。

なんだろう。いったい何があるんだ。なにが目的で三人は、歩いているんだ。何もわからないまま「その日」は終わった。

二日後の二月二十八日金曜日、間もなく午後七時になろうかという頃、三人は、ふたたび国鉄・信濃町駅に姿を現わした。三人の〝謎〟の行動はつづいていたのである。

だが、この日は、三人全員が、尾行を気にしていた。誰かが自分たちを追ってきていないか、何者かの気配がないか、注意深く警戒しているのである。

それは、二日前とは比べようのないほど厳しく、とてもあとを尾けることなどできるような状態ではなかった。

どの班も、三人が接触することは確認できたが、それ以上、接近することは、とても無理だった。

「点検が厳しすぎます。これ以上は無理です。切ります」

佐々木を行確中の刑事は、極本にそんな緊急連絡を入れた。

場所が神宮外苑では、脱尾することは仕方がなかった。二日前と同様、極本の刑事は、途中で行確を打ち切らざるを得なくなった。

だが、神宮外苑の周回道路で佐々木が大道寺夫婦とすれ違う際、なにかが入った紙袋を手渡す瞬間を目撃した刑事がいた。大道寺を監視していた刑事である。

その刑事は、佐々木のことを知らない。ただ、一人の若い男が近づいてきて、大道寺に紙袋を渡してそのまま去っていったのを目撃したのである。

遠くだから、それ以上はわからない。しかし、動作から見て、何か〝固いもの〟が入った紙袋ではないか、と刑事は感じた。

真冬の人通りが絶えた神宮外苑の周回道路。その瞬間が目撃できただけでも、奇跡的だったかもしれない。

そして、〝勇気ある離脱〟をおこなった約一時間後、大事件は勃発した。

金曜日の夜八時頃、青山通りは勤め帰りのサラリーマンやデートを楽しむカップルたちが行き交っていた。青山通り沿いには、しゃれたレストランはもちろん、気軽に飲める居酒屋も多い。特に外苑前交差点から外苑の並木通り入口に至るエリアは、知る人ぞ知る〝通《つう》〟が行く店が少なくない。

その時、轟音と共に、大爆発が起こったのである。ドーンという音と共に生じた地響きは、青山通りを歩く人や飲み屋の中にいた人……すべての人の動きを止めた。

（な、なんだ！）

衝撃は、青山通りを走る車がハンドルをとられ、危うく衝突事故を起こすほどだった。

爆発は、北青山二丁目の間組《はざまぐみ》本社ビル六階の営業本部応接室付近で起こった。だが、衝撃は三十秒後にも生じた。同じ間組本社ビル九階のエレベーター脇の女子ロッカールーム付近でも爆発が起きたのである。

ビルは、一時間ほど前に佐々木や大道寺夫婦が歩いていた場所から一キロも離れていない。炎と煙は六階から九階まで広がり、青山通りは騒然となった。

最初の爆発でビル全体が地震のように激しく揺れ、二回目の爆発では、天井や床が崩れ落ちた。ビルは業火《ごうか》に包まれた。

赤坂、麻布消防署などから、ポンプ車、はしご車、排煙車など四十五台がかけつけ、必死の消火活動がおこなわれた。しかし、現場は高層ビルであり、大量の煙が発生したため、消火に手間取った。

多くの野次馬が見ている中で、ようやく鎮火したのは、爆発から三時間が経過した夜十一時過ぎである。爆発で、残業のために残っていた間組社員二人が骨折と頭部裂傷、そして一酸化炭素中毒の重症を負い、消火活動にあたった消防士三名も手足に負傷した。

（またか！）

神宮外苑という都心の間組本社ビルで大爆発が起こったことに警視庁は衝撃を受けた。しばらく鳴りを潜めていた犯人グループが、またしても動き出したことは間違いなかった。

しかも、爆発は、都心だけではなかった。青山から三十キロ離れた埼玉県与野市にある間組の大宮第一工場でもほぼ同じ時刻に爆発が起こっている。ここは、人のいない場所での爆発だったため、窓ガラスなどが破損する程度で済んだ。

犯行声明は、朝日新聞社宛てに郵送されてきた。そこには、週刊誌の活字を切り貼りしてつくられた簡単な文章が書かれていた。

〈わが部隊は、キソダニ、テメンゴール作戦の一端を担い、間組（6階）に対して爆破攻撃をおこなった。2月28日　東アジア反日武装戦線〝さそり〟〉

それは、三菱重工爆破事件の時とは違い、実に簡潔なものだった。

間組が狙われたことから、キソダニとは、長野県の木曾町に戦時中に間組が建設した御岳《おんたけ》水力発電所のことを指しているに違いなかった。この建設現場に動員された中国人労働者たちが「間組に搾取された」と犯人グループは言いたいのだろう。

そして、テメンゴールとは、マレーシア西部のテメンゴール河に間組が建設中の水力発電所のことを指しているのだと類推された。この巨大ダムの工事は前年に始まったばかりだ。

声明文を読んだ極本は、〈キソダニ、テメンゴール作戦〉という部分だけでなく、〈間組〈6階〉に対して爆破攻撃をおこなった〉という記述に注目した。

「6階」に対して攻撃をおこなったというなら、「9階」の爆破は、〝違うグループ〟がやったということになる。これは、どういうことだ。ならば、与野市の大宮工場での犯行も別のグループがやったということなのか。

それなら、なぜ〝狼グループ〟は犯行声明を出さないのか。

狼、大地の牙、さそり——捜査当局を弄《もてあそ》ぶかのように犯行をつづけるグループは謎に包まれていた。

しかし、極本には、この時、ある思いが生まれていた。佐々木と大道寺夫婦。それは、犯行直前に現場付近にいた彼らが、「この犯行にかかわっているのは間違いない」という確信にほかならなかった。

増強される捜査陣

間組爆破事件は、極左暴力取締本部に新たな衝撃を与えただけでなく、大きな変化をもたらした。捜査陣が「大増員」されることになったのである。

それは、新たに「百人」を増員するという異例のものとなった。相手に気づかれるぐらいなら、〝勇気ある離脱〟をするという方式に変わりはない。しかし、その時、投入している捜査官の数が多ければ、気づかれそうになった捜査官がたとえ離脱しても、次、そしてその次の捜査官が……という具合に行確を徹底できる。いよいよ捜査が風雲急を告げてきたのである。

成果は、すぐに出た。

大増員の三日後の三月十三日午後七時半頃のことだった。

国電の御徒町《おかち》駅から上野駅方面に向かってつづく線路沿いのアメヤ横丁。魚介類や乾物《かんぶつ》などの食品、衣類や雑貨、宝飾品店などの店が軒《のき》を連ねる通称「アメ横」の雑踏《ざっとう》の中に、大道寺将司、あや子、佐々木規夫、片岡利明の四人が別々に姿を現わしたのである。

御徒町駅の北口から上野駅方向に二、三分歩き、左に曲がったところに「宮殿《きゅうでん》」という喫茶店があった。

そこに四人が勢ぞろいしたのである。全員が集まったのは、午後七時四十分頃のことだ。

それぞれを尾行してきた刑事たちに、張り詰めた空気が漂った。いったい中でどんな話がなされているのか。捜査官たちは、それが知りたくて仕方がない。

しかし、店の中へ入っていけるのは、せいぜい二人だろう。怪しまれないためには、隣のテーブルに近づいてはならない。店内の離れた場所で、彼らのようすを窺《うかが》うしかなかった。

四人は、ここで二時間も話し込んでいた。捜査官は、何組にも分かれて出たり入ったりしたが、四人が小声で話しているため、何も聞こえない。

謀議をしているに違いない。次のターゲットは、どこなんだ。

四人に対する疑惑を深めていた捜査陣は、彼らが次なる犯行を話し合っているに違いない、とにらんでいた。

なにかの資料を覗きこみながら、四人は小さな声で盛んに意見を述べ合っている。時折、店の中のようすをそれぞれが窺っていた。

点検だ。誰かに監視されていないか、神経を尖らせている。

やはり、この連中はおかしい。しかし、四人とも実にまじめそうな若者だった。三人の青年もそうだが、特に、この聡明そうな女性・あや子が、卑劣なあの凶悪犯罪に本当にかかわっているのだろうか。

こいつらに間違いない、と思う一方で、目の前の若者たちが、本当にあれほどの死傷者を出した無惨な三菱重工爆破事件などをおこなった犯人なのか。確信と疑念――捜査官たちは、矛盾するふたつの思いに捉われていた。

この頃、現場の刑事たちだけでなく、捜査幹部も、少なくとも彼らが犯人グループの「一部」であることに間違いはない、と考えていた。

指揮を執る公安一課長の小黒隆嗣も、もちろんそうだ。

「この頃は、彼らが（犯人に）間違いないのではないか、と思っていました。ここまで相当な苦労をつづけていますからね。彼らの行動を監視するために、冬、ある家の了解を得て、屋根のてっぺんから覗いていて、瓦が凍っていて手がすべり、屋根の斜面をすべり落ちそうになった刑事がいました。そのまま落っこって大きな音でも立ったら、そこのおうちにもご迷惑をかけるし、なにより相手に気づかれてしまいます。それで、凍った瓦の上で必死に爪をたてて、落下を防いだ。爪から血が出て、大変だったそうです。なにかヒントになるものはないか、と彼らが捨てるゴミを待って、一晩中、じっとゴミ捨て場を見つめていた刑事もいました。まさに〝血の滲《にじ》む〟ような苦労だったと思います」

暗中模索だった捜査がやっと「本当の勝負の段階に入ってきた」ことを、指揮を執る小黒も感じていた。それは家族との団欒《だんらん》や、愛《め》でるべき季節を知らない刑事たちの昼夜を分かたぬ執念の捜査によるものだったことは間違いない。

三人の刑事

三月二十三日の日曜日は、連続企業爆破事件の捜査にとって、最大の意味を持つ日となった。

荒川区町屋四丁目の小林荘に住む片岡利明のアパートを、すぐ近くの工場の屋上から見ている三人の公安刑事がいた。

古川原一彦巡査部長、西前泰廣巡査部長（二九）、五十嵐覺《さとし》巡査（二六）の三人である。三人は、それぞれ「フルさん」「ニシさん」「ガラちゃん」と呼び合う仲である。

西前は、和歌山の出身で、父親は和歌山県警捜査一課のデカ長（部長刑事）だった。小さい時から、西前は刑務所を出た人間が父親を訪ねて来る場面を身近で見ていた。父が逮捕した人間が、出所後、挨拶に来るのである。

父は、「おうおう」と言って家にあげて、よく酒を飲ませていた。自分を捕まえた相手のところに、なぜわざわざ挨拶に来るのか子供の頃の西前には、わからなかった。

そんな環境で育った西前には、出所してくる人間を特に「怖い」と思ったことはなかった。父のおかげで、犯罪者がそれだけ〝身近な存在〟だったのである。

出所した人間が父を訪ねて来るということが、犯罪を取り締まり、犯罪者を検挙する立場でありながら、父が決して「情を忘れない」人間であったためだと知るようになるのは、青年として成長してからである。西前が、父と同じ「警察官への道」を志すようになったのは、自然の流れだったかもしれない。

西前は、高校から推薦で関西の私大に進むことができるようになったが、父親は経済的な理由で大学進学が厳しいことを息子に告げた。

だが、西前はどうしても大学に行きたかった。働きながら大学に通える職場として、西前が選んだのは、警視庁である。日本大学法学部の夜間に通いながら、西前は学生運動で騒然とする東京の治安を守る警視庁の巡査となったのである。

昭和四十四年三月に日大を卒業するまでの四年間は、日本の大学が最も〝荒れた〟時代だった。

第一機動隊の機動隊員となった西前は、バリケードによる封鎖解除のために都内の各大学へと出動している。

その中には、自分が夜間、通っている日大も含まれていた。バリケードで封鎖されている自分の大学を封鎖解除するために機動隊員として乗り込んでいかなければならないことが、どれだけ情けなかったか知れない。

神田駿河台の日本大学経済学部本館のバリケード封鎖を解除するために出動した第五機動隊の西条秀雄巡査が、重さ十六キロもあるコンクリートの塊《かたまり》で頭部を直撃されて死亡したのは、西前が四年生だった昭和四十三年九月のことだ。

一歩間違えば自分が死んでいたかもしれない。しかも、その事件が起こったのは、自分が通う大学なのである。騒然とした世情で、胸中に矛盾をかかえながらも西前は翌年三月、日大を卒業した。それは、大学に通うために警視庁に入った西前の意地だったかもしれない。

西前は、写真の腕前に定評があった。

中学生の頃から写真に興味を持っていた西前は、当時、自分のカメラがなく、叔父のカメラを借りて写真を撮っていた。

ピントや絞り、シャッタースピードの合わせ方は、経験でわかった。大人になっても趣味で写真を撮り、警視庁の美術作品展で入賞したこともある。

行確のターゲットの写真を西前は何枚も撮っている。

当時、連続でシャッターを切ることができるモータードライブが警視庁の本部にはあったが、なかなか現場には貸してはもらえなかった。それだけに〝一発で〟きちんとした写真を撮る腕前を持つ捜査官の存在は貴重だった。

西前は、三十センチはあろうかという望遠レンズを三脚で固定し、しぼりを開放にして、シャッタースピードを60分の1か、90分の1というブレが起きるぎりぎりの条件で監視対象の写真を撮っている。

「相手が出た瞬間ではなくて、こっちに来る途中にちょうどピントが合うように設定しておき、カメラのレンズをずうっと覗いていて、ちょうど自分で決めた位置まで来た時にシャッターを切るんです。一回限りのチャンスですね」

行確だけでなく、写真での撮影など、容疑者への監視は多岐にわたっていた。


また、五十嵐は、北海道の芦別《あしべつ》という炭鉱町の生まれだ。石炭が戦後復興の主流だった昭和二十三年に生を受けた五十嵐は、子供から中学生、高校生と成長するにつれ、故郷の町がさびれていくさまを見つづけた。

閉山が相次いだ芦別は、五十嵐が高校生の時には、幼い頃の炭鉱全盛時代に比べ人口が半分まで減っていた。五十嵐は昭和四十一年に高校を卒業し、警視庁に入った。

食っていくために上京し、そして、ほぼ同世代の団塊の世代が大学生となっていたこの時代、五十嵐は警察官になり、西前と同じように働きながら日大の夜間に通う道を選択している。

しかし、当時の大学は、ロックアウトの連続で、大学に行っても勉強ができるような時代ではなかった。五十嵐が通っていた日大は、わざわざ時間をやりくりして登校しても、ヘルメットをかぶってなだれ込んでくる活動家たちによって、授業にも何もならない時が過ぎていた。

そんな時に、警視庁第五機動隊の西条巡査死亡事件が起こる。よりによって、自分が通う大学で、学生の投石によって仲間が死んだのである。

五十嵐は、この時、西前と正反対の選択をしている。事件をきっかけに日大を退学したのだ。自分と同じ立場の警察官を殺すような学生がいる大学に「そのままいる」ことが、五十嵐には耐えられなかったのである。

親の脛をかじって、ゲバ棒を振るっているような甘ったれた学生が、五十嵐は大嫌いだった。大塚警察署勤務を経て、駒込警察署で公安係となった五十嵐は、公安捜査官の道を歩んでいった。若くてイキのいいやつはいないか――。連続企業爆破事件の捜査が難航する中、古川原と同じく五十嵐も昭和四十九年秋から公安一課にまわされ、最前線の捜査に投入させられるのである。

この三人の刑事が片岡のアパートである小林荘をじっと見つめていた。


「気づかれる！　切れ！」


彼らの前に、片岡、大道寺夫婦、佐々木というメンバーが揃って顔を出したのは、朝九時頃のことである。

古川原は、事前に大家から引っ越しの情報を仕入れていた。

この時、キャップの廣瀬喜征警部補以下、廣瀬班は勢ぞろいしていた。片岡の荷物がどこへ行き、大道寺夫婦、佐々木、そして片岡本人は、どんな行動に出るのか。

まったく予測がつかないため、廣瀬班全員が投入されていたのだ。

休日の朝、親しい若者同士が二トントラックをレンタカーで借りて、友人の引っ越しを手伝う。そんな微笑ましい光景が目の前で展開されていた。

だが、彼らが本当に爆弾事件の犯人だったら、それは、微笑ましいどころか、殺人者たちによる逃亡、あるいは潜伏のための手段なのかもしれなかった。

午前中に彼らは、一回目の荷物を運び出した。その荷物は、片岡の実家がある練馬区東大泉に向かった。

午後は二回目の荷物である。この時の経路は複雑なものだった。

厳重に梱包《こんぽう》されたかなり重量のある荷物がトラックに運び込まれ、そのまま佐々木がトラックを運転して北区中十条の「美島荘」へ向かったのだ。

町屋から中十条までは、距離にして七キロほどで、車を使えば十分あまりで着く。休日だけに渋滞もない。追跡する廣瀬班の車両もあとを追った。

廣瀬班は、中十条の美島荘で荷物を下ろすのではなく、逆に佐々木の荷物をトラックに積み込んでいるようすを目撃する。

不可思議な行動に刑事たちは首をひねった。片岡の荷物の半分は、実家へ帰り、残り半分は、佐々木規夫の荷物と合流して、いずこかに行こうとしている。

荷物を積み終えた彼らは、美島荘をあとにした。

片岡も佐々木も、賃貸契約の状況から見て、「同時に転居」しなければならないような理由は考えられない。それなのに、片岡の荷物と佐々木の荷物が〝合流〟してどこかに向かっている。

（いったい何があるんだ。この引っ越しは何を意味するんだ？）

古川原たちには、なにもわからなかった。

北区中十条を出たトラックは環七通りを北まわりで東に向かい、やがて荒川を渡った。

この時、トラックを車で追跡したのは、古川原である。助手席には、西前がいる。

「ここで失尾《しっび》してたまるか」

古川原の頭には、それしかなかった。彼らは普段から警察車両ではなく、マイカーを使っていた。この時も、古川原は自分のマイカーであるカローラを使っている。

「なんとしても行き先を突き止める」という強い意志と、もう一つ、「絶対に追跡していることはバレない」という自信が、古川原にはあった。

これまでの捜査で古川原は、神様の意思としか思えない幸運に恵まれてきた。なにをやっても、自分がかかわっている場面では、必ずといっていいほど「僥倖《ぎょうこう》が下りてきた」のである。

今度も、必ず大丈夫だ。根拠などまったくないにもかかわらず、古川原にはなぜか大きな自信があった。

そして、そのことが考えられない大胆な行動をもたらした。

車を、佐々木が運転するトラックにぴたっとくっつけたのである。

（！）

二台をさらに追跡している廣瀬キャップが乗る車から驚きの声が上がった。

「あいつ、なんで無茶なことをするんだ！」

しかし、古川原の車は、ぴったりくっついたまま離れない。

「無茶はやめろ！　離れろ」

廣瀬は無線で指示を飛ばした。

「りょうーかい！」

古川原は、そう返事したものの、トラックから離れようとはしなかった。いや、ますますトラックにぴったりとくっついている。

しかし、これには古川原らしい冷静な判断があった。

こうすればトラックの左右のフェンダーミラーに映らないのである。バックミラーは、運転席からは荷物で遮ぎられて見えないから、考慮に入れなくてもいい。ならば、フェンダーミラーに映らないように完全に死角に入ればいいのである。

中途半端に離れたらこっちの存在をフェンダーミラーに捉えられてしまう。それを避けるためには、むしろトラックに「くっつくこと」の方が重要なのだ。

だが、廣瀬たちにとっては、古川原が気でも狂ったのではないか、と思えた。離れている廣瀬たちからは、トラックと古川原のカローラとの距離は、三メートルもないように見えた。いや、二メートル、ひょっとしたら一メートルぐらいかもしれない。

「あの時は、絶対見つからないという自信と、逆に、たとえ見つかってもいい、という思いの両方がありました。そのぐらい大胆にいかないと、あれだけの犯人を捕まえられませんよ」

古川原には、引くつもりなどなかった。

「そんなにくっつくな！　切れ！」

廣瀬の絶叫を古川原は聞き捨てた。絶対大丈夫だ。自信と執念が、古川原に思い切った戦法をとらせていた。

モデルガンの改造

トラックの行き先は、足立区梅島三丁目の「ことぶき荘」だった。

ここに佐々木が引っ越し、佐々木と片岡、両方の荷物が運び込まれた。片岡は、居住していた町屋の小林荘から親元の東大泉の実家に転居し、一方、片岡の荷物のうち約半分が、佐々木の荷物と合流してことぶき荘にやって来たのである。

それは、不自然であると同時に実に怪しかった。

片岡が自宅に持ち込むことのできないもの、すなわち爆弾の製造にかかわるものを佐々木に「託した」のではないだろうか。

どう見ても、そうとしか思えない奇妙な引っ越しだった。だが、この引っ越しは、ほかの意味でも、極めて重要なものを捜査陣にもたらした。

引っ越しで出されたゴミである。それは、捜査の行方を決定的づけるものとなった。

この日、四人の若者は、午前中にまずいくつかのゴミ袋を出した。まさか監視されているとは知らず、彼らは小林荘の階段の下に大きなゴミ袋を出した。

だが、佐々木は、ゴミ袋が持っていかれないか、何度も〝点検〟した。出てくる度に袋があることを確認するのである。喉《のど》から手が出る思いで、古川原と西前、五十嵐がゴミ袋を見ていた。

点検がある以上、簡単に持ち運ぶわけにはいかない。

はやる気持ちを押えて、三人は、ゴミ袋をしばらく置いておいた。

さらに午後二時過ぎ、二度目のトラックが出る時、彼らはまたゴミ袋を出している。大きなゴミ袋は、計四つになった。

それと一緒に、彼らは電話帳を五冊、古新聞をひと束、ヤカンも一個、ゴミとして出している。

古川原と西前がカローラでトラックを追尾したあと、また町屋に戻ってきたのは、もう夕方近かった。三人でゴミ袋をどうするか、話し合った。

「よし！　ゴミ袋を回収し、もし、彼らが点検に帰ってきた時のために、外から見てもわからないように同じゴミ袋を置いておこう」

若い刑事たちは、そう決めた。彼らが点検に戻って来た時、疑われないような大きさ、重量がほぼ同じものをつくっておけば大丈夫だ、ということである。

こうして三人は夜、やっと回収したゴミ袋を裏本部に持ち帰り、捜査員たちが注視する中、それをあけたのである。

「えっ」

「こいつら……」

取り巻いていた捜査官たちは、言葉を呑み込んだ。そこにあったのは、モデルガンの弾丸、手製の使用済みの薬莢《やっきょう》、モデルガンの部品と説明書、モデルガンの破片、リード線、水色ペンキ塗料、針金、明治ソフトの粉ミルクの空き缶、ビニール管……等々だった。

こいつら、モデルガンまで改造しているのか。赤ちゃんのいないこいつらが、粉ミルクの空き缶を持っているということは、要するに爆弾の〝缶体〟にするというのか。

リード線や針金なども、爆弾製造の過程で出てきたゴミに違いない。

「これ、『腹腹時計』の続編に書くやつですよ」

その時、捜査官の一人が、そう声を上げた。〝読書百遍〟で、裏本部のほとんどの捜査官が、『腹腹時計』を頭に叩き込んでいる。

その一人が、『腹腹時計』ＶＯＬ．１の巻末に記述されていた続編の「予告」を思い出したのだ。

そこには、「トリック爆弾の製造」や「塩素酸カリウムの製造」、「〝狼〟式手投爆弾の製造」などと並ぶ柱として、「モデルガンの改造と手製実包の製造」が書かれていた。

つまり、『腹腹時計』の続編のために、彼らは実際にモデルガンの改造と手製の実包の製造をおこなっていたのだろう。

（やっぱり、こいつらに間違いない）

裏本部はこの時、ついに彼らが犯人グループであることを探りあてたのである。あとは、どんな仲間がほかにいるか、そして、いかにして動かしがたい証拠を挙げるか、だけである。

捜査は、一気に「新しい段階」に突入したのである。

第十一章　密　議

筆談の三者会談

「うん？　今日はおかしいぞ」

三月二十五日午後六時前、湯島の日本雑誌販売に勤務する大道寺将司を監視していた坂井城は、いつもと違う動きをする大道寺に気がついた。

普段なら何も食べずに帰るのに、この日は、聖橋《ひじりばし》の手前にある立ち食い蕎麦屋に寄ったのである。十分足らずで蕎麦屋から出てきた大道寺は、聖橋を渡って御茶ノ水駅の改札を降りると、新宿方面行きの中央線のホームに降りていった。

方向が逆だ。どういうことだ。

まっすぐ家に帰る時は、大道寺は総武線で秋葉原方面に向かうのに、今日は、新宿方面に行くらしい。婦警とコンビを組んでいた坂井だけでなく、先輩刑事の伊藤善吾《ぜんご》巡査部長（三一）も別の婦警と組んで、坂井とは離れた場所から大道寺を監視していた。

伊藤は坂井より五歳年上の昭和十九年生まれだ、父は朝鮮で農学校の校長をしていたが、敗戦によって、身ひとつで一家は帰国。貧困の中で父は工場労働者となって生活を支えたが、大学受験期にその父が癌で亡くなり、五人兄弟の末っ子だった伊藤は急遽、警視庁の採用試験を受けて巡査となった。三十を過ぎたばかりとはいえ、原宿署の公安係時代には、明治公園の赤軍派による鉄パイプ爆弾事件や、また新宿騒乱事件にも遭遇し、奔走したベテラン刑事である。

坂井も、もちろん伊藤も、普段とは異なる大道寺の行動に、「何かがある」ことを直感した。混雑している時には、対象と近づき、逆の場合は距離をとるのが「行確」の基本だ。

（何があるんだ……）

比較的距離をとっていた坂井は、中央線で次の駅である四ツ谷で降りる大道寺を追った。伊藤たちもあとにつづく。四ツ谷口の出口を出た大道寺は、外堀通りを渡り、新宿通りと並行して走る「しんみち通り」に入った。

（えっ？）

その時、坂井は大道寺の姿を一瞬、見失った。しんみち通りを入っていった大道寺が目の前から消えたのだ。

どうしたんだ。不安を抱えて急ぎ足になった坂井は、ある中華料理屋の前を通り過ぎる時に、大道寺が中にいることに気がついた。

さっき御茶ノ水駅に入る前に蕎麦を食べたばかりなのに、大道寺は今度はラーメンを食べている。ぱっと店に入られ、一瞬、姿を見失ったと思った相手が、またラーメンを食べていた。

二食目である。立ち食い蕎麦で足りなかったのか、それとも、時間調整のためなのか、いずれにしても驚きの食欲である。

坂井は失尾していなかったことに胸を撫で下ろして、また監視をつづけた。

ラーメンを食べ終えて出てきた大道寺は、今度は駅の方に戻り始めた。奇妙な行動である。その時、また大道寺は店に入った。今度は、喫茶店だ。

しんみち通りの入口にほど近い「ルノアール」である。四階建てのビル全体が喫茶店という珍しいビルだ。ガラス張りになっているため、外から中のようすは窺えるが、大道寺は、そのまま入口を入ってすぐ左側にある階段を上がっていったらしい。どうやら初めて使う店ではなく、使い慣れているようだ。

幸いに大道寺はいつも〝点検〟がない。それが、佐々木や片岡との決定的な違いである。婦警が一人、まず店に入って、コーヒーを注文した。二階の奥に、大道寺はいた。

何があるのか。そんな思いで外にいた坂井や伊藤たちの前に〝謎の男〟が二人、相次いで現われ、二階へ上がっていった。

坂井は、それが習性であるかのように腕時計を見た。午後六時八分。大道寺、何者かと接触――。坂井は、高鳴る胸を押さえ、裏本部へ連絡した。電話を受けたのは、大道寺班のキャップ、荒井勝美警部補（四〇）である。

「アベックを装って入れ。俺もすぐ行く」

荒井は、そう指示した。坂井は、最初の婦警がコーヒーを飲み終えて店を出てくると、御茶ノ水から一緒だった婦警とコンビを組み、ルノアールに〝突入〟した。

大道寺らは、二階の奥の方に座って、何か相談をしていた。店は結構混んでいる。彼らの近くに席はなく、七、八メートル離れた席に腰をかけた。婦警の背中越しに彼らのようすが見えるように坂井は座った。

当然、声は聞こえない。しかし、明らかにおかしい。彼らはお互い紙に何かを書いて、それを見せ合っている。筆談である。

その上、誰か客が席を立つと、一斉にその人物を三人が「目で追う」のである。見ようによっては、「何かの存在」に怯《おび》えているようにも見えた。

「何かの存在」とは、要するに自分たちである。明らかに彼らは捜査当局の影に怯《おび》えていた。

（こいつら、やっぱり怪しいぞ）

坂井は、なんとしてもこの新たな登場人物の正体を解明しなければならない、と思った。それは、失敗が許されない行確だった。張り詰めた空気が店の中を支配していた。

なかなか彼らは席を立とうとしない。延々と〝筆談〟で相談しているのである。二時間経っても、まだ終わる気配がない。

裏本部からは、荒井キャップが婦警を一人連れて到着していた。もともとの四人に加えて、「六人」である。店内に長時間いれば察知される恐れがある。坂井たちは、途中で店を出た。代わりに、荒井の指示で、今度はまた、婦警が一人だけで入っていった。ついに三時間が経った。

午後九時十分、彼らはやっとルノアールを出た。店を出た途端、三人は別々の行動をとった。三人とも四ツ谷駅の方向に行くのに、言葉も交わさないまま分かれて歩き出したのである。一人は道の右側、一人は真ん中を、そしてもう一人は左側を歩く。

大道寺が最も背が高く、あとの二人は比較的小柄だ。やせていて、一人は銀縁のメガネをかけ、もう一人はかけていない。

外堀通りの信号でも、三人は距離をとったまま、それぞれがまったく無関係の風情《ふぜい》で立っている。あれだけ筆談で会合をしていた男たちが、店を出た途端にそんな態度をとることは、この新たに現われた謎の人物が坂井たちにとっていかに「重要な存在」であるかを物語っている。

緊張は、ますます高まった。もう大道寺はどうでもいい。新たな男を「追い込む」まで食らいつくしかない。荒井の指示によって、それぞれの〝担当〟が決められた。

坂井は荒井キャップとコンビを組んで、三人の中で一番痩せている男を追うことになった。身長は百六十七、八センチだろうか。背広を着たどこにでもいるサラリーマンである。伊藤善吾と婦警は、もう一人の銀縁メガネの男を追った。

荒井と坂井が追う男は、総武線で新宿方面の電車に乗った。

坂井は、男から二つぐらい手前のドアに乗った。もう午後九時を過ぎているというのに、電車はかなり混んでいる。

本来、もっと近くにいるべきだったが、失敗だった。ドアが閉まる寸前に飛び降りられても対応できるようにしなければならないが、結構な混みようのために、とても無理だった。

新宿が来た。どうする？　あいつ降りるのか。

ドアが開いた瞬間、坂井たちは、どおーっと電車から押し出された。総武線のホームは、反対側のホームが山手線だ。世界一の乗降客数を誇る新宿駅の中でも、総武線から山手線へ乗り換える混雑は一番である。

押し出される瞬間、坂井の目に、男も押し出されているようすが入った。

そのまま反対側の山手線に乗るのか？　だが、山手線も尋常な混み方ではない。

こんな場合は、もし、混んだ電車に乗るなら、同じドアから入って、それこそ二、三十センチ、いや場合によっては背中合わせにくっつくぐらいでやらなければならない。だが、あまりの混雑で、それができなかった。仕方なく同じ扉ではなく、一つ離れた扉から入った。

見えない。どこにいるんだ。いるだろう場所の見当はつくものの、坂井は、男を〝現認〟できなかった。本当にいるのか。坂井に不安が広がった。新大久保に電車が停まっても、男を視界に捉えることはできなかった。

次の高田馬場は、地下鉄東西線や西武新宿線との乗り換えの拠点駅である。乗降客は多い。

案の定、坂井たちは、やはり高田馬場で外に押し出された。

いた！　その時、隣のドアから押し出される男の姿が一瞬、目に入った。

大丈夫だ。いた。今度は男から目を離さない。すると、男は山手線から押し出されたまま電車には戻らず、ホームを歩き始めた。

男は、ホームの中ほどにある西武新宿線への乗り換えの連絡橋を上がっていった。

絶対に今度はターゲットを視界から外さない。坂井はそのことを肝に銘じていた。西武新宿線に乗り換えた男は、やがて都立家政駅で降りた。

都立家政駅は、下りの電車の降り口が進行方向左にある。

二人の刑事が男の背中を追う。駅の前には小さなロータリーがあり、その横を、線路を横断する道路が走っている。駅前商店街なのだが、線路を渡って北に向かうと四百メートルほどで新青梅街道に突き当たるため、自動車の通行量も少なくない。

どっちに行くんだ。坂井が見ていると、男はまず駅前の酒屋に入った。

ここでなにか買い物をした男は、踏切を渡って新青梅街道の方面に歩き出した。幸いに〝点検〟はない。だが、油断は禁物だ。

男は、新青梅街道を右折した。さすがに新青梅街道に出ると、人影があまり見えない。安全のため男とは五十メートルほど距離をとった。

追い込みまで、「辿りつけるか」どうか。行確は、最後の最後が最も難しい。五十メートルも距離をとれば、路地にそれて、家やアパートに入った時、それがどこであるか、特定できなくなるおそれがある。全神経を集中させて、暗がりの新青梅街道を歩く男のうしろ姿を坂井はじっと見つめた。

三、四百メートル歩いたところで、男は右折した。

（よし）

坂井は、急ぎ足で姿が消えたそのポイントに来た。キャップの荒井もすぐ追いついた。幸いに路地ではない。一階がパーマ屋、二階がアパートという奥行きのある建物がそこにあった。その脇に通路があり、手前に板戸があった。

「うしろへまわれ」

荒井が坂井に指示した。荒井はそのまま板戸を開けて、大胆にも建物の中へ入っていった。

十世帯ほどのアパートである。荒井の目に「フジヤ荘」という名前が飛び込んできた。中は、共同の玄関で靴を脱ぎ、廊下を通って自分の部屋に行く仕組みだ。部屋は廊下の左に並んでいる。

一方、坂井が建物から少し離れ、アパートを見通せる位置まで来た時、その一室の窓に電気が灯いた。

ああ、ここだ！

坂井は手前から何番目の部屋か確認した。一階の奥から三つ目だった。やっと謎の男を〝追い込んだ〟のである。フジヤ荘一階の三号――それが男の部屋だった。

荒井キャップと坂井が追い込んだのは、基礎調査によって黒川芳正という人物であることが判明する。

彼のことは、公安部はノーマークだった。だが、昭和四十二年十月八日に起こった第一次羽田事件で逮捕歴があり、公安部は幸いに経歴を把握することができた。

山口県出身で都立大学に進んでいる。単位を未修得のまま、除籍処分となっていたが、保険の外交員をするまじめな青年として、周囲の評判は悪くなかった。

「なんとしても追い込め」

伊藤善吾は、婦警と共に〝もう一人の男〟を追って総武線に乗っていた。ただし、荒井と坂井が向かった新宿方面ではなく、逆の千葉方面の電車である。

「俺がそばにいるから心配しなくていい。やつの背中にくっつけ」

伊藤は、婦警に小さくそう囁《ささや》いた。やはり千葉行きの車内も、ラッシュとはいえないものの、かなりの混みようだ。

「背中にくっつけ」

男が自分の背中にくっついて立っていたら、さすがに相手に気づかれる可能性がある。だが、女性が背中側の至近距離にいても、男は気にも留めない。伊藤は、その心理を知っている。できるだけ背中にくっつけ——さすがにそれなら「落とす」、すなわち「見失う」ことはないだろう。こうして、その男と婦警は、ドアに近いところに立った。

ブレザーを着たその男は、身長は百六十センチ台の後半だろうか。小柄な部類だろう。銀縁のメガネをかけ、レンズの奥に見える目は薄く、細い。感情が読み取りにくいその目と意志の強さを示す太い眉、そして、やや削《そ》げ気味の頬が特徴だ。

婦警は身長が百五十センチそこそこで小柄なため、背中側に居さえすれば、相手も意識しないに違いない。身長百七十四センチの伊藤は、彼女の頭とターゲットの頭が見える数メートル離れたところに位置をとった。

男は御茶ノ水を過ぎても、秋葉原、浅草橋を通り越しても降りる気配がない。そのまま電車は隅田川を渡った。両国、錦糸町と緊張がつづく。

伊藤は、尾行（行確）には自信があった。これまで共産党関係など、さまざまな行確をやって来たが、「落とした」経験はほとんどない。尾行に備えて、靴底はいつもゴム製のものを履いている。音をなるべく出さないためである。革靴のように見えても、必ず底だけはゴムのものしか買わなかった。

　だが、今回ばかりは緊迫の度合いが違った。大道寺に初めて近づいてきた人物が「二人」もおり、その上、長時間、筆談までしていたのだ。もし、失敗したら「次」があるかどうかもわからず、その意味では千載一遇のチャンスに違いなかった。どんなことがあろうと「落としてはならない」のである。

　やがて男は、亀戸駅で降りた。ホームの中程にある階段をゆっくり降りていく。階段を降りて右に行けば北口の改札だ。改札を出た男は、そのまま北口から駅舎を出るのかと思ったら、突然、右に曲がり、東武亀戸線の亀戸駅に向かった。

（東武線に乗り換える……）

　静かに男を尾ける伊藤は、乗り換えを察知した。この線は、亀戸と墨田区の曳舟《ひきふね》駅を結ぶわずか三・四キロしか営業距離のない路線だ。線路は、総武線から一段低い位置にある。線路に高低差があるため、一度、改札を出ないと総武線から乗り換えられない仕組みになっていた。

　男はうしろを振り向くこともなく、そのまま東武線の改札口を入っていった。二両しかない短い電車が、すでに始発駅である東武亀戸駅に停まっている。

　男は、電車に乗り込んだ。

（いよいよ近い……）

　伊藤はそう思った。総武線とは、混み具合がまったく違う。夜ということもあって、乗客はまばらだ。仮に相手が尾行を警戒していたら、危ない。

　気づかれてはならない。だが、絶対に見失ってもならない。伊藤も、そして、おそらく婦警も、全身が小刻みに震えるような緊張感に包まれていた。

だが、その空気を絶対に外に出してはならなかった。〝気〟を外に出せば、それがターゲットに伝わる。刑事が持つ独特の〝気〟を出してはならないのだ。伊藤は、そう思っていた。

やがて、電車が動き出した。総武線と並行して東に向かって走り出した電車は、左にカーブして総武線から次第に離れていく。旧中川の手前を北に向かって走るのである。電車はすぐに次の駅に到着した。亀戸水神《すいじん》駅である。亀戸駅とは、一キロにも満たない距離だ。

立ったままだった男は、そのまま電車を降りた。ひと駅だけの乗車だった。伊藤たちも、一緒に降りた。男がまわりを気にしているようすはまったくなかった。

この駅は、改札口がひとつしかない。その改札口が、伊藤たちが降りた側ではなく、反対の亀戸行きホーム側にある。そのため、構内で踏切を渡らなければならない。

いつも使い慣れているに違いないその男は、自分が乗ってきた電車が通り過ぎると、さっさと線路を渡り、改札口を出た。

伊藤たちはすぐあとを追わず、距離をとってそのようすを見ていた。

男が自宅に帰ろうとしていることは、間違いない。もう夜十時近くになっている。駅の近くこそ明るいが、駅から離れれば、住宅街はひっそりと静まりかえっているだろう。駅前には、蕎麦《そば》屋が一軒あるだけで、ほかには何もない。

男は改札を出ると右に行き、大きな通りに出た。夜でもかなりの交通量がある大通りだ。「丸《まる》八《はち》通り」である。

まったく点検行動を見せない男は、丸八通りを今度は左折すると、道に沿ってゆっくりと北に向かった。伊藤は、目配せして婦警を先に行かせた。男とは、二、三十メートルの距離をとらせ、静かにあとを追わせたのだ。伊藤は婦警から五、六メートルうしろを歩く。間に女性が入っていれば、男がたとえうしろを振り返っても、伊藤の姿はほとんど視界に入らないはずだ。これまでの経験から伊藤は、そう判断した。

警戒する風もなく、男は次の交差点で信号を右に渡り、さらにそこで左に渡る信号を待った。もうすぐだ。彼の住む場所の近くまで来ている。周辺に住宅はない。マンションのような建物が前方に見えるだけだ。丸八通りは、前方にある川を渡るために高架になっている。その高架の右側を男は歩いていった。

心臓の鼓動が高まる。〝追い込み〟で危ないのは、最後の場面だ。どこの建物に、そして、どの部屋に入るのか。それは、いつも最大に緊張する瞬間である。

角を曲がる時も危ないが、幸いに亀戸水神駅からは、見失うような街角はなかった。あとは、どの建物に「追い込むか」だった。男は薄暗い高架の横を七、八十メートル直進すると、そのまま高架沿いにある建物に入っていった。ねずみ色の古いマンションである。

（あそこだ！）

伊藤は走り出した。ここで「落とす」ことは許されない。男が入る部屋をなんとしても確認しなければならなかった。時間との勝負だ。

伊藤が婦警を追い越して建物の玄関まで来た時、ちょうど男が乗ったエレベーターが上がっていくところだった。伊藤は、エレベーターに駆け寄った。

エレベーターの表示は、「三階」で停まった。伊藤は、それを確認すると、すぐ左側にあった階段を駆け上がった。

もし、靴底がゴムでなかったら、駆け上がる伊藤の足音が響いて、気づかれたかもしれない。だが、ゴムの靴底のおかげで音は階段に反響していない。伊藤は必死だった。

三階の手前まで駆け上がって、伊藤は床にすりつけんばかりにして顔を覗かせた。

その時、男が部屋に入るのが見えた。バタンと音がした。

奥から二つ目の部屋だ。幸いに部屋のドアが閉まる瞬間を、伊藤は「目視」できたのである。

（やった……）

伊藤の全身に張り詰めていた緊張の糸が、ゆっくりゆっくり抜かれていく。そんな不思議な感覚を伊藤はこの時、初めて知った。

たった一回かもしれない「チャンス」を逃さなかったのである。間違えないように階段のところから、部屋の場所をじっと睨みながら、これまで経験したことがない安堵と達成感がこみ上げてきた。

「一歩前の精神で行くんだぞ」

その時、伊藤は、小黒公安一課長の言葉を思い出していた。小黒は、伊藤たち最前線の刑事たちに、一歩前の精神で行きなさい、と常日頃、語っていた。

たとえ失敗しても、〝一歩前に出て挑むこと〟の重要性を伊藤は頭に叩き込んでいた。無事、ターゲットを追い込んだ時、なぜかその言葉が思い出されたのである。

二十分ほどして、伊藤は部屋の前まで行ってみた。部屋番号と表札を確認するためである。

「三〇二号」という部屋番号と、マジックか何かで無雑作に書かれた「浴田」という名前の表示がそこにはあった。

「この男ではないか」

「善ちゃん、これじゃない？」

伊藤の目の前に一枚の写真を出して、江藤勝夫はそう言った。

「えっ？」

突然、出された写真に伊藤は、戸惑った。伊藤善吾は、皆に親しみを込めて「善ちゃん、善ちゃん」と呼ばれている。上司である江藤も同じだ。

いつものその呼び方で語りかけた江藤は、一人の男の写真を伊藤に見せたのだ。

そこには、目が細く、頬が痩《こ》けた若者が写っている。

昨夜の顚末を江藤に伝え、最後までマンションに「追い込んだ」ことを報告し終わった時、江藤がその写真を取り出したのだ。

たしかに似ている。しかし、伊藤は男の背中ばかり見ている。いざ、これと違うか、と言われても、さすがに自信がなかった。

「間違いないとは思いますが……」

そう前置きした伊藤は、こう言った。

「もう一回、確認させてください」

江藤は、にやりと笑って呟いた。

「お前、ダメだなあ」

しかし、伊藤は間違いないかどうか、あやふやなことは言えない。「似ていること」と「一致すること」とは、まったく別なのである。

もう一度、確認する。それは、公安刑事として当然すぎることだった。

「間違いありません」

伊藤が江藤にそう報告したのは、写真を見せられた翌日のことだ。男に〝吸い出し〟をかけ、そして、調布駅前の喫茶店「しの」でウエーターとして働くその男を目で見て、「写真の人物」と間違いないことを確認したのである。

それは、極本が追っていた「斎藤和」だった。あの北海道の一連の事件で裏本部だけでなく、北海道警も行方を追っていた斎藤和その人だったのである。

斎藤は、北海道室蘭市出身で、昭和四十一年四月に都立大学に入学し、四十六年三月に中退したことまでは把握していた。

大学入学直後に学生アナキスト連盟に加わり、東京行動戦線のメンバーとしても活発な活動をおこなっていた。レボルト社にも出入りしており、佐々木との接点は、そこで生まれたと思われた。北海道警の執念の捜査によって、昭和四十七年の秋、佐々木規夫と共に北海道でアイヌ関係の調査活動を活発におこなっていたのではないか、と見られていた。

父親は新日鉄室蘭に勤務するサラリーマンで、出身校は室蘭東高校だ。成績は三年間、クラスでトップで、生徒会長も務めていた。都立大学文学部にストレートで合格したが、五年目に中退している。

大道寺と接触した男の一人が、裏本部のみならず、北海道警も行方を追う男・斎藤和だったのである。佐々木規夫と斎藤和――二人のキーマンが、ここに完全に姿を現わしたのだ。

このルノアールでの会合が、〝狼〟〝大地の牙〟〝さそり〟のそれぞれのリーダーによる「次のターゲット」を決めるための会合であったことがわかるのは、事件解決後のことである。

容疑者を想像することもできなかった焦燥の時期を経て、捜査陣は、我慢を重ねて、ついに謎の男たちを視界に捉えた。

彼らは、さらに接触する相手を特定し、一味の全貌《ぜんぼう》を暴き出す必要があった。それは辛抱との闘いでもあった。


四月一日火曜日、午後六時前、飯田橋にほど近い神楽坂の喫茶店「軽い心」で、再び大道寺・黒川・斎藤が接触した。この時も長時間の密談となった。

「軽い心」は、外堀通りから神楽坂に入って数十メートルほど上がった右側にある大きな喫茶店である。店内は広々としていて、いつもすぐ近くの東京理科大や法政大学の学生などで賑わっている。

その店に、一週間前に四谷の「ルノアール」で密談した三人が再び集結したのである。すでに三人の正体は割れている。元法大生の大道寺、元都立大生の斎藤と黒川。いずれも、大学を中退した活動家たちである。

一週間前と同じ三時間に及ぶ会合に、捜査陣は困惑した。

気づかれないためには、〝同じ顔〟の人間が何度も喫茶店の中に入るわけにはいかない。日頃、尾行している捜査官もできるだけ「避けた方がいい」のは、当然だ。

怪しまれないように二、三十分で「軽い心」から出てくる捜査官たち。しかし、密談時間が長くなり、ついに、日頃は現場に行かない捜査官も投入された。

普段は、デスク業務を中心におこなっている青木博巡査部長（三三）である。裏本部の中で、青木は爆破事件の被害者をまわり、さまざまな情報を得たり、そのケアを担当してきた捜査官でもある。遺族たちの思いを直接、その耳で聞いているだけに、犯人たちへの怒りは特別のものがある。

青木はこの時、初めて〝容疑者〟の姿をその目におさめた。一緒に入ったのは、ＯＬ風の格好をした婦警である。ごく自然な感じで店に入っていった青木は、三人から二メートルほどしか離れていない手前の席に座った。

広い店内には、客席を分けるために、座れば肩ぐらいまである仕切りがあった。一種の衝立《ついたて》である。これがあるために、近くに人がいても比較的、気にならないようになっている。

青木と婦警は、全神経を三人に集中した。顔こそ向けないものの、彼らのどんな些細な言葉でも聞き逃さないつもりだった。だが、彼らは前回と同じく筆談で何かを伝え合っていた。時折、言葉を発したとしても、声が小さいために聞こえない。

「こちらは、ばれちゃいけないから真剣勝負ですよ。気合が入りました。前かがみになって彼らは話していました。しかし、中身は聞こえなかったですね」

憎き容疑者の真近で、青木は耳をそばだてつづけていた。

「軽い心」の出入りは多い。神楽坂の入口に位置し、飯田橋駅が近いだけあって客の絶え間がない。まさかここで、三菱重工爆破犯と目される人間に、警視庁公安部の捜査官が迫っていることなど、誰も夢にも思わなかっただろう。

創価学会への偽装入信

「なぜだ」

行確で佐々木規夫にぴったり尾いてきた西前巡査部長は、夜、佐々木が創価学会の新宿区内の会館に入っていくのを見て仰天した。

ネクタイに背広姿の佐々木が、平然と会館に入っていったのである。

極左の爆弾犯と池田大作を崇《あが》める創価学会は、水と油、天と地ほどに異なる存在だ。今まで必死で行確をつづけてきた旧東京行動戦線グループが創価学会員であるはずがなかった。

「創価学会？　なに言っているんだ」

班長は、西前からの電話連絡に受話器の向こうでそんな反応を示した。無理もない。極左と創価学会とは、まったく相容《あいい》れない。

「もう、そんなことはどうでもいい。切れ」

班長から指令が出た。翌日、西前は江藤に呼び出された。

現場の刑事は、毎日の捜査を時系列に書いて報告書をあげる仕組みになっている。西前は、前夜の佐々木の不可思議な行動を報告書に記した。それを見た江藤が西前を呼び出したのだ。

「お前、これ本当か」

開口一番、江藤はそう言った。

「本当です」

西前が答えると、

「そんなわけないだろう。間違いじゃねえのか」

迫力のある大きな目が西前をぎょろりと睨《にら》んだ。無理もない。池田大作を信奉する宗教団体と、爆弾闘争をする過激派。お互いは、両極の存在であり、左翼の過激派が創価学会員であるはずがないのである。それは、前日の班長と同じ反応だった。

その時、彼らの頭に〝偽装入信〟という概念があったら、もっと違う応対があったかもしれない。まったく相手にされなかったこの西前の報告は、およそひと月後に、別の捜査官の行確によって、再度、報告されることになる。

さらに、西前自身が、佐々木の部屋から流れてくるお題目を聞いたのもこの頃のことだ。

「ある時、フルさん（古川原巡査部長）と二人で拠点から視察していた時、夜、全然動きがないのでアパートの方へ行ったことがあります。その時、〝南無妙法蓮華経〟が聞こえてきたんです。アパートの横の通路に行って、聞き耳を立てたら、それが聞こえてきた。基本的に視察をやっている時は、私たちは部屋には近づかないので、その時のたった一回のことですが、たまたま〝南無妙法蓮華経〟が聞こえてきたんです」

まさか床下の爆弾工場での作業の音を消すために、お題目のテープを大きな音で流し、それを「隠していた」ことなど、捜査陣には想像もつかないことだった。

第十二章　決定的証拠

爆破された銀座のビル

その日、〝ターゲット〟の動きは、おかしかった。

昭和五十年四月十七日、斎藤和を監視していた捜査班は、普段とは違う彼の行動に注目した。

調布駅前の喫茶店「しの」に勤めていた斎藤は、いつもは仕事が終わると京王線に乗って新宿に行き、ここで国鉄に乗り換えて自分のアパートがある亀戸に帰る。新宿駅では、京王線と国鉄との間の連絡改札口を使うため、新宿駅で降りることはない。

しかし、この日はなぜか、普段は降りない新宿で改札を出た。

（いつもと違うぞ）

尾行する捜査官は、瞬間的に身構えた。普段と違う行動をする時は、「何かがある」という意味である。ひょっとして、また仲間と落ち合うのか。今度は誰と会うんだ。

そんなことを考えながら、捜査官たちは、どんなことがあっても失尾できない緊張感に包まれていた。

そのまま切符売り場に行った斎藤は、翌日の大阪行きの新幹線の切符を購入した。さらに、そのあと丸ノ内線に乗ったのである。それは、これまで一度もとったことのない行動だった。

(なんだ？　どこに行くんだ)

捜査官は影のように斎藤を追う。丸ノ内線の同じ車両に三人も捜査官が乗っている。ドアが閉まる瞬間に飛び出されても大丈夫なように、捜査官は神経を研《と》ぎ澄《す》ましていた。

銀座駅で斎藤は電車を降りた。

斎藤は地上に上がると電通通りからみゆき通りに入り、中央通りを渡って松坂屋の横を通り、さらに昭和通りの方角に向かった。

昭和通りの手前にある小さな通りを右折すると斎藤は、そのまま三年ほど前に開院したばかりの銀座七丁目の菊地病院のところまで歩いてきた。

どこへ行くんだ？　尾いてくる捜査官は斎藤の行動をはかりかねた。

しかし、菊地病院まで来た斎藤は、突然、〝反転〟した。

尾行者にとって最も困るのは、急に反転されることだ。ターゲットが自分の方に向かって来るのだから、姿を隠しようがない。どんなに反射神経がよくても、自然に身を隠すことはできない。急にへんな動きをしたら、正体がばれてしまう。そのまますれ違うしか方法はなかった。

斎藤は、反転しただけでなく、そのまま三十メートルほど戻ってきた。その時、ある場所で、ふと「上」を見上げた。

（なんだ？）

何を見上げたんだ？　いったい何がある？

振り向きざま、それが少しだけ視界に入った捜査官の頭に疑問が湧きあがる。しかし、斎藤は何をするでもなく、そこから立ち去っていった。

翌四月十八日、斎藤は、喫茶店「しの」の勤めを休み、前日に購入していた新幹線の切符を使って大阪に向かった。

午前十一時十二分、斎藤の乗る新幹線「ひかり67号」は東京駅を出た。そして午後二時二十二分、新大阪に着いた。前日の不思議な行動と、新幹線を使っての大阪への移動――それは、この日、「何か」があることを示していた。

斎藤は、新大阪に到着すると、トイレに入った。なかなか出てこない。

五分、十分、二十分……じりじりする時間が過ぎていく。だが、出てこない。それは、捜査官を疑心暗鬼に陥らせる長さだった。ひょっとして抜け道が……。いや、まさか。それとも、もう出ているのにそれを見逃したか。

言いようのない不安がこみ上げてきた。だが、およそ四十分後、斎藤は平然とトイレから出てきた。トイレの中で「何か」をしていたことは明らかだった。

斎藤は、何事もなかったように新大阪から梅田に向かった。捜査官はじっとそのうしろ姿を追った。雑踏の中、斎藤は、旭屋書店という本屋に入った。

誰かと接触するのか。しかし、誰も斎藤に近づかない。いっときも目を離せないだけに、追う側は神経をすり減らしていた。しかも相手は、明らかに尾行を警戒していた。

次に、斎藤は「珉珉《みんみん》」という中華料理店に入った。どうやら遅めの昼食をとるようだ。ここでも、誰かが近づくということはなかった。

「珉珉」を出た斎藤は、今度は「コロンビア」という喫茶店に入った。

いったい、こいつは何をしているんだ。誰かと待ち合わせをしているのか。それとも、単に時間調整でもしているのか。緊張は、ますます高まった。

雑踏の中というのは、最も「失尾」の可能性が高い。警戒されていれば、なおさらだ。行ったり来たりされたら、しょっちゅうターゲットと「顔を合わせる」ことになるからだ。何度も尾行の有無を点検されれば、距離をとらなければならない。雑踏の中で距離をとれば、それはやがて致命傷となる。

梅田の地下街は日本で一番広い。仮に尾行があっても、斎藤は、この地下街で捜査官を巻くことをあらかじめ考えていたに違いない。

どのくらい時間が経っただろうか。必死に追いすがっていた捜査官は、ついに斎藤を見失った。

「これで事件は解決した」

その日は、何事もなかった。だが、日付が変わって四月十九日午前一時頃、東京都中央区銀座七丁目のトキワビルの五階、そしてそこから五百五十キロも離れた兵庫県尼崎市昭和通り三丁目の松本ビル七階で、同時に爆破事件が起こった。

トキワビルは、前日に斎藤が見上げていたビルである。

朝になってトキワビルに駆けつけた小黒隆嗣・公安一課長は、そこに吹き飛んでいた〝あるもの〟に目を吸い寄せられた。

（これは……）

狭いビルだった。階段の幅も一般の家のそれと変わりなく、エレベーターを出たところの踊り場も、大人が二、三人立てば、一杯になるぐらいの広さしかない。

踊り場の目の前には、そのまま韓国産業経済研究所（通称・韓産研）のドアがある。

ねずみ色の鉄製のドアは蝶《ちょう》つがいが外れて、粉砕はされていないものの大きくへこんでいた。ドアに取りつけられていたすりガラスは、いうまでもなく吹き飛ばされている。

踊り場にはさまざまなものが散乱していた。いや、部屋の中も同じだ。爆弾の威力が窺える。

小黒の目を奪ったのは、踊り場に散乱していた茶ボールの紙片の屑《くず》だ。そこに黒い紙と白い紙の屑が吹き飛んでいる。

茶ボールは「黄《き》ボール」とも呼ばれる藁《わら》パルプでつくられたボール紙の一種である。昔は、よくこれに赤い十字の印をつけて郵便受けにしていたものだ。

爆弾は、郵便箱にみせかけたものか。ひょっとしたら声明文も、これにくっつけていたかもしれない。おそらくこの茶ボールをドアの脇に立てかけておいたのだろう。

小黒の頭を、そんなことがぐるぐるとまわった。

ドアの中には、韓産研の書類と思われるものが吹き飛ばされ、散らばっていた。だが、小黒は、そんなものには関心がない。自分の足元にある茶ボールの屑と、そこに散らばっている黒と白の紙の屑しか目に入らなかった。

これは直接、犯人逮捕につながるかもしれない。そんな直感があったに違いない。小黒は目の前に散らばっている〝証拠物〟を持って帰りたい衝動に駆られた。

しかし、それは鑑識の仕事を邪魔することになる。そんなことはできない。

その日のうちに捜査本部が置かれ、小黒は最初の会議に参加した。

「ポストにこういうものが入ってたんだよ」

刑事部長が、捜査一課長には見えないように、黒く塗られた手製の封筒と、封筒の上に貼られている宛名のようなものをちらりと見せた。

（ほう、これが声明文の封筒か……）

それは、トキワビル一階の集合ポストの韓産研宛ての郵便受けに放り込まれていた封筒だった。やはり、声明文はあったようだ。小黒は、犯人がわざわざ声明文を投函《とうかん》しに来た事実を初めて知った。

墨を塗ったような封筒の上に、かなり固いタイプの活字を打った黄色い紙が貼られているものである。

おそらく現場で自分が目撃したもの以外にも、鑑識が丁寧に一切れ、一片も見逃さず、現場から収集したものが、分析にまわされているだろう。小黒はそんなことを思いながら、刑事部長がわざわざ見せてくれた封筒の形状を脳裡《のうり》にたたき込んでいた。

緊迫した第一回の捜査会議が終わったのは、夜十二時近かったかもしれない。小黒は、捜査会議が終わると、その足で田村町の極本に向かった。

江藤をはじめ、裏本部の幹部連中が待っていた。小黒はいつもの小部屋に入った。そして残っていた幹部を呼び寄せた。

「江藤君、捜査会議で、あるものを見せてもらったよ」

小黒は刑事部長が見せてくれた声明文の封筒の話をした。刑事部長から見せられた封筒と、現場に散っていたものとを結び合わせ、説明をしたのである。

その時、江藤の顔色が変わった。

「ちょっと待ってください、ちょっと待ってください」

江藤は、そう言うと小部屋を出て、叫んだ。

「おーい、あのゴミの袋を持ってこい」

江藤は、まだそのゴミ袋が来ないうちにこう言った。

「その茶ボールの断片と白黒の紙の断片なら、斎藤和の部屋から出たゴミの中にあります。ゴミ捨て場に女が置いていったものですが、いま課長の話に出たものがあります。それから、声明文の切れ端かも知れないものもあるんです……」

日頃は冷静な江藤も、さすがに紅潮していた。

その時、一人の捜査官が、ゴミの袋を持ってきた。それは、斎藤と同棲中の浴田《えきだ》由紀子が、二日前の四月十七日の出勤時、マンションのゴミ集積所に捨てたゴミの袋だった。

ゴミを捨てるのは、犯人グループにとっては、最も注意しなければならないことである。だが、緊張状態が長くつづけば、毎日やらなければならないゴミ捨てなどにはどうしても〝油断〟が生じてくる。その油断を捜査員が見逃すはずはなかった。

それは、貴重なゴミ袋だった。江藤は、そのゴミ袋を開き、小黒に見せた。

（あっ）

小黒は思わず声を上げそうになった。そこには、芯が白く、外側が黒い紙のシュレッダー屑があった。読めはしないが、シュレッダーされた屑の中には、なにか印字された活字のようなものが見える。きっと何かが印刷されていたのだろう。そして、現場で見た茶ボールと同じものの破片もあった。

（これは……）

ゴミ袋に入っているものは、まさに現場に散乱していたものと同じではないか。いや、散乱していたものの〝もと〟の姿と言った方がいいかもしれない。茶ボールの破片はまさに同じもので、そしてシュレッダー屑は、現場で目撃したのと同じものをシュレッダーにかけたに違いない。

長年の捜査官としての勘《かん》だけではない。今朝、現場で自らの網膜に刻んだあの〝証拠物〟と同じものが目の前にあった。

（間違いない。これで事件は解決した）

小黒は、心の中でそう反芻していた。

「この黒い紙ですが……」

江藤は、説明を始めた。だが、江藤の分析を聞くまでもなかった。韓産研のドアの前に散らばっていたものと、これは同じものだ。江藤より実物を目撃した自分自身の方がわかっている。

（鑑識は、あの茶ボールは韓産研にあった茶ボールの屑だと思っているだろうから、注目はしないに違いない。しかし、こっちにはこのゴミ袋がある。ここから出てきたものが、今日見てきたものと一致さえすれば……）

　長かった血の滲むような捜査がこれで終わるかもしれない。小黒はそう思った。だが、その前には、大きな関門があった。

　鑑識課は刑事部に属している。その鑑識から、どうあの証拠物を手に入れるか、である。刑事部長が見せてくれた声明文の入った封筒、現場に散乱していた黒い紙片と屑、そして茶ボールの破片……これらと今、目の前のゴミ袋の中にあるものは、小黒自身の目視によるかぎり、同一のものだ。

　しかし、両者を比較するには、鑑識課、すなわち刑事部にその証拠物を提供してもらわなければならない。提供要請をすれば、すぐさま刑事部の知るところとなる。すなわち、裏本部である極本の動きが刑事部に知られてしまうのである。

　強烈なライバル意識を持つ刑事部と公安部である。東京の治安を守る二つの組織は、両雄並び立たずと評されるほど対抗意識が剝《む》き出しだ。

　ここまでの苦労を思うと、この段階に来て、手の内を見せるわけにはいかない。もし、漏れれば、情報自体が流れて、犯人逃亡などの事態を招く可能性さえある。

　それだけは、どうしても避けなければならなかった。

　さて、どうやってあの封筒を、そして証拠物を刑事部長から借り受けるか。小黒の頭は、そのことで占められた。

　翌日、小黒は、柴田善憲・警察庁警備局公安第三課長と福井與明警視庁公安部参事官にわざわざ田村町の裏本部に来てもらった。例の個室である。

「実は」

小黒は、昨日来のことを二人に報告した。

「一挙に〝現場〟と〝犯人〟が結びつきました。韓産研事件と尼崎の事件の二つですが、警視庁としては韓産研事件で（逮捕）令状をとりたいと思います。このゴミと黒い封筒と、現場にあったものと、三つを結びつけるためには、どうしても、刑事部長から、封筒をお借りしなければなりません。ついては、三井さんのお力を借りて、柴田さんにもお力を添えていただき、刑事部長や鑑識課長、捜査一課長に迷惑がかからないように、なんとかよろしくお願いします」

柴田は、もとより小黒の言わんとしていることはわかっている。三菱重工爆破事件勃発以降、一貫して自分たちのうしろ盾《だて》になっている三井脩・警察庁警備局長の力を借りるしかないことは明らかだった。

「わかった……」

柴田はそう言うと、その場から、ゴミの一部を持って、警察庁に帰っていった。

固められる証拠

三井は、柴田の報告を受けてすぐ動いた。

警視庁の刑事部長を呼び、韓産研の証拠物の一部を入手した三井は、警視庁の科学捜査研究所（科捜研）ではなく、警察庁の科学警察研究所（科警研）に鑑定を依頼したのである。

三井には、警視庁の科捜研を使えば、どこに情報が漏れるかわかっていた。そして、同時に起こった斎藤和の犯行と思われる尼崎のオリエンタルメタル爆破事件の証拠物も取り寄せ、分析させるには、科警研の方が明らかに都合がよかったのである。

裏本部の面々が、尼崎のオリエンタルメタル爆破事件の声明文を見たのは、その二、三日後のことだ。やはり、三井警備局長の力は、絶大だった。あっという間に、証拠物が取り寄せられたのである。

見た瞬間、その〝ブツ〟が、斎藤のゴミ袋の中から出たものであることはわかった。明らかに、それは「同一」のものだった。

裏本部は、これを証拠化しなくてはいけない。そこでゴミ袋の中から出てきた黒封筒の紙質と、実際の声明文の入った封筒の紙質の一致度を見るために、大手製紙会社・本州製紙の中央研究所に両方を持ち込んだ。そして両者が一致するかどうかの鑑定を依頼している。爆破事件から六日目の四月二十五日のことである。

鑑定結果は、早くも翌日に出た。それは〝決定的なもの〟だった。

〈厚さ、重量の検査及び高感度顕微鏡による紙材の識別検査の結果、同一紙と認められる〉

鑑定は、そう前置きし、濃度計使用による色の濃度、比率検査をおこなった結果をこう記述している。

〈着色は同一紙に同一時期に、しかも同一染料によるものと認められる。しかし、紙材芯まで着色されていないので、素人が着色したものであり、カーボンブラックの染料であることから、市販の墨汁を若干薄めて着色したものと推定される〉

つまり、両方とも素人の〝手染め〟であり、しかも同一紙を同一染料で同一時期に「着色したもの」であることが明らかにされたのである。

また、ゴミ袋から発見された黒色の紙片三枚は、いずれも、何かをつくった際の切り屑ということもわかった。おそらく、犯行に先立って、斎藤と浴田が部屋で封筒をつくったに違いない。

さらに声明文の白い紙と、ゴミ袋から発見された五枚重ねで破られた紙片は、紙質検査をおこなった結果、同一の値が出た。つまり、犯行声明文と〝一致〟したのである。

捜査陣は、これを声明文と封筒の宛名用として、斎藤と浴田が活字を切り貼りしたものをコピーし、必要部分を切り取り、他を捨てたものではないか、と判断した。部屋の中で、こういった作業が封筒作りと同じように斎藤、浴田によっておこなわれたのは間違いがなかった。

執念の捜査は、その間もつづいていた。浴田は、犯行五日後の四月二十四日にも、ゴミを捨てている。徹底的なマークをつづける捜査陣は、このゴミ袋も入手した。

そこには、さらに決定的な証拠が混入していた。

コピー用紙の紙片三十五枚の内の一枚に、「12の6　トキワビル」という部分が残っていたのである。それは、文字の真ん中から切断されていたが、右半分が残っていたため、かろうじて判読が可能だった。まさに韓産研が入っているトキワビルの銀座七丁目の「住所」であった。

事件当時、現場から発見された声明文には、これに該当する文字は見あたらない。しかし、斎藤たちは、当初、声明文を郵送しようとしたに違いない。その宛名として、これらの文字を準備したが、なんらかの事情が生じ、郵送をとりやめて直接、現場に持参するという方法に切り換えたものだろう。

（犯人をついに捉えた）

とうとう犯人グループの尻っ尾を摑んだのである。裏本部の幹部たちは、達成感とも昂揚感とも説明できない身体中が痺《しび》れるような奇妙な感覚に包まれていた。

あとは、やつらの〝牙〟を折るだけだ――。「身柄確保」へ、ついにカウントダウンが始まったのである。

だが、すべては、極秘に進めなければならなかった。

韓産研事件は、あくまで〝入口〟である。ターゲットは、死者八人、重軽傷者三百七十六人という史上最大のテロ事件となった三菱重工爆破事件だ。これを「誰が」おこなったのかもわかっていない。ほかに、犯人グループはいないのか、慎重に捜査していかなければならなかった。

情報が漏れることだけは避けなければならない。どうしても一味の全貌を把握して一網打尽にしなければならないのである。各人への「行動確認」は、さらに強化された。どんな一挙手一投足も見逃さないという徹底したものである。自分たちの存在を毛ほども感じさせてはならないという制約の中、裏本部の捜査は緊迫感を強めていた。

その間も証拠の分析は進んでいた。

四月十七日に入手したゴミ袋の中から発見された四センチ角の茶色紙片は、その後の追跡調査で、積水化学工業製の〝スポンジ両面シート、T51a〟の剝離《はくり》紙と判明した。

韓産研のドアの前で発見された厚紙には、テープ痕が認められたが、その大きさと幅、そしてテープ痕に入っていたミシン目によって、当時、唯一市販されていた同社製のこの両面シートを使って爆弾の缶とドアを接着させたことがわかった。

なぜ韓国関連企業を狙ったのか。

斎藤と浴田が、韓国に対して、強い関心を抱いていることも裏本部は摑んでいた。

韓産研は、韓国産業経済の動向分析と日本企業の海外進出のコンサルタントを業務に十年前の昭和四十年四月に設立された会社だ。また、尼崎の建材販売会社であるオリエンタルメタルは、韓産研が企画した韓国工業団地視察団の団長を同社会長が務めることになっていた。

犯人たちにとっては、日帝「大資本」による韓国侵略の〝尖兵〟ということだったのである。斎藤には、前年と前々年に韓国に渡航経験があり、さらに捜査官は、韓国問題の書籍を書店の店頭で、立ち読みしている姿を度々、確認している。

事件五日後のゴミの中から、『誰も書かなかった韓国』（佐藤早苗著）、『日本人と韓国』（鄭敬謨著）という二冊の書籍の表紙が出てきたが、これは、斎藤が勤める喫茶店の近くにある調布市立中央図書館で盗まれたものであることもわかった。

捜査の手は、本人たちが知らない間に、そこまで迫っていたのである。

第十三章 〝謎の女〟を追え

東北本線での追跡

佐々木のアパートに、小柄でぽっちゃりした二十歳そこそこの可愛い女性が現われたのは、昭和五十年のゴールデンウィークのことだ。

おかっぱのような短い髪をしたこの女性は、ジーパンに半コートという冬支度に近い格好をしていた。初夏の東京では、その出で立《いた》ちは少々、珍しい。

薄く化粧はしているが、半コートは柄のない無地で、色も薄暗い地味なものだ。まじめで大人しい印象を与える女性だった。

張り込みを続ける捜査官たちの前にこの〝小柄でぽっちゃりした可愛い女性〟が姿を見せたのは、二度目のことである。二週間前に現われた時、捜査官たちは、この女性が乗る列車を間違えたのか、慌てて別の列車に乗り換えたため、尾行途中にこれを見失うというミスを犯していた。

女性の正体は、今度こそ明らかにしなければならなかった。それは申し送りによって、至上命題とされていた。ふたたび現われたこの謎の女性が佐々木のアパートに入った時、捜査陣を張りつめた空気が包み込んだ。

「今度は〝失尾〟できない。なんとしても……」

捜査官たちはそれぞれが心の中で誓っていた。だが、一度アパートに入った女性は、翌日になっても出てこなかった。そして、その翌日も——。いつ出てくるのか。出てきたとたんに尾行を開始しなければならないために一時も気を緩められない時間が過ぎていった。

「いったい何をしているんだ。中でなにをやっているんだ」

部屋に踏み込みたい衝動を抑えながらの捜査官たちの忍従は、三日目の夕方で終わった。ついにその謎の女性が出てきたのである。連休をすべてつぶして交代制で監視にあたっていた彼らの前に彼女は姿を現わし、そして、尾行が始まった。尾行を担当したのは、古川原と五十嵐覺だ。

「夕方の薄暗くなった頃かな。彼女が出てきました。拠点とアパートの距離は、六、七十メートルあります。私は、いざという時の追っかけ要員でね。そこに五、六名いたと思いますよ」

ことぶき荘を張り込んでいた五十嵐はそう述懐する。

「現場で、廣瀬班長が〝古川原と五十嵐が行け〟と命じてね。私とフルさんが行くことになった。私は二十六歳で、フルさんはひとつ上。どちらかというと無鉄砲な二人だけど、でも、それだから期待されたかもしれないね。廣瀬班長の瞬間的な判断だったと思います」

二人はジーパンにジャンパー姿だ。とても刑事には見えない。廣瀬は咄嗟に若い女性を尾けるならこの二人がいいと考えたのである。

この時、五十嵐は尾行の鉄則を思い浮かべている。

「尾行をやる時は、〝二人いるぞ〟と思ったら駄目なんですよ。〝俺一人なんだ〟と思ってやらないと、必ず失尾します。相棒を視野に入れないで、ずうっと尾いて行くのが基本です。常に自分が責任を持って行かないとね。相手を頼りにしたら失敗します」

仮に相棒が目の前に来たら、お互いに違う道に行ったりして、阿吽の呼吸で尾けていくのである。五十嵐は、この鉄則を思い出し、自らを「よし！」と奮い立たせた。

失敗したら大変だ、と考えるのは、ある程度の年齢を重ねたあとのことだと五十嵐は今、思う。本当にプレッシャーを感じるようになったのは、四十を過ぎてからだ。

なんとしても、正体を突き止める。若い五十嵐は、ただそう思っていた。

ひとつ年上の古川原もそれは同じだ。いくつもの偶然と幸運が重なって、これまで犯人と思われるグループを割り出してきている。この謎の女の正体も、自分がどうしても割り出してやる。

古川原は、そう思っていた。若さに任せた二人の尾行は執拗なものになった。

女が乗ったのは、上野方面行きである。

追う側の二人には、いちいち切符を買う時間的な余裕はない。スイカやパスモといった共通乗車カードがない時代のことである。彼らは、警察手帳だけをかざして改札を入っていった。当時は、それで駅員に呼び止められることはほとんどなかった。

梅島駅からは上野へ直接、地下鉄日比谷線が通じている。いったいどこへ向かうのか。

五十嵐と古川原は、同じ車両には乗り込んだが、女とはかなりの距離をとった。視界の先に女の姿を捉えていればそれでいい。あとは尾行をまくために突然、電車の発車寸前に降りることを警戒するだけである。

だが、追っているこっちに気づいているふしはない。その可能性は少ないだろう。同じ電車に乗りさえすれば、尾行は無事スタートである。古川原と五十嵐は、同じ車両で「挟《はさ》み撃ち」で位置した。こういう場合、ターゲットから「二つ」ドアを離すと見えなくなる。

離れすぎると見失う場合もあるし、そうかといって近づきすぎるとターゲットの視界に自分たちの「像を結ばせてしまう」可能性がある。両方を避けるために、鉄則はドアを一つあけて、挟み撃ちにするようにして位置するのである。

（よし、これでいい）

「フルさん」「ガラちゃん」と呼び合う二人は、無言でそう確認しあった。

彼女は、上野駅で下車した。ゴールデンウィークの人出で、結構な数の利用客がいる。二人は謎の女性から目を片時も離さない。

彼女は、まったくキョロキョロしない。そのまま真っすぐ東北本線のホームに向かった。よく行き慣れている様子で、東北本線のホームに向かっていったのである。うしろを振り向くわけでもなく、相変わらず、まったく尾行を気遣《きづか》うようすもない。

（どこへ行くんだ……）

この女、なにかの役まわりを終えて、帰るんだな。五十嵐には、謎の女の姿がそんな感じに映った。

彼女が上野から乗った電車は、東北本線の青森行きの急行列車だった。五十嵐と古川原の頼りは、警察手帳である。どこへでも、これひとつで尾いていくのだ。

急行列車は、ボックスの四人掛けだ。彼女はリュックサックのような荷物を網棚に乗せると、ボックス席のひとつに座った。彼女の座った席は、だいたい車両の真ん中あたりだった。

荷物を網棚に乗せたなら、いつも彼女を見ている必要はない。網棚から目を離さなければいい。時折、本人を確認すれば大丈夫だ。ボックス席から少しだけのぞく頭を見ればいいのである。

五十嵐は、デッキに一番近い端っこの席にちょこっと座って、荷物を見ていた。

今度は、古川原も五十嵐のいる側に位置した。二人で彼女を挟むのではなく、彼女の背中側に二人とも席をとったのである。彼女が顔を向けている方に位置したら、視界に入ってしまう。どこまでもずっと尾いてくる男がいたら、さすがに気づかれてしまうかもしれない。古川原はそれを避けて、ターゲットの背中側に位置したのである。

五十嵐とは離れているため、もちろん会話も交わさない。ただ黙って若い二人の刑事はじっと座っていた。

どこまでも尾いて行く。ターゲットが北海道に行こうが、沖縄に行こうが、地獄の底まで尾いていってやる——古川原と五十嵐は、そう心に誓っていた。

同僚が巻かれずに同じように尾いてきていると、それだけで心強いものである。しかし、それで安心したら、負けだ。自分ひとりしかいない、と思わなければ、隙が生じる。二人は、使命感と気迫を漲《みなぎ》らせていた。

杜《もり》の都での追跡劇

いったいどこまで行くんだ。

青森行きの夜行列車は、ひた走っていた。宇都宮、黒磯、郡山……夜が更《ふ》けても女は、降りるようすがない。黒磯を過ぎた時、午後九時をまわっていた。

行き先がわかっている場合は、まだこれほどの緊張感はないだろう。しかし、停車駅ごとに、女がいつ降りるかわからない。突然、降りた時のために出口に近い位置に五十嵐も古川原も座席をとっている。気を緩めて眠るわけにはいかない。二人は、ずっと網棚の荷物と座席の背もたれから少しだけ出ている彼女の頭をじっと見つづけていた。

気をつけなくてはいけないのは、車掌《しゃしょう》が検札に来た時である。

いちいち話していたら、女に気づかれる可能性もある。来たら、彼らはすっと立ち上がって車両のドアから出て、デッキの方に行く。

「車掌さん、実はいま捜査の途中で人を追っています。お願いします」

そう言うのである。これまでそれでトラブルになったことはない。この時もそうだった。検札の車掌が車両に来た段階で、すっと立ち上がって、そう告げて事なきを得た。

もう十二時近くになっていた。列車は仙台に近づいていた。

アナウンスが間もなく仙台に着くことを告げると、突然、女が立ち上がった。

（おっ）

古川原と五十嵐の目は、同時に彼女の動きを追った。網棚からリュックサックを下ろしている。

（仙台で降りる！）

やっとターゲットが「動く」のである。時間が経つにつれ、終点の青森まで行くことを覚悟していた二人は、彼女の目的地が仙台だったことを知った。

列車は、仙台駅のホームに到着した。

ゆっくりと降りていく謎の女。そのあとを古川原と五十嵐が影のごとく追う。うしろを警戒しているようすはまったくない。足立区の梅島三丁目のアパートから延々と尾いてきた人間がいることなど、彼女は夢にも思っていないだろう。

さすが東北一の大都市・仙台だけあって、降りた客は少なくない。二人は、客の中に姿を紛《まぎ》れ込ませた。だが、これからが難しい。五十嵐には、新たな思いが湧き起こっていた。

（やっと降りてくれたか）

という安堵の気持ちと、

（これからどこに行くんだ）

という不安である。時間的に見て、ターゲットが電車を乗り継いでどこかに行くということはないだろう。そうなると、車だ。自家用車か、タクシーを使う可能性が高い。

誰かが迎えにきていたら、それをタクシーで「追う」ことは可能だろうか。タクシー乗り場に長い列でもできていたら、そこで万事休すである。

いや彼女がタクシーに乗っても、それを尾行するのは容易ではない。乗車するタイムラグで、彼女を見失う可能性がある。まったく不案内な土地で、たとえタイムラグなく乗車できたとしても、自分が乗ったタクシーだけが信号で停まってしまえば、そこでも見失うことになる。最後まで辿りつけるのか。そんな不安が湧き起こってくるが、もはや運を天に任すしかない。どうする。どこへ行くんだ。

彼女を視界に捉えながら、二人は別々に改札口に向かう。例によって警察手帳を見せて、

「お願いします」

と、小さく声を出した。アイコンタクトだけで駅員も通してくれた。第一関門突破だ。

だが、彼女は、やはり真っすぐタクシー乗り場に向かった。

(やっぱりタクシーか。これはやばいぞ)

五十嵐はそう思った瞬間、足を速めた。

小走りになった五十嵐は、そのまま彼女を〝追い越した〟のである。

(!)

うしろの古川原は咄嗟の五十嵐の行動に驚いた。尾行している刑事が、ターゲットの「前」に出たのである。追い越す瞬間、五十嵐は彼女との身長差がわかった。百七十二センチの五十嵐の顎《あご》までしか彼女はない。おそらく百五十センチそこそこだろう。

それは、尾行する本人とターゲットが最も接近した瞬間だった。そして、彼女より早く五十嵐はタクシーの列に並んだ。彼女と五十嵐の間にもう一人、客が入った。彼女は五十嵐の「次の次」だ。古川原は、彼女のあとに並んだ。

五十嵐はそのままタクシーに乗り込んだ。

「（彼女の）あとになると〝巻かれる〟と思ったんです」

五十嵐の機転だった。

「次のタクシーに乗った場合、一番危ないのは、タクシーが出発する時に時間がかかって相手が乗っているタクシーを見失うことです。それを避けるために、一台先に乗り込んで、あとから来るタクシーに追い越させて、それを追う方が、確実だと思いました」

五十嵐は、タクシーに乗ると運転手に警察手帳を見せてこう頼んだ。

「警察です。とにかく（車を）出して。それから通りに出るところで一旦、停まって下さい」

仙台駅前は広い。タクシー乗り場もあれば、バス乗り場もある。大きな駅前広場を形成している。一種のロータリーである。

そこを出ると大通りがある。その手前の信号で停まってもらおうと思ったのである。

「運転手さん。〝次の次〟に来るタクシーを追ってください。女性が乗っているはずだから」

五十嵐は、運転手にそう言った。

「はい」

警察手帳の威力は仙台でも絶大だった。運転手は、何事かと思いながらも好意的だった。

五十嵐は、取り敢えず千円を運転手に差し出した。

「運転手さん、途中で飛び降りるかも知れないから、これ、先に渡しておくよ。千円超えたら、また追加を出すから」

当時の千円は、結構な額である。

「わかりました」

そう答えた運転手に五十嵐はこうつけ加えた。

「運転手さん、信号無視していいから。もし何かあったら、俺、責任取るので、頼みます」

さすがに運転手も「えっ？」と驚いた。だが、すぐにバックミラーに注意を移してくれた。タクシーが一台通り過ぎた。そして二台目だ。

（来た）

見ると、たしかに女性客が後部座席にいる。

「行って」

五十嵐が声を出したのと、運転手がアクセルを踏んだのは同時だった。

大通りに出る手前で待っていたので、無事、ターゲットに尾くことができた。あとは、見失わないようにするだけである。

「絶対、落とさないで」

五十嵐は、運転手に念を押した。運転手の緊張はさらに高まっただろう。五十嵐も必死だった。

運転手には申し訳ないが、ここで相手を見失うわけにはいかない。

梅島から始まった尾行が仙台までつづき、それが今、土壇場を迎えているのだ。五十嵐は、ここまで弁当も何も食べていない。自分の喉がからからになっているのも気がつかないほどだ。なんとしても突き止めてやる。五十嵐の頭には、それしかなかった。

タクシーは右に曲がり、左に曲がり、仙台の町を走った。

十分ぐらい走っただろうか。やがて、タクシーは繁華街から離れた住宅街の一角で停まった。

目の前にマンション風の「寮」のような大きな建物が立っている。

真っ暗な中に、ぼーっと浮かび上がってくるような五、六階の古い鉄筋建ての前でタクシーが停まったのである。

「追い抜いて！」

五十嵐が叫ぶ。五十嵐の乗るタクシーはターゲットを追い越し、百メートル近く先に行って、やっと停まった。ここなら車を停めても感づかれない。

「運転手さん、見てて」

バックミラーでうしろのようすを見てもらうのである。

「はい」

そう答えた運転手が、すぐに、

「降りて歩きましたよ」

と告げた。女はタクシーを降り、そのまま歩いて、大きな建物の敷地に入っていったようだ。

「ありがとう」

五十嵐は、お釣りは要らないから、と告げて車を降りた。ゆっくりしてはいられない。

これからが最も重要だった。尾行は、最後が一番難しい。同時にここが一番危険だ。建物に入っていくのか、それとも、そのまま通り過ぎて別の場所に行くのか。
七、八十メートル離れたところで降りれば、彼女がどこに入るのかわからない場合がある。最後の詰めで「見失う」という可能性は少なくないのである。
五十嵐は走った。ここで失尾するわけにはいかない。間に合うか――。

やっと彼女が降りたタクシーの場所まで辿りついた時、彼女が寮らしきその大きな建物に入っていく瞬間が見えた。

（しめた。この建物だ）

この建物に彼女が入っていったのは間違いない。

その時、古川原の乗ったタクシーも到着した。古川原も、なんとか辿りついたようだ。

だが、彼女が建物に入ったからといって、喜んではいられない。この建物のどこに彼女はいるのか。名前も何もわからないターゲットを特定するのは、ここからだ。

五十嵐は、建物の裏にまわった。古川原もつづく。

幸いに寮らしきこの建物は独立した建て方をしており、横から裏にまわることができる路地があった。そこからは、全体を眺めることができた。

電気が灯いている窓が、点々とあった。ポン、ポン、ポンと虫食いみたいに電気が灯いている部屋がある。

さあ、どこの電気が灯くんだ――？　どの部屋に入るんだ。早く灯け、早く……。五十嵐は祈った。

その時、パッと、ある部屋の電気が灯いた。

（やった！）

その時の喜びが五十嵐は忘れられない。やっと追い込んだ。ターゲットをやっと「追い込んだ」のである。

五十嵐は、必死でその部屋を見た。視線を外すわけにはいかない。外したら、どの階だったか、左から何番目だったか、それがわからなくなる。

電気が灯いたその部屋を、五十嵐は瞬《まばた》きもせず凝視した。

ターゲットの部屋を焼きつけて、そのまま、ちょっと視線を左に移動させた。
一、二、三――左から三つ目だ。次は何階か、だ。今度はそのまま下に視線をおろして、一、二、三、四、五と数えた。五階だった。
視線を部屋から外さないまま、慎重に、階数と左から何番目であるかを五十嵐は数えたのである。そして、掌にメモをした。

「やったな」

古川原が五十嵐を労《ねぎら》う。二人がやっと息をついた瞬間だった。

と同時に、五十嵐は「震えが来た」ことを覚えている。初めての経験だった。おそらく、それまで忘れていたプレッシャーのようなものが、ドーンと一度にやって来たに違いない。

ああ、本当によかった。その時、初めて五十嵐はホッとしたのである。

「ああ、これで怒られない」

そんな思いもあった。

「その瞬間に今までの緊張感とか、プレッシャーとか、いろんなものが一気に来て、そして一気に晴れたという感じでした。全身から力が抜けました。そこまでの過程っていうのは、なんか若さに任せてきたような部分がありました。それを割《わり》をつけた、特定づけた、という時に初めて〝ああ、やったなあ〟〝ようし、よくやったなあ〟という思いがこみ上げたんです。同時に、これで、やっと怒られない、というのもありましたね。何とも言えない、虚脱感というか、全身から力が抜けてしまいましたね」

だが、二人には、まだ念のための作業が残っていた。「フタをする」作業である。

これが「一時立ち寄り」でないかどうか、を確かめることである。公安部では、尾行が終わる時、必ず「フタをしとけ」という命令を受ける。電気が灯くシーンも、その後、十分以上見て、ほかにどこの部屋も灯かなければそこの部屋で確定としていい。そして、さらに、表にまわって、出入りを監視するのである。

一時立ち寄りだったら、ターゲットは再び出てくることになる。そうなれば、尾行が再び始まる。こんな深夜に、一時立ち寄りの可能性は極めて小さいが、それでも「フタをする」作業を忘れるわけにはいかない。

一時間以上やれば、大丈夫だろう。やがて、部屋の電気は消えたが、ターゲットが出てくることはなかった。そこが本人の部屋という証拠である。

〝謎の女〟は、この寮に住んでいる。それは、福祉看護学校の女子寮だった。東北の暗夜に吸いこまれるようなその寮は、二人の若い刑事を静かに見下ろしていた。

梅島から緊張の連続だった尾行劇はこうして終わった。のちにこの女性・吉井その子（仮名）は、法政大学時代からの大道寺将司の知り合いで、爆弾で使用するクサトールや硫黄等の材料調達の一部を担っていたことが判明する。

梅島を出てから全く連絡していなかった班長の廣瀬に公衆電話から報告すると、廣瀬は、ご苦労さん、よくやった、と声を掛けてくれた。

「とりあえず、今日はどこかに泊まってこい」

普段は怖い班長の明るい声が受話器から響いてきた。

第十四章　主犯への肉迫

夜中のゴミ捨て

その瞬間、古川原一彦と坂井城は、息を呑んだ。

やっぱり犯人に……間違いない。二人は、目の前に広がった〝ブツ〟を見ながら、そう思った。

(間違いない……)

そして、ゆっくりとお互いの目と目を見合わせた。

それは、昭和五十年五月十二日深夜のことである。

午前一時、いや、それも過ぎていただろうか。拠点で張り込みをつづける若い公安刑事二人は、またしても疑いようのない決定的な証拠を手に入れた。

三菱重工爆破事件から九か月。卑劣な犯人の正体は、その物言わぬ〝ブツ〟が告げていた。

佐々木規夫がアパートからひょっこり姿を見せたのは午前〇時半頃のことだ。

二人は、すでにパジャマに着替えていた。まさかそんな時間に〝ターゲット〟が動き出すとは考えてもいない。明朝の監視と尾行に備えて、寝床《ねどこ》に入ろうとするところだった。

「フルさん、佐々木が出ました！」

拠点から、佐々木の住む「ことぶき荘」の方角に目を向けていた坂井が、急に古川原に向かって、押し殺した声を出した。

二歳違いの二人は、古川原が巡査部長、坂井はまだ巡査だ。お互いを「フルさん」「ジョー」と呼び合う。張り込みでコンビを組んだ時は、始終、顔を突き合わせている。

独身の二人には、まだ家族もない。いうまでもなく、恋人よりも一緒にいる時間は長い。

「なにか手に持ってます」

坂井がそう言った時は、古川原も佐々木の姿を視界に捉えていた。

「ゴミ袋だ」

大きなゴミ袋を両手に提げている。こんな夜中にゴミをどこへ捨てるんだ？　梅島三丁目の住宅街は、午前〇時を過ぎたらほとんど人通りがない。

二人はすぐに佐々木を追いかけたい衝動に駆られた。だが、人通りがほとんどない時に、誰かがあとを尾けてきたら、一発でばれてしまう。アパートと拠点との距離は、六、七十メートル。佐々木が出てくる一瞬を見逃さなかったのは、やはり神経が研ぎ澄まされていた証拠だろう。

だが、拠点から佐々木の姿が見える範囲は、わずか十メートルほどである。すぐに佐々木の姿は視界から消える。あとは、どっちへ行くかは見えず、どこにゴミ袋を捨てるか「わからない」のである。ことぶき荘を出て、目の前を通る道をそのまま右に行ったのか、それとも、アパートを出てすぐ右斜め前にある旧日光街道に向かう小さな路地に入って行ったのか、拠点からはわからなかった。

「どっちへ行ったかは、拠点を飛び出しても全速力で走って行かないとわからないんですよ。しかし、もし走っていったら、すぐにばれてしまいます。人通りのない中で佐々木を追える状況じゃなかったですね」

坂井は、そう述懐する。その時、古川原と坂井は、時間を確認した。何分後に帰ってくるか、それを見るのである。

「佐々木が出た時間を確認し、それから何分後に戻ってくるかを計ろうと思ったんです。それがわかったら、片道何分の場所だなと、だいたい推測できます。おおむねその範囲で、ゴミ袋を探せばいい。そう思って佐々木が帰ってくるのを拠点で待ったんです」

佐々木は、八分ほどして帰ってきた。片道四分となると、アパートからすぐ近くではない。少しは距離があるゴミ捨て場だ。

佐々木に犯人として警戒心があるなら、アパートの「すぐ近く」では捨てないだろう。どこか離れたところに捨てているはずだ。二人は、そう思った。

佐々木がアパートに戻った後、はやる心を抑えて、二人は出ていくのをじっと我慢した。アパートから佐々木がふたたび出てくる可能性もあったからだ。

別のゴミを捨てに行ったり、あるいは、先に捨てたゴミが持ち去られていないか、点検に行く可能性だってある。

しばらく待ったが、佐々木は出てこない。

「よし、そろそろいくか」

そう声をかけたのは、古川原である。二人は、ことぶき荘に近づき、一番奥の佐々木の部屋を見た。電気が消えていた。寝たに違いない。

よし、探すぞ。それから二人のゴミの〝捜索〟が始まった。徒歩四分以内のゴミ捨て場に、さっき見た二つの大きなゴミ袋があるかどうか……。

懐中電灯を持った二人の若者が、〝ゴミ漁り〟に向かったのである。だが、ゴミ捨て場は、予想したより多かった。小さな捨て場も、比較的大きな捨て場もあった。何か所か見てみたが、さっき目撃したような大きなゴミ袋は出ていなかった。

(ない……。どこへ捨てたんだ)

二人の胸に不安が広がっていく。

探し始めてもう二十分以上経っているかもしれない。探す範囲がだんだん広がっていた。大きなゴミ袋はいくつかあったものの、どうもあの時、目撃したものとは違っていた。

「おい、ジョー」

その時、古川原が坂井に話しかけた。

「なんですか」

「あのな。人間ってのは、やっぱり、わけのわからんところには捨てたりしないんじゃないかな」

わけのわからんところ？　それはどういう意味か。

「どういうことですか」

「やっぱり日頃、自分が知っているところに捨てるんじゃないかってことよ」

つまり、通勤の途上だよ、と古川原はつけ加えた。普段、通勤で佐々木が梅島駅に向かう途中に比較的大きなゴミ捨て場はないか。古川原はそう言っているのである。

（そういやあ、そうだ）

なるほどと、坂井は思った。人間の心理として、人に見られたくないゴミを捨てる時は、自分の住居のすぐ「近くではない」ところに捨てるだろう。

そうかといって、普段、まったく知らないようなところに捨てるのも心配だ。しかも、自分のゴミ袋以外にないような小さなゴミ捨て場も選ばないだろう。

そうすると、通勤途上で日頃、視界に入り、かつ比較的大きなゴミ捨て場を探せばいい。

佐々木が使う通勤ルートを二人は考えてみた。路地を何本か曲がって、佐々木は旧日光街道を出て、梅島駅に向かう。

二人は、気を取り直して、もう一度、その駅までのルートを歩いてみた。

ことぶき荘から路地を通って、アパートから三百メートルほど歩くと、旧日光街道に出るところに「お好み焼　弁慶」という店があった。夜中なので、店の灯りは消え、寝静まっている。

その「弁慶」の道を隔てた手前に、近所の人が捨てるゴミ捨て場があった。消火栓を入れる小さな倉庫がある手前のスペースだ。すでにゴミ袋はいくつか置かれている。

（あっ）

坂井は、声を上げそうになった。

（あれだ）

遠目で見たものとはいえ、佐々木が持っていた大きなビニールのゴミ袋と似たものがそこに二つあった。

これだ。これに違いない。古川原もそう思った。

近づくと、〝ドライクリーニング〟という文字が目に飛び込んできた。もともとこの大きなビニール袋は、クリーニング店のもののようだ。それを佐々木がゴミ袋に利用したに違いない。

二人は、緊張した面持《おもも》ちでゴミ袋を持ちあげてみた。重い。結構な重量だった。紙とか、そんな軽いものだけを入れたゴミ袋ではなかった。

緊張感が高まる。二人は、頷《うなず》き合ってゴミ袋を拠点のアパートまで持ち帰った。

出てきた爆弾製造の証拠

拠点に戻った古川原と坂井は、まず新聞紙を畳の上に敷いた。ゴミ袋の中身を新聞紙の上で点検するためである。坂井は中身を新聞紙の上にぶちまけた。

それは、ぞっとするような瞬間だった。

ゴミ袋から出てきたものは、真鍮《しんちゅう》などの金属類の切り屑、リード線、乾電池五個、灰色と黒色のコード、針金、ビニール管、コンクリートの塊、おが屑、砕かれた発泡スチロールの破片……等々だった。明らかに〝何か〟をつくる時に出てきたゴミである。

時限爆弾をつくるんだから、ああ、こういうリード線は要るだろうな。口には出さないものの、古川原と坂井は、同じことを考えていた。

発泡スチロールは、モデルガンのようなものをすぽっと入れる型を「砕いたもの」だった。破片を重ね合わせると、明らかに拳銃の型が見て取れた。

（あいつら、やっぱり模造拳銃まで、つくっている……）

二人は、三月の引っ越しの時に見たゴミ袋の中身を思い出していた。それらの品々は、犯人が「誰」であるかを明確に指し示していた。

ふと坂井が、一枚の切符のようなものがあるのに気がついた。

よく見ると、地下鉄の切符だ。上野から「六十円」。日付を見ると数週間前の切符だった。

「あっ、あの時の……」

坂井と古川原は、ピンときた。

あの謎の女性が最初にやって来た時、張り込み班は、彼女を上野で見失っている。その時、佐々木は彼女を上野まで送っていった。

のちに五十嵐と古川原が仙台まで尾行して、福祉看護学校の女子寮に帰った例の女性である。女性を上野まで送った佐々木は、帰りに地下鉄を使い、改札を出る時は、日頃使っている定期券で出たに違いない。いわゆる〝キセル〟である。

その時と日付が一致する上野からの地下鉄切符がゴミの中から出てきたのである。

やはり、このゴミ袋は、佐々木のものに間違いなかった。そして、あのアパートの中では、〝何か〟がつくられている。古川原と坂井には、そのことがわかった。

〝何か〟というのは、いうまでもない。「爆弾」である。

「フルさん、このゴミ袋を戻そう」

坂井は、まだ新聞紙の上に広げられた品々を点検している古川原に向かって、そう言った。

「野郎は朝、出勤する時に必ず点検するよ」

坂井はそうつづけた。

古川原も異存はない。朝になれば、佐々木は自分の出したゴミ袋を確認して出勤していくだろう。そこにもし自分が出したゴミ袋がなかったら、捜査の手が迫っていることがばれてしまう。

二人は、同じような大きさのゴミ袋をつくって、また元のゴミ捨て場に置きにいった。詳しく見られても絶対見破られないゴミ袋にするように、神経を尖らせた。拠点に戻った時は午前二時、いや三時頃になっていたかもしれない。

坂井は、そのまままんじりともせず、朝を迎えた。

早朝、坂井はゴミ捨て場を確認すべく現場に向かった。

佐々木は、朝八時から八時半の間にアパートを出て梅島駅に向かう。坂井は、少し離れた場所に車を停め、そこからゴミ捨て場を通る佐々木の姿を確認するつもりだった。

この時、使っていたのは、古川原の自家用車、スカイブルーのカローラ１１００ccである。目立たないように、彼らは警察車両として自家用の車を使っていた。

佐々木が出るはずの一時間以上前から、坂井はゴミ捨て場を張り込んでいた。四、五十メートル離れた位置にカローラを停め、坂井は運転席からずり下がるように座った。顔はほんの少ししか出ていない。ゴミ捨て場から見ても、誰も気がつかないだろう。

坂井は、目をそらすことなく自分が置き直したゴミ袋を食い入るように見つめていた。次々と上にゴミ袋が置かれていくために、その度に下になっていく。

張り込みを始めて一時間近く経っただろうか。普段の出勤時間より早く佐々木は七時半にアパートを出た。

すかさず、拠点で監視している古川原から無線で連絡が入った。

「(佐々木が)出たぞ」

「了解」

さあ、来るか。坂井は身構えた。

間もなく佐々木は現われた。黒縁のメガネをかけた神経質そうな若者が、すーっとゴミ捨て場に近づいてきた。まったく目立たない若者が、音もなく、そのゴミ捨て場に近づいてきたのだ。

(来た。どうするのか)

坂井は、自分の捨てたゴミを探す佐々木の姿をはっきりとその目で捉えた。

「すうーっと来ましてね。それで、ふっと立ち止まったんです。それから、ほかのゴミの下になってしまった自分のゴミ袋を探していました。少し探すような素振りを見せましたが、私たちが置いたものにすぐに気がついて、それで立ち去りました」

佐々木は、安心したように梅島駅の方に歩いていった。坂井はカローラの中から、そのようすをじっと見ていた。

「もう(犯人に)間違いないと思いましたよ。こいつらが犯人だと。フルさんが、〃あれは坂井がゴミを戻したほうがいいって言うから戻したんですよ〃と、上に報告してくれましてね。江藤管理官に、おう偉い、よしっ、飯を食わせてやるって言われて、とんかつ屋で昼飯を食わせてもらったことを覚えています」

それは、直接的な証拠ではなく、あくまで間接的な証拠である。しかし、張り込んでいる若き捜査官にとっては、もはや彼が犯人であることは「間違いない」ことを示すものにほかならなかった。

マスコミとの攻防

事件捜査が佳境《かきょう》に入って来るにつれ、新聞記者の取材は苛烈さを増していた。

小黒公安一課長のもとには、毎晩、担当の記者がやってくる。

小黒の住む団地は、半蔵門に近い隼《はやぶさ》町の所属長官舎である。警視庁の所属長クラスだけが入居しており、警視庁がある桜田門から一キロほどしか離れておらず、何かあれば走ってでも本庁に駆けつけられる位置にある。

この官舎は玄関を入って左側に和室の寝室があり、入った正面に団地サイズの六畳の洋間がある。隣はお勝手で、その前には長四畳ぐらいのスペースがあり、ここにテーブルを置いて、食事をとるのである。

新聞記者たちを相手にするのは、入って正面の六畳の洋間で、小黒はここに木製、布張りの安い応接セットを置いて、記者たちと向かい合った。

小黒の官舎は、鍵を閉めない。夜中にやって来る新聞記者のために「鍵をかけない」のである。

警視庁の官舎だから、まさか泥棒も入ってくるまい。新聞記者が来るたびに、いちいち玄関のブザーを押され、鍵を開けにいかなければならなかったら、家族の神経がもたない。だから鍵を閉めないのだ。

　自分が取材拒否すれば、記者たちは部下をまわる。それによって、さまざまな不都合が生じる場合がある。

　夜中に記者たちが来るのが日常化すれば、部下たちの仕事に支障が生じるし、家族も大変だ。一定の地位に就《つ》いた捜査幹部は、記者たちの相手をするのは仕事のひとつとされていた。

　小黒は、訪ねてくる記者にできるだけつき合ったが、捜査情報を教えるわけにはいかない。捜査の状況が漏れることで、こちらの手の内を犯人が知り、逃亡や証拠隠滅《いんめつ》につながるおそれもあるからだ。

　だが、三菱重工が爆破されて以降の報道機関による熾烈な取材合戦は常軌を逸したものになっており、これを一手に引き受ける小黒の負担は次第に大きくなっていた。ちょうど長女の大学受験時期と重なっていたため、昭和四十九年の秋以降は、小黒家も家族全員がピリピリした雰囲気になっていた。小黒が風呂に入っているのと勘違いして、その長女が入浴中、

「課長、ひとつだけ教えてください！」

と、記者がいきなり風呂の戸を開けてトラブルになったこともあった。

　そんな頃、記者たちからある提案が出された。公安一課長である小黒と記者たちとの間で、毎晩、外で懇談会を持とうという話である。

　隼町官舎から新宿通りを渡って左（新宿方面）に七、八十メートルほど行くと、ビルの地下一

階に「一乗寺《いちじょうじ》」というスナックがあった。官舎から歩いて二、三分という距離だ。カウンターに六、七人座ることができ、ボックス席にも何人か座れる程度の小さなスナックである。記者たちから、小黒にそこに顔を出して欲しい、という要望が来たのである。それなら、家族にも迷惑をかけることがない、という理由だった。

小黒はこれに応じることにした。家に記者が来るのが少しでも減れば、家族の負担は少なくなる。毎晩のように、そこで小黒と記者は顔を合わせるようになった。

これを中心的にとりまとめたのは、産経新聞の警視庁クラブサブキャップの鈴木隆敏《たかとし》（三五）である。鈴木は、警備・公安の担当をしており、中島二郎公安部長、福井與明公安部参事官、小黒隆嗣公安一課長の夜まわりは、鈴木が受け持っていた。

当時は、記者たちが正月さえ、夜まわりを欠かさなかった。一日、行かなければ、それで「〝特オチ〟する」と言われた時代だ。

なるべく相手に負担をかけないようにしたい、というのは、記者たちも同じだ。そこで逆にすぐ近くのスナック「一乗寺」まで、小黒に出て来てもらうことにしたのである。

酒を飲まない小黒は、そこでジンジャエールかコーヒーをすすりながら、各社の記者に対応した。いつも柔和な表情を崩さない小黒だが、決して情報提供はしない。何かを記者が当てると、

「ほう、それはわれわれも勉強しなくてはなりませんな」

あるいは、

「それは考えなくていいでしょう」

など、参考の意見を言ってくれるだけである。もちろん、記者たちも、取ってきたスクープを

ほかの記者たちがいるところで当てたりはしない。

　他社に聞かれたくない質問がある場合は、この懇談が終わってから改めて小黒の官舎に行くのである。鈴木サブキャップは、熾烈な報道合戦の時代をこう振り返る。

「私だけでなく、重要なことを小黒さんに当てる時は、各社ともそうしていたと思いますよ。ならば『一乗寺』での懇談など要らないではないか、と思うかもしれませんが、それでも小黒家の負担は、少しは軽くなったのではないでしょうか。小黒さんは仕事一筋の真面目な方で、われわれにも、きちんと対応してくれましたね。情報は出してくれませんが、こっちの持っているものを当てると、感触がわかりました。いわゆる〝勘《かん》〟を取らせてくれるのです」

　だが、事件が大詰めを迎えてくると、捜査の陣頭指揮を執る小黒の帰宅は、より遅くなった。そのため、小黒が「一乗寺」に来ることができる時間も、回数も、まちまちになっていった。

　小黒だけでなく、中堅の幹部、そして末端の捜査員にもマスコミの空前の取材の手は及んでいた。裏本部で前線の刑事たちを動かしていた江藤勝夫は、管理官になったばかりだったが、それでも連日のように新聞記者がやって来た。彼をキーパーソンと見る公安担当記者は少なくなかったのである。だが、ほとんどが空振りに終わった。

　そもそも本人が夜中まで帰ってこないのである。江藤の自宅は、小黒と違って埼玉県下にあり、通勤に二時間近くかかる遠隔地だった。

　捜査が佳境に入ると、江藤の帰宅もますます遅くなり、午前二時を過ぎることが多くなった。無論、車での帰宅になる。しかも、朝は六時か六時半には、家を出ていくのだ。江藤への接触は極めて難しかった。

江藤が夜中に帰ってくると、江藤の家の塀の上に、コーヒーの空き缶が、いつも並んで置かれていた。やって来た新聞記者が缶コーヒーを飲み、それを灰皿代わりにして煙草の吸殻を入れ、そして帰っていくのである。遠くまで来るのは記者たちも大変だが、缶コーヒーが十個以上、塀の上に並んでいたことも珍しくなかった。

しかし、朝駆《が》けの方は、顔を合わせずに済ませることはできなかった。

記者たちの間には、〝強制連行〟という言葉があった。夜がダメなら朝駆けをおこない、そのまま車に乗せて通勤時間中に少しでも話を聞くという作戦である。

江藤は、最寄りの駅までバスで行き、そこから電車に乗る。記者としては、都内までずっと一緒にいたいが、江藤はそれを拒絶する。

「私が朝、外へ出ていくと、そのへんの物陰からぱぱっと出てきて、江藤さん、ちょっと、と言って、私の腕をとる。どこへ行くんだよって聞くと、そのまま黒塗《ぬ》りの車に乗せようとするわけです。朝六時とか六時半のことですよ。こっちは車の中でいろんな質問をやられるのが嫌だから、断わるんだが、せめて駅まで、となって、結局、駅までだけ乗らされるわけです。そして、そこから電車に乗ると、記者も一緒に乗ってくる。別に話をするわけではないけど、記者が電車でついてくるんです。捜査が大詰めを迎えるようになると、まあ、激しさを増したっていうような表現はちょっと言い過ぎかもしれないけど、そういう感じになっていましたね」

第十五章　「逮捕状」の攻防

令状請求の名人

韓産研事件を突破口にする――。

それは、揺るぎがなかった。だが、東アジア反日武装戦線には、「狼」「大地の牙」「さそり」と、犯行声明文を出したグループが三組もある。

これらを関連づけて、全員の逮捕状をとらなければならない。

容疑者たちへの「行確」は、わずかの猶予《ゆうよ》もなく、徹底的におこなわれている。しかし、その成果を令状請求に書き、裁判官の承認を得るには、膨大で、気の遠くなる作業が必要だった。

裏本部には、令状請求の名人がいた。

西尾徳祐《とくすけ》警部（四四）である。三月十日に増強されたメンバーの一人だ。極左暴力取締本部の管理官・舟生禮治によれば、

「西尾君は、緻密な分析と文章力で、令状請求ができる有能な捜査官でした。どういうポイントで書けば裁判官を説得できるのか。彼がやってダメなら、仕方がない、と思えるほどの力がありました」

そもそも江藤勝夫が捜査報告書や令状請求の作成に卓越した力を持つ男である。そこに西尾が加わったということは、公安部がその道のエースを投入したことを示している。どんなミスも許されないこの捜査では、逮捕状請求で失敗があってはならない。

もちろん三菱重工爆破事件がターゲットであるものの、あくまで入口は、韓産研爆破事件である。逮捕状を出してくれる裁判官を説得できるか否か。それは、西尾が書く逮捕状請求書の出来にかかっている。

西尾は、高知県の最西端に位置する宿毛《すくも》の生まれである。豊後水道を望む宿毛湾は、海、山、川の大自然に恵まれた温暖な地だ。

太平洋から瀬戸内海に向かう重要な海域でもあるため、昔から海軍が戦略上の要地として宿毛に基地を置いた。戦艦大和の公試《こうし》(公式試運転)がおこなわれたのも宿毛沖であり、かの山本五十六・連合艦隊司令長官がこよなく愛した地でもある。

その宿毛の農家に生まれた西尾は、昭和二十六年に上京して警視庁に入り、愛宕警察署に配属され、虎の門交番の勤務から警察人生をスタートさせている。

警視庁公安部外事課の勤務を命じられ、公安畑を歩くようになるのは、六〇年安保が終わったあとの昭和三十六年からである。

分析力とそれを的確に文章に組み立てる表現力は、公安部でも抜きん出た力を持っていた。土壇場の令状請求の場面では、最大に威力を発揮する男に違いなかった。

一刻も早く逮捕状を請求する書類を書き上げて欲しい。それは、現場の捜査官誰もが考えることである。だが、ことはそう簡単ではない。

「一刻も早くやりたいのは当然ですが、そうかといって、各主任、各班のいわゆる行動確認作業の報告書もすべて横書きのままだから、それをまず縦書きに直さなくちゃいかんのです。また総合捜査報告書というのがあるんですけど、その下書きをするだけで二週間以上かかったからね、いや、これにはまいったですね」

八十二歳となった西尾は、当時をそう振り返った。西尾が極本に入ったのは、三月十日だ。それから一か月あまりのちに韓産研事件が起こるものの、三菱重工爆破事件は前年の八月である。さまざまなことを掌握した上で総合捜査報告書を書かなければならなかった。

韓産研事件だけなら簡単だ。だが、それぞれの管理官、主任たちがやってきたこと、すなわち『腹腹時計』の分析から始まり、犯人グループの割り出し、接触状況をはじめ、証拠物への分析にいたるまですべてを網羅《もうら》しなければならない。

それは、根《こん》のいる作業だった。一週間経っても、二週間経っても、なかなか完成しなかった。しかも作業は誰に気づかれてもならなかった。警視庁内部にも、もちろん新聞記者に知られるわけにもいかない。

ゴールデンウィークをぶち抜いての作業がつづく。現場の行確部隊も休みなしの捜査活動を展開している。自分たちも、徹夜で仕事をするのは当たり前だった。

「なかなか進まないし、いらいらして、ばれでもしたらどうしようかなと思いながらの作業だったですね」

西尾の力量をもってしても、仕上げるまでは苦難の道だったのである。

「西尾君、いつになりそうだ」

小黒公安一課長が裏本部にやって来て、西尾にそう声をかけたこともある。

西尾の指揮のもとに何人も動いていたが、誰にとっても、膨大な捜査を文字化する作業は、難しかった。最も苦心したのは、「共犯性」である。韓産研事件はわかった。では、この一連の連続企業爆破事件で、彼らはどう〝共犯〟したのか。ほかの容疑者たちの逮捕状をどうとるのか。裁判官をどう納得させられるか。そこにこそ、西尾の真価が問われるポイントがあった。

作業の途中の四月二十八日には、間組の京成江戸川作業所の宿直室床下で爆発事件が発生し、一人が重傷を負った。事件はいまも進行中であり、手間どる裏本部の作業をあざ笑うように新たな犯罪が起こっていたのである。

救いは、現場が警視庁ではなく、千葉県警の管内だったことだ。だが、「一刻の猶予もない」と焦りが生じたのは間違いなかった。

共犯性をどうわかってもらうか。この段階で、どの人物が「狼」であり、「大地の牙」であり、「さそり」であるかを捜査陣は掌握できていない。

わかっているのは、彼らの接触状況である。どこで、誰と誰が顔を合わせ、その場の筆談での〝会話〟など、どんな接触をしていたか、裁判官にわかってもらう必要があった。

そこで西尾は、幅一メートル、縦三十センチほどのセロテープで張り合わせた紙に、これを書いていくことにした。大きな一覧表だ。二月、三月、四月……存在を把握して以降の彼らの接触状況を、具体的に記述していったのである。

人間は文章で説明されるより、わかりやすく図解で示された方が頭に入りやすい。

裁判官にとっては、いずれも初めて聞く名前ばかりである。そのために、できるだけ簡潔にわかってもらえるように書いていった。しかし、三者会談、四人の接触状況、どの事件をどのグループがおこなったのか……。わかりやすく書こうとしても、それらは複雑この上なかった。

そして、問題は、逮捕令状を請求するのは、韓産研事件だが、これに関連して三菱重工爆破などの連続企業爆破事件への関与が疑われる〝共犯者たち〟への逮捕・捜索・差し押えの令状を出してもらわなければならなかったことだ。

いうまでもなく、令状を二十本請求するには、二十本の捜査報告書をぴしっと揃えなければならない。間違った請求をしたらそれこそ大変なことになる。根気だけでなく、神経をすり減らす極めて細かな作業となった。

逮捕状を取る請求書類には、警察疎明《そめい》資料もある。その疎明資料には、封筒や声明文などの鑑識書類等をつけて出さなければならない。

西尾と彼の部下によって作成された、膨大な捜査報告書と令状請求書が揃ったのは五月十三日のことである。気の遠くなる作業量を思えば、それは驚くべき速さだったと言っていいだろう。

できあがった総合捜査報告書は、縦書きの用紙で三十枚ほどにまとめられた。そこに事件の一覧表を入れ綴《と》じ込むと、それだけで厚さが二センチほどになった。

さらに、前述の容疑者グループの接触状況を書いた書類や、各班による容疑人物の発見状況、行動確認の状況など、すべて縦書きで記述された。それらは、合わせると厚さが十五センチぐらいになった。裁判官からの質問に備えて、西尾はこの分厚い資料のポイントとなる部分に、すぐ開けるように付箋《ふせん》を貼った。

いよいよ準備は整った。令状請求の書類ができたという報告を受けて、小黒公安一課長は、いよいよ犯人逮捕の〝Xデー〟を心の中で決めた。

Xデーは、週明けの五月十九日月曜日——。

「東京のため、日本のために……」

逮捕状請求は、五月十六日の金曜日とする。それは、三井—柴田—福井—小黒といういわゆる「三井連合艦隊」で極秘裡に進められた。

三井警備局長は、序列的には、警察組織全体の中で四番目の地位にある。警察トップへの道を目前にした微妙なポジションである。連続企業爆破事件が犯人検挙に至れば、その悲願は現実のものになるに違いない。しかし、警察首脳への報告の順番によっては、「自分の将来」が飛びかねない危険性も孕《はら》んでいる。

なぜ俺に報告がないんだ——時間にしてわずか五分か十分の違いであっても、上司にあたる首脳たちがお互いに「どの順番で報告を受けたか」わからないようにおこなうのが、有能な高級官僚の腕前である。

その点で三井は、まことに有能な官僚であったのだろう。

三井は、警察庁長官である浅沼清太郎にまず極秘報告し、その足で土田警視総監と話し合っている。その次に三井が面会したのは、布施《ふせ》健《たけし》・検事総長だった。

当時の上層部の動きを知る元警察幹部がこんなことを明かす。

「長官と総監にさっと耳に入れたあと、三井さんが会ったのは、布施検事総長だったそうです。この段階で検察のトップと会ったのは、検察の協力を得ることができるかを確認するためです。相談を受けた布施検事総長はことの重大さに驚き、ただちに伊藤栄樹《しげき》・東京地検次席検事にこの案件を下ろしている。これによって、捜査をおこなった警視庁公安部の独断専行ではなく、検察をも巻き込む作戦を三井さんはとったわけです」

ことは日本中を震撼《しんかん》させた〝史上最大の爆破テロ事件〟である。犯人逮捕とその後の裁判も視野に入れ、逮捕状請求の前に「相談をおこなう」という作戦をとったのである。そして、それは見事に功を奏することになる。

「東京地検として真っ先に受け入れ態勢を確立しておいていただきたい」

三井の要請は、布施検事総長に受け入れられた。警視庁の極左暴力取締本部による逮捕状請求は、このために異例ずくめのものとなった。

通常、警視庁がおこなう令状請求は、警視庁が裁判所に独自に連絡を入れ、粛々とおこなうものである。時には、裁判官によって令状請求を拒否され、突き返されることもある。

しかし、今回は、その段階で東京地検が動き出したのだ。

五月十五日、江藤と西尾は東京地検に行き、この件の担当となった公安部の親崎《おやざき》定雄副部長に説明をおこなっている。この大事件の令状請求は、まず検察のGOサインをもらうところから始まったのである。

「わかった。これなら大丈夫だろう」

親崎副部長は二人の説明を聞いて、そう答えた。ここで翌日に逮捕状請求をおこなうことが正式に決められた。

令状請求のために、親崎副部長は、自ら裁判官に連絡を入れている。警視庁が担当する事件で、東京地検の幹部である検察官から令状請求の事前連絡が来ることなど、本来はあり得ない。

それだけで、裁判官にとっては、この案件が〝特別なもの〟であることがわかり、プレッシャーになる。検察まで容認している案件を裁判官が拒否したとなると、今度は裁判官の責任が問われる可能性が出てくるからである。

裁判官とて、国民の一人である。いよいよ連続企業爆破事件が解決するのか、と彼らの令状請求を興味津々《しんしん》で待ったに違いない。

いよいよその請求の時は来た。逮捕状を出すのは、東京簡易裁判所の裁判官だ。

五月十六日の午後、満を持して江藤たちは桜田通りを渡って裁判所に向かった。

地検からの事前連絡によって、裁判官は彼らのために「個室」を用意していた。通常の事件では、何人か裁判官がいる部屋に入り、衝立で仕切られているだけの大部屋で、令状請求はおこなわれる。

書類だけですぐ出してくれる場合もあれば、説明を求められる場合もある。なかなか出してくれない裁判官には、詳しく説明しなければならない。

すべては、衝立の中だから、ほかに丸聞こえである。しかし、今回ばかりは、あらかじめ個室が用意されていた。向こうにとっても、それは特別な令状請求だったのである。

事務官に小さな会議室に案内されて入室すると、裁判官が二人、すでに中央テーブルの向こうに座っていた。一人ではなく、二人の裁判官が、令状請求を「待っていた」のである。一人は、かなりの年齢の裁判官だった。

異例の令状請求であることを西尾ら請求する側も肝に銘じざるを得なかった。そのまま西尾たちは、裁判官と向かい合う形でテーブルを挟んで椅子に座った。

検察からは親崎検事ともう一人の若手の検事が、そして極左暴力取締本部からは、江藤勝夫管理官、西尾徳祐係長、そして公安総務課の特殊班から爆弾の専門家として管理官が一人、計五人が並んだ。テーブルの上には、捜査官たちの血の滲むような苦労の末に証拠づけられていった書類が積まれた。

「韓国産業経済研究所爆破事件の容疑者への逮捕状を請求にまいりました」

親崎検事に促されて口火を切ったのは、江藤である。

請求する逮捕状は、全部で七人分である。そして、それぞれの住まいに対する検証許可状、さらには、彼らの勤め先や親元などへの捜索差押許可状が二十本ほどあった。

これらをすべて複写で一部ずつ用意し、裁判官に署名・捺印さえしてもらえばいいように準備している。割り印も含めると、印鑑を捺《お》すだけでも、十分はかかるぐらいの量である。

そのひとつひとつについて、江藤が説明をおこなった。直接的な逮捕容疑となる韓産研の事件についての説明は、詳細を極めた。

「韓産研の件についてはわかりました。それで、共犯関係についてはどうなっていますか」

黙って親崎と江藤の話を聞いていた裁判官がそう口を開いた。

やはりここがポイントである。

韓産研が斎藤と浴田による犯行であることは納得した。ならば、あとの人間をこの件で逮捕する理由が重要だった。

「それは、こういうことです」

江藤が、共犯関係について説明を始めた。西尾が用意した幅一メートル、縦三十センチの紙がテーブルの上に広げられた。

「彼らは、それぞれのグループの代表と思われる三者会談を開いております。最初に把握されたのは……」

西尾がつくったその紙をもとに、江藤が説明をつづける。江藤の口から、犯行声明を出した「狼」「大地の牙」「さそり」のことが具体的に説明された。

「着手して以降、接触して、ひそやかに密談を交わした有り様は、この図表の通りです。彼らは、こうしてやっております。これをご覧いただければ、ただならぬ関係、いわゆる、共犯関係が納得いただけると思います」

無言で聞く裁判官。だが、納得したようすがない。共犯関係が「弱い」と見ているのか。

そうなれば、却下もあり得る。もし、ここで却下されたら、大変な事態になる。

すでに大がかりに動いているものがストップすれば、戦略の立て直しである。韓産研事件で斎藤和と浴田だけを逮捕するわけにはいかない。あくまで犯人一味を一網打尽にしなければ捜査官たちの努力は水泡《すいほう》に帰《き》すのである。

説明をつづける江藤にも、裁判官がなかなか納得していないようすが窺えた。

「彼らの手口の共通性は、起爆装置にあります」

同席している公安総務課の爆弾の専門官が、たまりかねて口を開いた。

「時限が作動する起爆装置です。一連の事件には、ここに共通性があるのです。同一の起爆装置を用い、彼らは爆破事件を起こしている。そして、繰り返し会って、さまざまな謀議をおこなっています。共犯性に疑いはありません」

爆弾の専門家だけに「技術面」から裁判官に迫ったのである。

その時、江藤が突然、立ちあがった。居住まいを正した江藤の雰囲気に全員がたじろいだ。

江藤はそこで裁判官に向かって深々と頭を下げた。そして、

「これは……」

と息を継ぐと、力をこめてこう言った。

「東京のため、日本のためなんです！」

一分《いちぶ》のゆるぎもない気迫だった。

「なんとかお願いします！」

一瞬、静寂が流れた。さすがに「東京のため、日本のため」という言葉に裁判官も驚いたようだった。江藤に気圧《けお》されたのかもしれない。

「私からもお願いします」

間を置いて、親崎検事が口を開いた。

「一生懸命やって間違いないようですから、なんとかお認めください」

警察、検察がここまで一体となって迫ってくる令状請求などあり得ない。事件自体も異例なら、令状請求もそれは異例なものとなった。

身柄だけでなく、捜索令状も、おびただしい本数だ。裁判官は決断を迫られた。

「あの場面だけはよく覚えています」

江藤の記憶にも強く残っている。

「やはり令状請求の本数がすごかったですからね。必要なものは全部用意して、その場で裁判官の署名捺印だけをもらえばいいようにしておりました。それが、最後はのるかそるか、という具合になりました。歳のいった裁判官でしたので、感情の起伏《きふく》というか、表情の変化があまりなかったように思います。こっちも必死でした」

緊迫の時間が流れた。

黙って聞いていた年嵩《としかさ》の裁判官は、江藤が話し終わると、こう言った。

「では、外で待っていてください」

二人の裁判官はお互いの目で確認しあった。

（大丈夫だ……）

その時、江藤と西尾は、大きな責任を果たした安心感に包まれた。

およそ十分後、部屋に呼び入れられた西尾たちは、押印の済んだ逮捕状や捜索差押許可状などがテーブルにところ狭しと並んでいるのを見た。

いよいよ〝Xデー〟が確定したのである。

「ついに尻っ尾を掴んだ」

五月十八日、日曜日。

田村町の裏本部は、世間は休日だというのに人の出入りが絶えなかった。

公安部では、逮捕に踏み込むことを「打ち込み」と呼ぶ。いよいよ、その打ち込みを「翌日」に控えていた。容疑者検挙に向かう班長に、それぞれ逮捕状などの書類が配られたのは、午後になってからである。

彼らが犯人であることはわかっている。あとは、無事、身柄を確保することができるかどうか。そこだけにかかっている。

裏本部の中は、咳《せき》をするのも憚《はばか》られるほど張り詰めた空気が漂っていた。

（いよいよ明日だ）

それはわかっていても、口に出したらせっかく現実のものになろうとしている悲願がするりと手の内からすべり落ちてしまうのではないか、あるいは、ああこれは夢だった、と終わってしまうのではないか、それぞれがそんな不思議な思いに陥っていたのかもしれない。

誰も「明日」への思いについては、口に出そうとしない。ただ、「明日」、自分たちがどう行動するのか、淡々と段取りが話し合われていた。それは、日常的な事務連絡が静かにかわされているかのようだった。

裏本部を束ねる舟生管理官は、そのようすをじっと見つめていた。舟生は、現場の指揮を江藤に任せ、できるだけやり方に口を差し挟まないようにしていた。しかし、それでも、まわりから攻めるか、それとも頂上作戦でいくか…等々、捜査方針をめぐって、大喧嘩になったこともある。

思えば一年二か月前、舟生自身が『腹腹時計』の差し押えにかかわって以来、そして、九か月前にあの三菱重工爆破事件の爆弾の漏斗孔に語りかけて以来、それは舟生にとって夢にまで見た「悲願」にほかならなかった。

その捜査が、明日、いよいよ「打ち込み」に至るのである。特別な思いという点では、裏本部の中で、舟生ほどそれを感じていた人間はいなかっただろう。

すべての準備を終えた午後九時頃だった。この時間でも、裏本部には、四、五十名の捜査官たちがいた。

「みんな、ちょっと聞いてくれ」

舟生は、自分の机の前に進み出て、捜査官たちに語りかけた。

「俺たちは、とうとう、狼の尻っ尾を摑んだ。明日は自分たちでできることを精一杯やろう。今日はうちに帰っても、奥さんともこの話をしないでくれ。何も言わないで欲しい。あとで、いくらでも話をしていいんだ。しかし、今日だけは何も言うな。いつもと同じように、普通に、気取《けど》られることなく過ごしてくれ」

舟生には、二、三日前から、急に新聞記者たちの動きが活発になった気がしていた。迂闊《うかつ》なひと言で、打ち込みに支障を来《きた》したら大変だ。

「どうも、誰か（周辺を）ちょろちょろしてるような気がしてしょうがない。取材も激しくなる一方だ。ブン屋になにか聞かれても、知らんぷりをしてろ。こちらは、どんなことがあってもやるしかないんだ。ブン屋に嫌味を言ったり、皮肉を言ったり、それから嘘を言ったりするのは、やめろ。なにを聞かれても黙ってろ」

　舟生は、自分にも言い聞かせるようにこう言った。

「自信を持て。明日は精一杯やろう。ここまでやってうまくいかないわけがない。自信を持って明日に臨《のぞ》もう！」

　舟生のようなベテラン捜査官でも、これほどの事件が明日、結末を迎えるということになれば、身震いがするのである。舟生はこう述懐する。

「やっぱり、討ち入り前夜というのかな。大袈裟に言えば、赤穂浪士のような気持ちですよ。喉の奥から、何かが飛び出て来て、抑えるのに苦労するというか、そんな声がうわずっちゃうような中で、話をさせてもらった記憶があります。ついに、俺たちは狼の尻っ尾を掴んだという話をしました」

　それは、舟生の警察官生活の中で、最も緊迫した、そして最も充実した時間だったかもしれない。

第十六章　スクープ記事

「明日ですね」

桜田門からお堀沿いに内堀通りを半蔵門に向かうと、伝統芸能の劇場として日本の頂点に立つ国立劇場が左手に見えてくる。校倉《あぜくら》造りを模した濃茶色の佇《たたず》まいは、海外でも知る人ぞ知る。そこを通り越して半蔵門交差点を過ぎると、間もなくイギリス大使館がある落ち着いた一角だ。

一台の黒塗りの車が、そのイギリス大使館の手前を音もなく左折した。

昭和五十年五月十八日、日曜日の夜のことである。時計は、午後八時半を指そうとしていた。産経新聞警視庁キャップ、福井惇《あつし》（四五）を乗せた黒塗りの車は、そのままイギリス大使館裏の道を抜け、千代田区一番町の閑静な街角で停まった。目的の場所、警視総監邸は、まだ先である。

だが、福井は、ここからは歩いていくつもりだった。土田が住む警視総監邸は、イギリス大使館の裏で、一番町交差点にほど近い場所にあった。

もとより車から社旗は外してある。さらに福井は人目につかないように、手前で車から降りたのである。

警視総監邸に車を乗りつけなかった理由は、自分が警視総監に会いに来たことをライバル社の誰にも知られたくなかったからである。極秘でやって来た福井は、どうしても他社に自分の行動を悟られてはならなかった。

爆弾闘争が激化し、東京を恐怖に陥れた連続企業爆破事件の犯人がまだ捕まっていない。捜査側のトップである警視総監の公邸が「厳戒態勢」にあるのは言うまでもない。

この日、福井の警視総監邸訪問は、三回目だ。一回目、二回目とも、土田総監は留守だった。だが、家人に用向きを伝えるわけにもいかず、福井は両方とも来意を告げることもなく、帰っている。

（そろそろ総監は帰っておられるだろうか……）

福井は、この三度目の訪問に賭《か》けていた。なんとしても、福井は土田に「会わなければ」ならなかった。

「明日、着手ですね」

日本国中を震撼させた連続企業爆破事件の犯人を「明日逮捕する」ことは間違いない。だが、そのことの最終確認が、土田総監と自分とのやりとりに託されていた。

いや、事実確認だけではない。

「犯人逮捕へ」という大スクープ記事を明朝の紙面に載せても、そのために、着手が先延ばしされ、結果的に「大誤報」に転じてしまう可能性だってある。そういうことのないよう総監にお願いする必要もあった。最終的な「事実確認」と、記事によって捜査着手をストップしないことに対する「お願い」——福井は、とてつもない大きな役割を担って、総監邸を訪れたのだ。

産経新聞は、三菱重工爆破事件でこれまでにもスクープ記事を書いている。公安部に独自のルートを持つ産経社会部は、事件発生直後からその強さを発揮している。

山崎が書いた「腹腹時計」の第一報だけでなく、犯行に使われた時限装置について、トラベルウォッチをセットした電気雷管使用の爆弾であったことをスッパ抜いたのも産経だった。

また、犯行直前にタクシーに乗った二人組のようすをどこよりも早くキャッチして報じたのも産経であり、さらに三年前に起こった総持寺納骨堂爆破事件と連続企業爆破事件との関連性について書いたのも産経新聞だった。

それらの記事の最前線に立っていたのは、警視庁クラブ詰めの記者たちであり、それをまとめる福井キャップだった。産経新聞は、公安部内部だけでなく、刑事部の捜査一課、鑑識課の担当記者たちがそれぞれの独自取材によって、この事件で他紙を圧する記事を掲載してきていた。

福井は、公安担当の記者たちが摑んできた「逮捕が近い」という情報をもとに、ここ半月、さらに取材を強化させていた。

容疑者の名前、住所、そしてXデーはいつか、を求めて夜討《う》ち朝駆《が》けが繰り返された。そして、「斎藤和」という容疑者の名前を割り出した。それをきっかけに、一人、また一人と容疑者の実名を摑んでいった。ディープスロートと産経新聞との関係はそれほど深いものだった。そして、ついにXデーが「明日」であることを摑んだのである。

土田が住む警視総監邸の正面入口には警戒ボックスが設置され、警察官一名が常時、警戒にあたっている。

この警備の警察官とは、無論、顔なじみだ。なにしろ、この日三度目の来訪である。

「総監は、お帰りですか？」

「はい。お帰りになっておられます」

警察官は、そう福井に向かって告げた。その瞬間、言いようのない緊張感が、身体中を包んだ。いよいよか……。

福井の頭の中に、不眠不休で取材を展開してきた部下たちの姿が浮かんだ。そのスクープ記事を明日の紙面にブチ込むことができるか否か。

あと何分か後には、その「結果」が出る。緊張をするな、という方が無理である。

警視総監邸は、二階建ての洋館風のつくりだ。手入れの行き届いた玄関前の庭から福井は公邸玄関に入っていった。入口から玄関までは、十メートルちょっとだろうか。

「産経新聞の福井です。総監はご在宅でしょうか」

一階で警備にあたっている警察官が取り次ぐと、福井は二階の応接間に通された。警視庁の分庁舎でもある総監邸は、警視総監の公邸というだけではない。一階では緊急時に会議もできるように機能的なつくりになっている。総監一家の私邸部分は、二階だけである。

土田は、前述のように三年五か月前の土田邸爆破事件で夫人を喪《うしな》っている。今は、再婚した絹子《きぬこ》夫人と共に、二人だけでこの私邸部分を使っている。総監に就任してまだ四か月。やっとここでの暮らしにも慣れてきたところだろう。

階段を上がると、道路に面した側に六畳か八畳ほどの洋間の応接部屋がある。福井はそこに通された。警視総監と向かいあういつもの場所である。

だが、今日の緊張感は、これまでとはまったく異なるものだった。

福井は、応接間のソファセットに腰をかけた。

「自分ではわからないけれど、おそらく顔はこわばっていただろうね。とにかくなんとしても確認をとらなければならない。そのためには、〝（記事を）書きました〟と土田総監に伝えて、反応を見なければいけませんでした」

昭和五年四月生まれの福井は、その日から三十八年を経た平成二十五年に満八十三歳となった。事件記者として鳴らした、かつての眼光鋭い視線をまったく感じさせない好々爺《こうこうや》である。優しい笑顔で、福井は土田警視総監との対決の場面をそう述懐した。

「長居をしたら、やられる。そして、（総監の）目に見入ってもいけない。私はそう思っていました」

前述のように、土田は剣道教士七段である。「いざ勝負」となった時の土田の迫力は尋常なものではない。福井は、この時が二度目の警視庁キャップである。一回目のキャップの時に、土田は警視庁刑事部長だった。その時から、福井は土田のことを知っている。

よく雑司ヶ谷にあった家に夜まわりに行った。土田本人が帰っていない時は、爆破事件で亡くなった民子夫人に手料理をご馳走してもらったこともある。

酒が飲めない福井は、夜まわりの記者にまで優しく接してくれる民子夫人の気遣いにどれだけ感謝したかしれない。

しかし、その夫人も、過激派による狂気の爆弾闘争の犠牲者となって今はない。そして、その後、警視庁のトップにのぼりつめた土田は、明日、連続企業爆破事件の犯人を逮捕するところまで漕《こ》ぎつけていたのだ。

取材する側の福井にも、土田総監が、どんな思いでこの爆破事件解決に執念を燃やしているか、そのことはよくわかっている。

しかし、今は、とにかく「明日逮捕」の確認をとることだった。

剣道の達人であり、優しさと共に独特の迫力を持つ土田本人から、自分は記事の確証をとらなければならないのだ。編集局では、記者たちが福井の取材結果を今か今かと待ち構えているのである。

(勝負は先手必勝。あくまで一瞬で……)

土田の目で射《い》すくめられる前に、福井は決着をつけるつもりだった。

ドアが開いた。土田だ。ネクタイはつけていない。福井の来訪で、取り敢えず背広だけを羽織《はお》って出てきたようだ。

「やあ、福井さん。今日はどうかしましたか」

土田は、ふくらみのある特徴的な笑顔で福井に語りかけた。少しお酒が入っているのか、頬のあたりが赤みを帯びているように見えた。

「総監」

福井の態度もこれまでとは、違っていた。いきなりそう呼びかけると、ひと呼吸おいてこう言った。

「明日ですね。記事を書いてきました」

単刀直入なひと言だ。

「連続企業爆破事件」という言葉もない。明日ですね、という言葉だけで、土田にはわかるはずだった。

一瞬、土田の息が止まったように見えた。顔全体がみるみる紅潮していく。福井は、ぐっと歯を嚙《か》みしめた。土田の口からどんな言葉が飛び出すのか。

「(記事を) 止めてください」

それまでのにこやかな表情が一変し、眉間に深い縦皺を刻んだ土田は、福井の目を見据《す》えて、そう言った。

記事を止めてください、と土田が言っている。

(まずい。目を見たら……やられる)

福井は、吸い込むような土田の目から視線をそらしながら、こう告げた。

「(記事は) 止まりません。もう輪転機《りんてんき》がまわっています」

輪転機がまわっているというのは、嘘である。だが、福井は、もう記事を止めようがないことを土田に知って欲しかった。しかし、土田はすかさずこう言った。

「輪転機を止めてください」

「無理です。それはできません」

「危険です。記事が出ると、不測《ふそく》の事態が起こる可能性がある」

「……」

「犯人たちは、すでに次の爆弾を持っている。もし、（犯人に）気づかれたら、捜査官だけでなく、一般市民にも被害が及ぶ可能性がある」

だから記事を止めてくれ……土田は福井に向かってそう頼んだ。

福井の頭では、「情報の確認ができた」という安堵の気持ちと、けが人を出さないために「輪転機を止めてくれ」という総監の言葉の重さのふたつが、激しくぶつかり合っていた。

「あの人は物事に迷いがきたり、困ったりした時には、（剣道の）正眼《せいがん》の構えで来るのです。それが、土田さんの習性です。まさしく正眼の構えで真っすぐ来ました」

その時、福井はこう言葉を発した。

「輪転機を止めさせることは、私にはできません。しかし、総監の意向は編集局長にお伝えします」

あれほどの苦労をしてとってきた部下たちのスクープを止めるわけにはいかない。

しかし、どうしても駄目か、と土田はなおも食い下がる。

「明朝、現場での特ダネ取材を産経だけに約束しましょう。だから、報道は夕刊からにして欲しい。お願いします」

土田は、福井に頭を下げた。

最大の目的であった「事実確認」はできた。だが、今度は、「一般市民の命」と「スクープ報道」との闘《せめ》ぎ合いとなっていた。

あれほどの死者を出した大事件である。報道が先んじれば、その可能性が否定できないことは福井にもわかる。そもそも自分たちの報道によってテレビが報じ始めれば、たとえ犯人たちが産経新聞を取っていなくても、「犯人が知る可能性」は出てくる。

「記事は、都内版に限定します。それから、テレビ局には配達しません。犯人の住む地域にも、配達しないようなんとか工夫します」

福井も食い下がった。

「しかし、それでも危険が多すぎる」

土田は、苦しげに呟いた。

「明日に備えてダイヤモンドホテルにわが社の精鋭を揃えて態勢を組んでいます。もう（記事は）止めることはできません。しかし、輪転機その他について、局長と話し合った結果は、のちほどお知らせします」

福井は最後にそう応えた。

ダイヤモンドホテルは総監邸から歩いて二百メートルもない。走ったら一分以内に着く距離だ。産経新聞は、そんな場所に拠点を構えていたのである。

土田五十三歳、福井四十五歳。土田は大正生まれで、福井は昭和の生まれだ。八歳違いの男同士が息が苦しくなるような空間で、激しくぶつかり合っていた。

これ以上の長居《ながい》は無用だ。このままいたら、〝剣道の達人〟の切っ先にやられてしまう。交渉は平行線だが、産経新聞もこれほどのスクープをボツにするわけにはいかない。

福井は深々と頭を下げると、部屋を出た。転がるように階段を降りた福井は、そのまま車まで戻り、大手町の産経新聞本社に向かった。

編集局での攻防

真っ先に「腹腹時計」の情報を持ってきた公安記者、山崎征二はこの時、大手町の産経新聞三階の編集局で福井キャップの帰りを待っていた。

編集局には、政治部、経済部、社会部、外信部、地方部、整理部、ラジオテレビ部……などがひしめいている。

どの記者たちの机も資料のようなもので埋もれている。そんな中に、煙草の吸殻が詰め込まれた灰皿だけが顔を覗かせている。いったい肝心の記事はどこで書くのか。一般の人が入ってきたら、間違いなくそう感じるだろう。

部屋全体に煙草の煙が漂い、薄ぼんやりした編集局に福井が姿を見せたのは、夜九時過ぎのことである。

「福井さんが編集局に帰ってきたのが何時だったのか記憶にありませんが、私を含め、この件を取材していた連中が福井さんの結果を聞くべく集まっていました」

山崎は今でもその時の編集局のようすが思い浮かぶ。

記者たちだけではない。編集局長の青木彰《あきら》、編集局次長兼社会部長の藤村邦苗《くになえ》が、福井の報告を待っていた。

福井は、まっすぐ青木と藤村が並んでいる編集局長と次長席に向かった。記者たちが、福井を追う。青木と藤村の席に福井が到着したのと、記者たちがそれを取り囲んだのは、ほぼ同時だった。

「明日です。間違いありません」

福井が、そう報告した瞬間、

「やった」

という声が、記者たちから上がった。

家庭も何もそっちのけで、ひたすら取材に明け暮れたのは、誰も同じだ。上司には怒鳴られ、取材先の警察幹部や捜査官たちにどれだけ冷たくあしらわれようと、夜討ち朝駆けを欠かさなかった成果がついに実ったのである。

それは、間違いなく新聞史上に残る大スクープである。『文藝春秋』によって「田中角栄研究―その金脈と人脈」(立花隆)、「淋しき越山会の女王」(児玉隆也)の両レポートが掲載され、田中政権が引っくり返って三木武夫政権ができたのは、つい半年前のことである。

新聞ジャーナリズムはどうした、という声が強まる中でのまさしく起死回生の一打に違いなかった。しかし、次の福井の言葉が、記者たちを現実に引き戻した。

「土田総監は輪転機を止めてくれ、と言っています。記事が出ると犯人の逃走だけでなく、爆弾による抵抗が考えられる。捜査官ばかりか、市民にも犠牲者が出る可能性がある、と……」

福井は、土田とのやりとりを青木編集局長と藤村社会部長に告げた。その瞬間、青木と藤村が声を発する前に現場の記者が口を開いた。

「しかし、これを出さなければ、新聞社の役割を放棄することになります。記事は出すべきです」

最初に発言したのは、警視庁の捜査一課を担当している稲田幸男だった。これまで貴重な情報を数々とってきたスクープ記者だ。地を這《は》う取材で記者たちは、この一件を詰めに詰めて来ている。土田総監の言葉に従うわけにはいかない。

しかし、記事は容疑者の名前を実名で書いている。掲載には、思い切った判断が必要だ。その時、青木と藤村が顔を見合わせて頷いた。

「どうだ、福井君」

福井の方を見て、青木はこう言った。

「原稿は出すけれども、こうするのはどうだろうか。名前が万一、間違ったり、あるいは、本人がこれを見たりするようなことがあっては大変なことになる。だから、名前と住所は消すというのはどうだろうか。そして、容疑者がいるところには、新聞を配らないという配慮をしようじゃないか」

記事から名前を消し、しかも住所も削る。さらに、容疑者がいるエリアに新聞を配らない――それは、大変な譲歩である。だが、記事そのものは〝GOにする〟という編集局長の判断である。

「すべてに万全を期そう」

青木は、全員に向かってそう言い直した。しかし、それでも現場の記者は納得しない。

山崎はその時のことをこう回想する。

「容疑者の実名を探りあてるために、われわれの努力はあったわけです。あれだけの苦しい思いをしてやっと何人かを割り出した。それがまさに達成されようという時に、最終段階で削るなどという判断には、なかなか納得ができませんでした」

新聞記者として、これほどの歴史的なスクープを前にして、それを「自らの判断で削る」という選択肢は、あるはずがなかった。ほかの記者からも、

「なんとか実名を残してください」

という声が上がる。しかし、青木の意見も変わらない。

「いや、名前と住所は削らせてもらう。ここは納得してくれ」

今度は青木に代わって藤村社会部長も言った。青木局長、藤村次長兼社会部長の言おうとしていることは理解できるものの、福井は「はい」とは答えられなかった。

躊躇する福井の雰囲気を察したのか、藤村が社会部長席に座り直し、赤鉛筆を手にすると容疑者の氏名、住所を機械的に消し始めた。

このようすを見ていた捜査一課担当の稲田は、社会部の席で手にしていた鉛筆をボキボキと折り始めた。そしてそのままプイと席を離れた。山崎には、稲田の目に涙がたまっているように見えた。

やっぱり記者だから名前を出したいという気持ちは痛いほどわかりました、と福井が言う。

「僕は、(両者の)中に入っちゃってね。どうしたらいいか、決めなければいけないんだけど、僕は土田総監から直接、輪転機を止めてくれ、と言われているわけだからね。記事をＧＯにするだけでも大変なことなのだから、やっぱり局長の命令に従って、名前を削ってでも記事を出すべきだと思ったね」

それは、「下」を押えるのが自分の役目である、という意味でもある。現場の気持ちもわかる

が、そこは捜査官や市民から犠牲を出さないということを考えて、断腸の思いではあるが、名前と住所を削るべきだと福井も思ったのである。

「みんな、ここは記事が掲載されるということで〝よし〟としてくれないだろうか」

福井は部下たちの方を見てそう言った。それは、ここまでよく情報をとってきてくれた、という部下たちへの労いの言葉でもあった。

現場の長である警視庁キャップの福井にそう言われれば、記者たちは引かざるを得なかった。キャップは、自分たちの苦労を最も知っている。その福井が言うのだから、これは、「わかりました」というほかはなかったのである。

そして、ここから前代未聞の大作戦が展開されることになった。それは、記事は最終版に限定し、容疑者が住むエリアの配達は遅らせ、本人が逮捕以前に記事を目にしないようにするという「遅配作戦」だった。それは、新聞社としての良心を見せようということでもあった。

新聞記者も国民の一人であることにかわりはない。犯人逮捕は、国民の願いだ。その捜査の邪魔には、できるだけならないように努めるのは当然のことだった。

だが、作戦はこれで終わりではなかった。それは、田村町の裏本部から「打ち込み」に行く、すなわち容疑者の身柄を確保するために出発する捜査官を尾行し、その逮捕の決定的瞬間をカメラに収めようという未曾有の大作戦である。

五月十八日日曜日の夜、その要員として記者、カメラマンに大規模な非常呼集が急遽、かかったのである。

意外な土田総監の行動

産経新聞の福井キャップが帰っていったあと、警視総監邸の応接間には、土田が座ったまま残された。

「産経が明朝、報道する」

土田は、この極秘情報を部下に連絡した。

「総監、それは、まずいです。犯人に逃亡される恐れがあります。爆弾で抵抗される可能性も出てきます」

部下たちの反応も、土田が福井に示したものとまったく同じだった。だが、話し合いが平行線であった以上、覚悟をしなければならなかった。しかし、まだ産経が土田の申し出を受け入れて、掲載を見送ってくれる可能性もあった。

土田は意を決して、かねて知っている産経新聞の藤村社会部長に電話を入れた。しかし、答えはやはり芳しいものではなかった。これだけのスクープだ。簡単に納得してくれるはずがなかった。

日付が変わった頃だっただろうか。福井から最終的な電話が入った。

「総監、検討しましたが、記事を止めることはできませんでした。申し訳ありません」

受話器の向こうから、申し訳なさそうな福井の声が響いてくる。

「わかりました」

土田は、短くそう答えると、さっそく動き始めた。いや、そこからが土田の真骨頂だった。

産経新聞に逮捕の記事が出るからといって、早朝からテレビに後追い報道されては、元も子もない。それで犯人に逃亡でもされたら、血の滲むような部下たちの苦労はどうなるのか。そして、もし、市民に巻き添えが出てしまったらどうするのか。

民放は、たとえ新聞に記事が出ても、裏どりに手間取るだろうから、早朝からの放送はないに違いない。しかし、取材力のあるＮＨＫはそうはいかない。ＮＨＫが報じれば、犯人たちが報道を見る可能性は極めて高い。

土田は、ついに次の手段を取るべくＮＨＫに電話を入れた。

土田には、ＮＨＫに知り合いが少なくない。記者クラブを通じて、あるいはそれ以外にも無論、知り合いは沢山いる。

さっそく土田は、ダイヤルをまわした。

電話を受けたＮＨＫの社会部長や警視庁キャップは、警視総監が自ら明かした中身に仰天する。土田は自分から「明日の逮捕情報」をＮＨＫに伝えたのだ。そして、ＮＨＫの〝報道解禁〟を午前八時半とし、それまでは一切、報じないという「協定」を取りつけたのである。

すべては〝極秘〟だ。ＮＨＫは、この警視庁トップの直々《じきじき》の申し出を受け入れた。

産経新聞一紙の報道はやむなし。そしてＮＨＫの報道は八時半からとする――祈るような気持ちで、土田はそう段取ったのである。

土田総監が生涯にわたってつけ続けた日記には、この日、こんな緊迫の記述が残されている。

〈五月十八日（日）
福井サンケイキャップの動きしきり。官舎に二回来訪、三回目は八時半。応接間《おうせつま》で談判　既にダイヤモンドホテルに本陣をおき、全国から腕ききをよびよせ、頑張っている由。「斎藤」も知っているらしい。
明朝現場での特ダネ取材を約束する故　夕刊で頼むと依頼。一度帰っていったが、漸《ようや》く十二時過ぎTEL・駄目とのこと。社会部長に今一度頼んだ。しばらくして、一時半、福井君再び来訪。頭を下げ乍《なが》ら帰って行った。
都内版に限定し、NHK、民放には配達しないと約束。それでも大事件である。やむなくNHK船久保氏、社会部長にTEL・更にキャップよりTEL・来て朝八時半報道を協定。検事正、長官、廣《こう》報《ほう》課長、中島君に夫々《それぞれ》TEL・二時半横になるも眠れず。ウィスキーを若干〉

土田の日記には、お詫びのために午前一時半に福井がまた訪れたことも書かれていた。文中に登場する「斎藤」というのは、斎藤和のことだろう。

いよいよ犯人逮捕の「その時」が迫っていた。

「やめてください」

公安部の幹部たちに動揺が走っていた。

真夜中、土田総監から産経新聞の動向が裏本部の幹部たちに伝えられたのである。

「明日の産経新聞に記事が出る」

大変な事態だった。もし、犯人がそれを見て逃走、あるいは抵抗したら、どうなるのか。捜査員どころか市民に犠牲が出る可能性もあった。

小黒公安一課長のもとに一報が入ったのは、柴田善憲からである。

「明日、産経が書くらしい。そっちにアタリはあるかい？」

「いや、こっちには、まだ記者のアタリはありません。でも、なんか、ざわざわしてますね」

小黒は、官舎のまわりに新聞記者がいるような気配を感じて、そう答えた。

間もなく中島二郎公安部長からも電話が入る。

「産経が明日、書くらしい。君たちが、サッチョウ（注＝警察庁のこと）へ話をするから、こういうことになるんだ」

小黒の直接の上司である中島は、要所の報告を小黒から受けてはいるものの、三井―柴田―福井―小黒といういわゆる〝三井連合艦隊〟による情報の共有と捜査の主導がそもそも気に入らない。

中島は父親が剣道の指南だった関係で土田総監とは剣道の稽古を通じて親しく、そのあたりの不満を日頃、土田の耳に入れていた。

皮肉を込めた言いぶりに、中島のこれまでの積もり積もった鬱憤《うっぷん》が見え隠れしていた。

産経新聞警視庁クラブのサブキャップ鈴木隆敏が小黒のもとにやって来たのは、それから間もなくのことである。

いつも通り、鈴木は、すうっと家の中に入ってきた。玄関を入って正面六畳の洋間のソファに座る。すでに柴田と中島から連絡をもらっていた小黒には、鈴木の用件はすべてわかっている。

慶応大学文学部出身で、知的な雰囲気を漂わせる珍しいタイプの事件記者・鈴木は、三菱重工爆破事件で最も自分のところに通ってきた記者の一人である。例のスナック「一乗寺」での夜の懇談についても、鈴木が中心になっておこなわれてきたものだ。

だが、気心が知れている馴染みの記者と言っても、今日ばかりは、〝言質〟をとられるわけにはいかなかった。

お互い表情は柔らかいものの、激しい火花が散った。

「もう寝かせてくださいよ」

小黒は開口一番そう言った。だが、鈴木はそれを無視してひと言発した。

やはり、来た。鈴木は単刀直入に斬り込んできた。

「明日ですね」

「……」

「〝斎藤〟でいいですね」

「……」

だが、小黒は何も答えない。

「駄目ですか？」

鈴木は、さらに食い下がった。

「……」

その時、小黒は、産経が割り出したのは、「斎藤和だけなのか」と思った。やっと産経新聞が自分の手の内を見せたのである。しかし、小黒は肯定も否定もできない。無言のままだ。

首を縦に振れば、認めたことになるし、そうかといって横に振れば、嘘を言うことになる。それは仁義として許されない。

肯定も否定もしないまま、小黒はこう言った。

「鈴木さん、あんた方に、長い間の捜査を水の泡にさせられるわけにはいかんよ、それは」

小黒の返事はそれだけだった。

だが、それは、明日の逮捕を事実上、認めたものでもある。

鈴木は、「ありがとうございました」と言うと、小黒宅を辞した。午前一時を過ぎていた。

鈴木が述懐する。

「実は、あの時、犯人の一味に〝斎藤〟という人間がいる、ということしか私はわかっていませんでした。犯人一人一人のことを記者クラブの産経の全員が知っているわけではなかったですからね。小黒さんは日頃から穏やかで、絶対に声を荒げることのない人です。きちんと応対はしてくれましたが、情報は出てきませんでした。表情は柔和でしたが、目は笑っていません。しかし、こちらとしては、明日記事が出るということの〝仁義〟は切ることができたと思います」

産経新聞が明朝報じる——小黒も、鈴木とのやりとりでそのことを直視せざるを得なかった。

やっと苦労の末に明日の「打ち込み」まで漕ぎつけたというのに、新聞記者に水の泡にされるわけにはいかない、そして、なんとか無事、容疑者たちの逮捕に漕ぎつけたいという思いが、小黒の頭を占めていた。

裏本部の幹部たちにも、産経新聞のことは伝わった。

江藤勝夫と西尾徳祐は自宅が遠く、この日は半蔵門会館に宿をとっていた。そこへ産経新聞のことが伝えられたのである。

その時のことを西尾は記憶している。

「遅くまで裏本部にいましたから、十一時過ぎに会館に帰って食事をとって、風呂に入って、いよいよ寝ようかっていう時です。ひょっとしたら、ひと眠りしてからだったかもしれませんね。とにかく、十二時はとうに過ぎた頃、中島公安部長から江藤さんに電話がかかって来たんです。ブンヤが感づいて、明朝書くらしい、どうするんだ、という話ですよ。そのあとも一晩に何回も電話が来ましてね」

江藤は、なんとかして報道を止めてもらいたい、と中島に懇願していた。だが、中島にそんな力があるわけがないこともわかっている。

西尾はそのようすを間近で見ていた。

「絶対やめてもらえないかって江藤さんが言いましたが、中島さんにもどうにもならない。中島さんも、駄目みたいだとか、困ったもんだ、とか、あれこれ言っているうちに、もう、朝になったもんですから……」

少しは寝たが、ほとんど徹夜同然となった。

舟生のもとに最初に電話が来たのは、夜十二時を過ぎた頃だ。やはり、中島公安部長からだった。

それは、舟生の自宅に二度、三度と来た。

「どうするんだよ、もう、産経が〝づいてる〟(注＝「気づいている」という意味)みたいだぞ」

中島は、動揺していた。しかし、舟生はこう言うしかなかった。

「づいていようが、何しようが、矢はもう放たれています、部長」

そして、こうも言った。

「もう何もできないですよ。やめることはできないです!」

三度目の電話は、午前二時頃になっていた。その時、舟生は、腹を括っていた。これだけの苦労の末の〝打ち込み〟である。あれほどの犠牲者を出した大事件をこの期《ご》に及んでどうこうすることはできない。

「部長、早い組はもう(現場に)出発していますよ。ここは、運を天に任せるしかないじゃないですか」

じたばたしても、もう仕方がないのだ。あとは、すべてを天に任せるしかないのである。

中島公安部長が電話口でやっと押し黙ったのは、その時のことである。

第十七章　犯人逮捕

異色のカメラマン

「おまえ、何やってんだ！　何回電話かけたと思ってんだ。すぐ出勤してこい！」

産経新聞の小野義雄カメラマン（三一）が自宅の受話器をとるなりそう怒鳴られたのは、五月十八日の夜、十一時半をまわった頃のことだ。

小野はこの日、臨月を迎えた妻を休日を利用して妻の実家・新潟に送っていった。やっと新潟から高島平の自宅に帰りついたところに、電話が鳴ったのである。ドアを開けて、まだ数分も経っていなかっただろう。

受話器をとった瞬間、写真部デスクの怒声が耳に飛び込んできたのだ。

「〝事件屋〟なのに、連絡がつかねえとはどういうことだ！　早く上がって来い！」

それは、有無を言わさぬ勢いだった。

「なにごとですか？」

小野が聞くと、

「そんなこと、いま言えるか！　さっさと出てこい！」

と、余計に怒られてしまった。

「わかりました！」

日曜日の夜のこんな時間である。なにかはわからないが、デスクのこのようすでは、〝相当なこと〟が起こっているのは間違いない。小野はただちに家を飛び出した。

しかし、ぎりぎりですでに産経新聞がある大手町まで行く電車はなくなっている。小野は交番に行って、悪いけどこのあたりでタクシーを拾えるところはありますか？　と聞いてみた。

「近くによくタクシーの運転手が寝ている広場がありますよ」

巡査が親切にそう教えてくれた。

教えられた広場に行ったら、なるほどタクシーの運転手が何人か休んでいる。さっそく運転手に声をかけ、大手町に向かってもらった。

「おはようございます！」

日付も変わり、午前一時前後になってやっと到着した小野は、いきなりさっきのデスクに、

「お前、なんだよ」

と、また怒鳴られた。編集局全体が昂《たかぶ》っていた。それぞれが吐く息や目の色が、いつもとまるで違う。それは小野が経験したことがない雰囲気だった。

小野は、珍しい経歴のカメラマンである。

もともと小野は、カメラマンではない。大学や専門学校などで、カメラの理論や技術について勉強したわけではない。

小野は、宮城県の丸森町《まるもりまち》という阿武隈《あぶくま》川沿いの福島との県境の田舎町出身である。福島県立梁《やな》川《がわ》高校に通った小野は、警察官志望だった。

酒を呑んで暴力を振るう父のもとから、幼い時に母に手を引かれて出て以来、小野は女手ひとつで育てられた。できるだけ早く職を得て、母を助けるためにも就職を急がねばならなかった。警察官になるべく、小野は高校を卒業後、仙台に出てアルバイトをしながら、夜、学校に通った。秋の警察官の試験まで、学校に通いながら勉強をするのである。

しかし、身長が百五十八センチの小野は、「百六十一センチ以上」という警察官の募集規定に届かず、そのために試験に落とされてしまう。

失意の小野は、毎日新聞の仙台支局が事務補助員のアルバイトを募集していたため、そこに行った。電話で送られてくる原稿をとったり、通信部から電車で送られてくる原稿を取りに行ったりするいわゆる〝坊や〟のアルバイトである。これは年齢制限が「二十歳まで」だったが、小野は、毎日のカメラマンに写真の撮り方や焼き方を教えられ、鍛えられていった。

新聞の業界とは狭いものだ。二十歳になった小野は、今度は産経新聞の仙台支局から「うちに来なさい」「写真を自由に撮らせてやる」と声をかけられた。

最初は臨時社員だった小野が、正式に社員となっていったのは、当時の騒然とした社会情勢と無縁ではない。

昭和四十三年秋、学生運動は頂点に達し、十月二十一日に新宿駅を学生たちが占拠し、騒擾《そうじょう》罪が適用される新宿騒乱事件が発生し、十二月には府中で三億円強奪事件が発生。翌昭和四十四年一月からは、東大安田講堂の攻防戦が始まった。

当時、どの新聞も人手不足に陥った。とにかく事件が多すぎる。社会全体が、なにか不気味で巨大なエネルギーに突き動かされているような時代だった。

採用試験を受けるよう命じられた小野は上京する。東京など右も左もわからない小野は、仙台支局の人間に産経新聞の本社のある大手町の地図を書いてもらったが、間違って神田で降りてしまい、本社に行き着かないという大失敗を犯している。そんな苦労の末に試験を受けた小野は、一度不合格になったものの、昭和四十三年の十二月中旬に、

「一月三日までに出社せよ」

という連絡を受けた。一転、採用である。しかし、条件があった。

「女優の写真とかを撮らせるわけにはいかない。お前は〝事件〟だけだ」

そう言い含められて写真部の採用になるのである。

ただちに府中の三億円強奪事件の取材班に入った小野は、平日は府中警察署に行って、捜査官の出入りを写真に収め、週末が来ると、火炎瓶が飛び交う中で、できるだけ迫力ある学生たちのデモの写真を撮るべく現場を走りまわった。

そんな事件専門のカメラマンに連絡がつかないのだから、デスクが怒るのも無理はなかった。休日を利用して臨月の妻を実家に送っていくのと、それは、運が悪いことに「たまたま重なった」のである。

未明の追跡劇

編集局に来て怒鳴られた小野は、そこで見せられた紙面に言葉を失った。刷《す》り上がったばかりの紙面には、

〈爆破犯　数人に逮捕状〉

という特大の見出しが躍っていた。

（なんだ、これは！）

その大きな活字に目が吸い寄せられた時、デスクの声がかぶさった。

「お前、事件担当なのに、なんでこんなことを知らなかったんだ！」

目茶苦茶な言いぶりである。極秘に進んでいる取材が、写真部に漏れるわけがない。自分だって知らなかったくせに、連絡がつかなかった腹立ちをそのまま浴びせてきたことに、さすがに小野もむっとした。

「車一台やるから、裏本部がある愛宕署に行け」

その時、デスクは小野にそう命じた。

愛宕署の裏にある極左暴力取締本部がこの朝、犯人を一網打尽にする。逮捕のために出向く捜査官を逆に追跡し、「逮捕の瞬間を写真に撮れ」という非常命令である。

現時点で、すでに社旗を外した産経新聞の黒塗りの車が、人目につかないように裏本部である

極左暴力取締本部の近くや容疑者のアパートなど、指定された場所で「張っている」というのである。

お前は捜査員を追跡する車に入れ、という命令だった。

すでにベテランの先輩カメラマンたちは、配置についているという。その役割分担を決める時に、こともあろうに「事件担当」のカメラマンに連絡がつかなかったわけである。

「いいか。無線で指示をするから、隠れて待っているんだ。警察から自動車が見えないように気をつけろ！」

捜査官の車を尾行する——その発想自体が奇想天外だった。

小野は、社会部の記者一人とコンビを組んで車に乗り込んだ。愛宕署の出入りが見える場所には、産経新聞の車は一台しかいない。その車から無線で連絡が入るのである。

そこから少し離れた場所で、小野たちの車は待機するのだ。現場に行ってみると、たしかに薄《うす》闇《やみ》の雨の中で息を潜めて停まっている黒塗りの車があった。

やがて、警察に動きが出た。一台、また一台と車が出ていく。それを音もなく追跡を始める産経の張り込み車。待機していた車が次々と出ていった。

そして〝最後〟に列に加わった小野の車にも順番が来た。いよいよラストである。もうほかに産経の車はない。

「あの車だ。追え！」

無線から切迫した声が届く。追跡のスタートである。

捜査官の車は、日比谷通りに出ると右折した。尾行は最初が肝心だ。うまく入り込めばなんとかなる。影のようにすっとうしろにつけばいい。

運転するのは、社内でも知られたベテラン運転手だ。なんとかうまくうしろについた。

だが、田村町から霞が関に向かう途中で、もう気づかれてしまったようだ。黒い車が近づいて来れば、それだけでわかるのかもしれない。

（まずい。気づかれてる）

小野がそう思った時、ターゲットは変な動きを始めた。霞が関界隈をぐるぐるまわり始めたのである。文部省の前、あるいは警視庁の前を通って、日比谷の方を大まわりしてみたり、明らかに動きがおかしい。

スピードも相当出している。ブレーキをかけて急に鋭角に交差点を曲がったりしている。

（やばいぞ……）

小野は、このまま振り切られるかもしれないと思った。そうこうしている内に、ターゲットは、外務省の裏側の霞が関の高速の入口に向かった。

その時、小野の乗る車は、車線の左側にいた。このまま急に高速に入られたら、対応できない。

「もしかしたら、あの車、高速に入るかもしれないよ」

と、小野。

「左だと危ないから右へ……」

そう言おうとした瞬間、ベテラン運転手の声が飛んだ。

「うるさい、馬鹿野郎！　お前は摑まってろ。歯を食いしばってろよ！」

そんなことは先刻承知だ、と言いたいのだろう。運転手はそう叫ぶとアクセルを大きく踏み込んだ。

「当時の運転手さんはすごいですよ。みんな自分より年上ですからね。車のドアをちょっと、大きな音を出して閉めると、〝もう一回降りて、閉めなおせ！〟と怒られるし、車の中で居眠りでもしようものなら、〝居眠りなんかするんじゃない！　こっちは仕事してるんだ、馬鹿野郎！〟って怒鳴られて、もし、高速道路を走っている時だったら、路肩《ろかた》に停められて、〝お前、降りてここから歩け〟なんて言われるんですよ。そりゃ、あの頃の運転手さんたちは怖かったですよ」

怒られながら鍛えられた小野である。

この時も、怒鳴られて小野は押し黙った。こうなれば、とにかく運転手に任せるしかない。記者もカメラマンも運転手も、区別はない。とにかく最後まで食らいつくだけだ。

案の定、ターゲットは、高速に入った。こっちも急な車線変更で、高速に飛び込む。しかし、ターゲットは高速に乗ったかと思うと、早くも築地あたりで高速を降りるのである。

どうするんだ。どこへ行くつもりだ。

小野は、ターゲットを凝視しながら、執念で食らいつく運転手の横顔を見ていた。向こうも、こっちをなかなか巻けず、焦っているに違いない。

その頃になると、尾行していた産経新聞の車が次々と捜査車両に「振り切られている」という無線連絡が入ってきた。

自分たちが振り切られたらどうなるんだ。小野たちの責任は、時間が経つにつれ、どんどん大きくなっている。

高速を降りて、またぐるぐるまわっていたターゲットは、今度は築地警察署にすべり込んだ。

「築地署だ……」

無論、小野たちの車は、中には入れない。

（ははぁ、車をダミーにして裏口から逃げるつもりか）

そう考えた小野は、裏にまわって、出入口を目を皿のようにして見ていた。社会部の記者も一緒である。ベテラン運転手が乗る車だけを正面に残して、二人は裏口に「賭けた」のである。

「出たぞ！」

運転手から無線連絡があった。目標の車が表玄関からすべり出たのである。しかし、その車には「誰も乗ってない」という運転手からの連絡がつづく。

しめた！　やっぱりこっちだ。ひきつづき裏の出入口を見ていると、タクシーが一台やって来た。

（しまった。タクシーで移動するつもりか）

無線で呼ばれたタクシーが築地署の裏口につけると、間髪を容れずに捜査官が二人出てきた。一人は、すたすたと道路を歩き出し、黒いコートを着たもう一人はそのタクシーに乗り込んだ。

二人は、別々の行動をとるようだ。こっちも二手に分かれるしかない。

「俺がタクシーを尾ける！」

小野はそう言うと、道路のセンターラインまで飛び出して、うしろから来たタクシーを呼びとめて飛び乗った。

「あのタクシーを追いかけて！」

なんとか見失わずにタクシーに乗った小野は、追跡をつづける。

ここでもターゲットは、小野を振り切れなかったのである。相手は大手町のあたりをぐるぐるまわるが、さすがにタクシーだけあって、カーチェイスはできない。いうまでもなく警察車両のようにはいかない。こうなれば、根比べである。

さまざまなところをまわってタクシーが辿り着いたのは、常磐線の三河島《みかわしま》駅だった。駅前の大きな通りの駅舎とは反対側で捜査官はタクシーを降りた。しかし、そのまま立っている。小野もタクシーを降りて、捜査官を凝視する。

信号が赤になる寸前だった。捜査官は突然走り出した。小野も負けてはいない。そのまま赤信号になった大通りを突っ切った。

捜査官は改札口に向かって走った。警察手帳を見せて、改札を通過する。

小野には、切符を買う時間がない。咄嗟に小野は、カメラマンがいつも肌身離さず持っている報道の腕章を摑んだ。

「産経っ！　事件を追っかけてる。頼む！」

駅員に向かってそう叫ぶと、返事を聞く前にそこを〝突破〟していた。

階段を駆け上がる途中で、電車が来ていることがわかる。捜査官は先に電車に乗り込んだ。つづいて小野も飛び込む。

ここで気をつけないといけないのは、ドアが閉まる前に飛び出されることである。

小野は、なんとなくドアが閉まる直前に捜査官が電車から出るのではないか、という気がした。

捜査官は隣のドアにいる。距離にして数メートル。向こうは小野の方をちらちらと見ている。

もちろんお互いが相手を認識したうえでの〝攻防〟である。

動いたら、こっちも動く。もはや反射神経の勝負だった。神経を研ぎ澄ませた小野と、なんとか振り切りたい捜査官。電車はそのまま動き出した。

次の南千住駅に到着した。捜査官は動かない。だが、小野にも油断はない。

その時である。

ドアが閉まる瞬間、捜査官が電車を飛び出した。

（あっ！）

小野は、その動きを察知した瞬間に、もう電車から飛び出そうとしていた。

小野の身体は幸いにも電車の外に出た。だが、手にしていたこうもり傘が、ドアに挟まってしまった。半分以上、中に残っている。そのまま電車は動き出した。

「危ない！」

次の駅で、この傘がホームにいる客を傷つけてはまずい。小野は電車と一緒に走り出した。だが、傘を引き抜くことができない。

ならば、折れ！

小野はそのこうもり傘を走りながら、手前に折った。

ベキッ。

傘が折れる音が小野の耳に入った。そしてそのまま下にさげた。

これなら大丈夫だ。次の駅でホームで待つ乗客を傷つけることはないだろう。小野は、ほっと息を継いだ。

先に飛び出した捜査官は、そのようすをじっと見つめていた。自分が急に飛び出したから起こった出来事である。多少、責任を感じていたのかもしれない。

この間に、逃げようと思えば逃げられただろう。しかし、彼は行かなかった。じっと小野の姿を見ていたのである。

人情の機微に触れたように思い、小野は、思わず涙が出そうになった。

だが、無事を確かめた刑事は、そこから走り出した。階段を駆け下りた刑事は、改札口の手前にあるトイレに飛び込んだ。

さすがに、もうここまで来たら、話しかけるしかない。

トイレから出てきた刑事に小野が涙声で話しかけた。

「どこでやるんですか。撮らせてくださいよ」

刑事も必死だ。

「駄目だ。冗談じゃない。こっちがクビになる」

初めてこの刑事の肉声を小野は聞いた。だが、必死なのは、小野も同じだ。

改札を出た刑事は、そのまま小野から逃げようとした。南千住駅は敷地エリアが広い。線路が高架になっており、それが広場と狭い道路に重なり、あっちへ行ったり、こっちへ行ったりすることができる。だが、もう小野は食らいついて離さない。

こんなところで突き放されてたまるか。

小野はそう思っていた。その時、雨が降っているのに、ペアになった男が三組も四組もいるのに気づいた。

（ああ、ここか、ここが逮捕地点だ……）

小野は、まさにここが「目的の地」であることに気づいた。

間違いない、ここだ。刑事はまたUターンして逃げ、駅の構内の広場みたいなところに入っていく。そこは、資材置き場のような場所だった。

緊迫の訓示

大道寺班のキャップ、荒井勝美が常磐線の南千住駅に着いたのは、朝六時のことである。南千住駅には地下鉄日比谷線も乗り入れている。荒井の自宅のある江戸川区内から車で三十分もかからない場所である。

大雨の中、通い慣れた南千住に愛車のカローラを運転して、荒井はやってきた。

今日で、二か月に及んだ大道寺夫婦の「行確」を終える。少なくとも二、三時間後には、夫婦は自分たちの手によって逮捕されているはずだ。

荒井は昭和十年二月、茨城県の生まれで、この時、四十歳である。四谷の「ルノアール」での〝三者会談〟に駆けつけ、坂井城と共に黒川芳正を都立家政駅のアパートに「追い込んだ」ベテラン捜査官だ。三月十日の大増員で裏本部に来て以来、一貫して大道寺夫婦の監視を指揮してきた。

荒井は当初、この夫婦があの凶悪な犯罪の当事者とは、とても信じられなかった。

特に妻のあや子は、薬剤師として本郷三丁目の武藤化学薬品に通う真面目そうな女性だった。

いつも地味な服装だが、それでも足元のすぼまったパンツを見事にはきこなしていた。

身長はおそらく百六十三、四センチはあるだろう。スリムな彼女は、百八十センチはゆうにある夫の将司と、お似合いのカップルだった。

爆弾魔の片鱗《へんりん》も見せない、どこにでもいるおとなしそうなこの若妻は、一度もボロを出したことがない。そのため、荒井の半信半疑の思いはなかなか消えなかった。しかし、夫の将司は、筆談による喫茶店での打ち合わせをおこない、あや子も間組爆破事件の時に夫と共に現場近くで目撃されている。夫婦ともに、連続企業爆破事件の犯人であることに疑いはなかった。

荒井がやって来た時、すでに捜査官たちは南千住に集結していた。雨は、ますます激しくなっていた。

大道寺夫婦の逮捕要員は、計二十五名である。ターゲットが「二人」であり、しかも一人は女性であることから、数名の婦警も含まれていた。

重く低い雲から大粒の雨が落ちてくるため、いつもより駅周辺が暗いように荒井には感じられた。目立たぬよう二人、三人と佇んでいる捜査官の姿が視界に入っていた。

その時、一人の捜査官が新聞を手に持って駆け寄ってきた。

「新聞に出ています」

荒井は、その時まで産経新聞が一面トップで逮捕のことを報じていることを知らなかった。

「なに？」

思わず荒井は、差し出された産経新聞に見入ってしまった。これからおこなうはずの逮捕がすでに「書かれて」いた。われに返った荒井は、すぐに裏本部に無線で連絡を入れた。

無線に出たのは、江藤である。

「新聞に逮捕のことが出ています」

荒井が言うと、

「そうなんだ。産経は仕方がない。向こうが新聞を買う前に逮捕してくれ」

江藤は、そう指示した。

これまでの行確で、荒井たちは大道寺将司が南千住の駅で新聞を買うことを知っている。もともと、その前に逮捕することを荒井は決めていた。

よし、予定通りやる。荒井の気持ちは定まった。

ほとんどの捜査官が集まっていることを確認した荒井は、全員に指示を与えることにした。前日もおこなっていたが、あらためてやる必要があった。新聞に「逮捕」をスクープされた以上、さまざまな注意事項を徹底しなければならなかった。

地下鉄日比谷線は、南千住では高架になっている。駅西口から国鉄の常磐線の入口を通り過ぎれば、そこに高架がある。荒井は、雨をよけてその下に捜査員たちを集めた。

まず、新聞に報道されたことにより、逃亡等の可能性があること、アパートの近くでは別々に出てきた場合に残った一人に気づかれる恐れがあるため、対象が駅に近づいてから行動に出ること、周囲から対象を取り囲み、一般の人になるべく気づかれずに混乱のないようおこなうこと、必ずターゲットが新聞を買う前に身柄を確保すること……等々である。

厄介なのは、二人が一緒にやって来る場合だ。しかし、これまでの行確によって、二人の出勤時間は別々で、一緒に出てくる場合は「休日」以外はないことがわかっている。

しかし、念のためにそれについても、荒井は全員に注意事項を伝えた。

荒井はこの時、婦警に重要な注意を与えている。女性である大道寺あや子を逮捕したあと、脇を固めるのは婦警である。しかし、婦警は、そういうことに慣れていない。

不測の事態を想定して、荒井はこう話をしたのである。

「手は絶対に上げさせちゃダメだよ」

一瞬、婦警たちは意味がわからない。荒井はこうつづけた。

「犯人が毒物を口に入れる可能性がある。たとえ手錠をかけたあとでも気を緩めないように。手を口元に持ってこさせてはいけない」

そう言い含めたのである。これは、実際にあとで大いなる効果を発揮することになる。

その時、荒井の前に一人の捜査官が現われた。田村町の極本から、カメラなどの資材を一式、運んで来ることになっていた捜査官だ。

「キャップ、ちょっと……」

と、声をかけてきた。

「実は、（新聞社の）カメラマンがついて来ちゃったんです」

「なに？」

捜査官が目をやった先に、ずぶ濡れになった小柄な男の姿があった。小野義雄である。

どういうことだ。こんな大事な時に、よりによってマスコミが逮捕現場にやって来てしまうとは……。新聞に報じられたことにつづく連続パンチである。

荒井は、また江藤に無線を入れた。江藤は荒井の報告に驚いた。次々と予想外の事態が生じていた。

「来られてしまったものは、しょうがない。（逮捕を）取りやめることはできない。邪魔させないように注意してやってくれ」

江藤からそんな指令が荒井に飛んだ。

決定的瞬間

大道寺班のキャップ、荒井は、うしろから近づき、小野の肩をトントンと叩いた。すでに傘がなくなっている小野は、見るも哀れなびしょ濡れの姿になっている。幸いに、この頃から雨は小降りになっていた。

「俺たちはな、これに命をかけてやってきたんだ」

小野の目を真っすぐ見据えると、荒井はそう言った。小野には、大柄ではないが、表現しようのない独特の迫力を漂わせた刑事に見えた。

荒井は、こうつづけた。

「カメラに気づかれたら、（犯人が）逃げてしまう。ちゃんと気づかれないようにできるか」

小野は、背中がビリッとするのを感じた。

俺たちは命をかけてやって来たんだ——その言葉が、小野の心に真っすぐ飛び込んできた。

「私もプロです。（犯人を）囲むまで、逃げられなくなるまで、カメラを全部しまっておきます」

逆に荒井の目を見据えて、小野はそう言った。雨の中で、小野のメガネは曇っている。いや、メガネのレンズに雨粒がつき、それが余計、必死の思いを醸《かも》し出していた。

「お願いします」

小野は、そうつけ加えた。

「本当だな。わかった。それだけは絶対に守れよ」

ついに、刑事の側が小野を振り切ることを諦めたのである。小野がここまで食らいついてきたことに、敬意を表したのかもしれない。

「どんなことがあっても邪魔をするな」

いずれにせよ、これを約束させた上で、荒井は小野がそこに居ることを許したのである。

荒井が述懐する。

「もうずぶ濡れで、(カメラマンは)すごい恰好でしたよ。しかし、ここまで来た以上、どうすることもできません。江藤さんも〝しょうがない〟と言うし、気づかれないようにやってくれ、と伝えて、そこにいることを許したんです」

小野の執念の勝利だった。約束通り、小野はカメラをバッグにしまった。

しまう前に、いつ取り出しても大丈夫なように露出とシャッタースピードを合わせておいた。シャッタースピードは、125分の1、絞りは5か6か。この雨の中での明るさを考慮すれば、そのぐらいだろう。被写体に十メートルまで近づいたなら、このぐらいでいける。あとは、運を天に任せるしかない。小野は、そのままカメラをバッグにしまって、チャックを閉めた。

よく見れば、さっきのキャップらしき男と刑事と思われる人間が、駅舎の前あたりに散らばっている。ガード下にもいる、そこここに彼らは立っていた。

注意深く周囲を観察する小野。駅前の広場にも乗用車が数台停まっている。駅前は、駐車禁止のはずだ。すると、これらはすべて警察車両に違いない。小野は確信した。

見れば、近くの売店の前に公衆電話があった。小野は、車も途中で置いて来ている。ふと、現状を報告しておかなければいけないと思い、公衆電話に近づいて受話器に手をかけた。会社に電話しようとコインを入れた瞬間だった。

音もなく近寄った刑事が、黙って公衆電話のフックを押した。入れたコインがガチャンと飛び出した。

「どこへ電話するんだ？　電話は駄目だ」

有無をいわせぬ口調だった。ドスの利《き》いた声だった。

「わかりました。すみません」

あまりの迫力に小野はそう答えるしかなかった。それは、メガネをかけた別の刑事だった。公安捜査官が持つ独特の雰囲気を小野は知った。

あと五分ほどで八時半になろうかという時だった。ずっと公衆電話に近い売店のところで立っていた刑事らしき男が、親指を立てるのが見えた。仲間に合図を送っている。

（来たんだ）

緊張が走る。その時、小野が刑事ではないかと思っていた男たちが、すうっと動き出した。

駅から右にのびる商店街の方から通勤客の一団が歩いてくるのが見えた。サラリーマンもいれば、ＯＬもいる。学生らしき人間もいる。その中の紺のジャケットに白いスラックス姿の男に、刑事たちが両側から近づいていく。

長身のすらりとした優男《やさおとこ》だ。それが、東アジア反日武装戦線〝狼〟のリーダー、大道寺将司であったことを知るのはのちのことだ。

小野は「これだ」と思った時には、もうバッグのチャックを開けていた。

その時、白いスラックスの男は完全に刑事たちに取り囲まれていた。傘は差したままだ。それは、まさに「自然に囲んでいく」という感じだった。おそらく、すれ違う人も誰も気づいていないだろう。

「大道寺さんですね。警察です。ちょっとこっちへ来て下さい」

左後方から大道寺にそう声をかけたのは、荒井キャップである。身長百六十七センチの荒井は、長身の大道寺の耳より少し高いぐらいだ。

だが、眼光の鋭さと有無を言わせぬ口調に大道寺は一瞬ビクッとしただけで、なんの抵抗も示さなかった。

一団は、小野の前を通り過ぎてガードの下に向かった。

(よしっ！　もういい)

そう思った瞬間、カメラをバッグから取り出した。追おうとした時、小野は車道と歩道を分ける敷居のようなものに躓《つまず》いて転びそうになった。

(くそっ)

彼らはガードの真下あたりに達している。その時、すでに刑事たちは男の腕を摑んでいた。

小野は、必死で彼らを追った。そして、追い越した。まだガードを出ない内に前にまわり込んだ小野は、男に向かってシャッターを切った。

カシャカシャカシャカシャ……

無機質なモータードライブのシャッター音が響く。ファインダーなど覗《のぞ》かない。距離を十メートルぐらいに合わせておけば、絞りが5か6だったら、二、三メートルずれていたって焦点深度でピントは合っているはずだ。

ファインダーではなく、相手の姿を自分の目で見て、小野はシャッターを切りつづけた。抵抗するわけでもなく取り囲まれた男は、歩調を変えずにガードをくぐった。小野のカメラはその身柄確保のシーンを切り取りつづけた。

いつも、四十枚ぐらい撮れるようにフィルムは巻いている。枚数は大丈夫だ。小野はそう考えていた。

ガードをくぐって、左に曲がった。十メートルほど先に黒塗りの車が停まっている。歩きながら、小野はまだモータードライブをまわしていた。

男を取り囲んだ刑事たちは、車に右側から近づいていく。うしろのドアを開けると、彼らは車の中へそのままなだれ込んだ。

小野の目に車の中で逮捕状を執行しているところが見えた。

(逮捕状執行だ!)

どうしても撮らなくてはいけないシーンだ。だが、歩いている時の絞りのままでやっているから、撮れているかどうか、わからない。少々、不安だが仕方がない。撮りつづけるしかないのである。

（頼む！）

シャッターを押しながら小野は祈った。

「撮りました！」

「本当か！　お前だけだ。お前ひとりしかいない！」

受話器の向こうで、デスクがそう叫んでいた。

犯人逮捕の瞬間を小野が撮ったという報告の電話は、編集局を沸き立たせた。未明からの追跡劇で、実際に逮捕の瞬間を撮るまでに至ったのは、小野だけだった。あとはすべて振り切られて、無事、撮れた人間はほかにはいなかったのである。

連絡がまったく途絶えていた小野からの電話は、編集局にとって「犯人逮捕へ」という歴史的スクープにつづくビッグニュースになった。

「車はどうした？」

「車は途中で別れました。俺一人で駅にいます」

「わかった。すぐに電車で上がって来い！」

興奮したデスクはそう大声を上げている。車とは途中で別れているので仕方がない。

しかし、自分は傘もなく、びしょ濡れだ。最初は無線を肩に掛けていたが、途中で無線もカメラも全部バッグにしまっていた。

こんな格好でラッシュの電車に乗るのか。そう考えると気が引けたが、非常事態だから仕方がない。まわりの乗客には堪《こら》えてもらうしかなかった。

（この野郎。ざまあみろ）

さんざん怒られながらもスクープ写真をものにした小野は、そう思った。

小野が、ラッシュの電車に乗ってでも会社に帰りたかったのには理由がある。

フィルムの現像をどうしても自分でやりたかったのである。自動現像機で行うのだが、それでも他人にこの現像だけは任せたくなかった。

直前までバッグに入れ、容疑者が自分の前を通り過ぎて、調整もせずにいきなり撮った写真である。シャッタースピードも絞りも、あらかじめ設定していたもので、完璧とはとても言い難い。もし、撮れていなかったら……と思えば、とても他人に任せることはできなかった。正直、社に上がってくる電車の中で、

「もし、全部（フィルムが）真っ白だったら自殺するしかない」

そんなことを考えていた。

フィルムというのは、映っていれば、ネガが黒っぽくなって出てくる。何も写っていなければ透明、すなわち真っ白になる。

もし、現像してもネガが透明だったら——。それは想像したくもない事態だ。だが、極めて厳しい条件下での撮影だっただけに、それもあり得ないことではない。

それだけに、現像は自分でやるしかなかった。できるだけ「濃く」現像するしかないと、小野はこの時から考えていた。

前述のように当時、現像には自動現像機を使っていた。フィルムは、幅と厚みが倍ぐらいあるプラスティックのリーダーと呼ばれるものによって引っ張られ、現像機の中に入っていく。そして、現像を終え、ネガフィルムとなって水洗いされ、空気で乾燥したものが自動現像機の「出口」からゆっくり出てくるのである。

小野は、現像液に浸かっている時間を長くするため、これを最大限、スローにした。普通は、五、六分で出てくるところを、スローにしているため八分ぐらいかかった。

(頼む……頼む)

小野は自動現像機から離れなかった。その七、八分がどのくらい長く感じたか知れない。

やがてリーダーが「出口」から出てきた。引っ張るわけにはいかないから、ただ出てくるのを見ているのである。

「あっ、出た」

透明なフィルムの一部が黒くなっている。何かが映っている証拠だ。

その時の気持ちは何十年経っても鮮やかだ。

(助かった……)

それが偽らざる気持ちだった。

しかし、うしろの方は真っ白だった。あの車の中の逮捕状執行の場面である。

やっぱりダメか。恐れていた通りだった。残念ながらあの重要なシーンは撮れていなかった。

咄嗟に絞りもシャッタースピードもそのままでシャッターを押したが、さすがに露出不足だったのである。

（……）

残念だが仕方がない。でき上がった写真を見せにデスクのもとに行った。

「手錠がきらりと光ってる、そういう写真はねえのか？」

それが、デスクの言葉だった。

上司の要求は、どこまでも厳しかった。普通は、ストロボをつけるが、「隠せ」と言われたから、ストロボをつける余裕がなかった。そのためにやはり撮れていなかった。だが、そんな言い訳をしても仕方がない。

百パーセントではなかった。しかし、それはまさに大スクープ写真となった。史上最大のテロ事件の犯人逮捕のシーンは、こうして奇跡的に捉えられ、「歴史に残った」のである。

第十八章　声をあげて哭いた

苦しみ出した斎藤和

裏本部には、続々と容疑者逮捕の報が入ってきた。

「ついに犯人の尻っ尾を摑んだ」

前夜、そう訓示した舟生管理官が、この身柄確保の報告に特別な感慨を抱いたのは言うまでもない。

土田警視総監のもとにも、午前八時過ぎに、まず「片岡逮捕」の一報が入っている。さらに大道寺夫婦、佐々木規夫など、逮捕の報が次々と入ってきた。

土田はただちに浅沼清太郎警察庁長官に報告をおこなった。

「そうか！　逮捕したか」

産経新聞の〝前打ち〟記事があっただけに、長官の喜びは格別だった。もし、犯人の抵抗で市民に犠牲者が出た場合、自分と警視総監の首だけでは収まらないかもしれない。浅沼長官は、そこまで考えていた。

土田は、浅沼長官に福田一・自治大臣兼国家公安委員長への報告を依頼した。

「わかっている、わかっている。大臣もさぞお喜びだろう」

受話器の向こうから、土田の耳に弾《はじ》けるような浅沼長官の喜びの声が響いた。

しかし、すべてが順調にいったわけではなかった。

相次ぐ逮捕の報の中で、当初の予想では逮捕第一号になるであろうとされていた斎藤和、浴田由紀子が江東区亀戸の「ツタバマンション」から一向に出てこない。二人は逮捕状請求の韓産研爆破事件の直接の当事者である。

普段なら出てくるはずの午前八時を過ぎても出てこなかったため、検挙に向かった班からは、八時半が近づく頃から「アパートへの突入」を認めて欲しいという催促《さいそく》が何度も来た。

八時半、ついに突入許可が出た。

検挙班は、ツタバマンションの斎藤、浴田が同居する部屋のドアの前で声をかけ、ドアノブに手をかけたが、ドアチェーンに阻まれた。

中に二人はいる。しかし、ドアチェーンは開錠されなかった。

「早く開けなさい！」

ついに検挙班は、ハンマーでチェーンを叩き切って部屋に突入した。部屋の中で二人はただ茫然と立ち尽くしていた。

あとで判明したことだが、この日はたまたま浴田の勤務する生命保険の成人病研究所が「創立記念日」で休みだったため、斎藤もこれに合わせて休暇をとっていたのだった。

逮捕状を示し、着衣を整えるよう指示した検挙班は、終わるのを待って二人を逮捕して連行した。だが、異変が生じたのはそれからだ。

逮捕から二時間近くが経過した午前十時三十分頃、警視庁に移送され、取調室で聴取を受けていた斎藤が急に苦しみ出したのである。

突然、貧血のような症状を呈し、口から血を流して昏倒《こんとう》した。警察は普段から心臓が悪い斎藤が心臓発作を起こしたのではないか、と思った。

しかし、収容された千代田区富士見の東京警察病院では、人工呼吸や酸素吸入を続けたが、すでに瞳孔《どうこう》が開いており、なす術はなかった。そのまま斎藤は息を引き取ったのである。

死因は、シアン化合物による中毒死だった。

佐々木規夫は、身柄を確保されたあと車両内でカプセルを口に入れようとしたが、古川原に叩き落とされている。また大道寺あや子も、連行中の車内で、同じように何か白い粉末入りのカプセルを飲みこもうとしたが、これまた護送を担当した婦人警察官に払い落とされて、未遂に終わっている。荒井キャップから与えられていた注意を婦警たちは確実に実行したのである。

斎藤の場合、おそらく検挙班がチェーンを叩き切って部屋に入ってくる時に、すでにこれを飲みこんでいたのではないか、と推測された。胃液でカプセルが溶けるまで時間がかかり、苦しみ始めるまでに二時間近くが経過したのだろう。

のちの取り調べで、〝狼〟と〝大地の牙〟グループは、女性は常に青酸カリ入りのカプセルをペンダントの中に入れて首から吊るしており、男は小銭入れの中に隠し持っていたことが判明する。万が一、警察官に逮捕されるようなことになれば、これを飲み下し、「自殺する」という取り決めがなされていたのである。

佐々木規夫と大道寺あや子は、それを実践しようとしたが、飲む直前に叩き落とされて未遂に終わった。しかし、唯一、斎藤和だけは、忠実に実行したのである。

だが、ほかにも腰ポケットの小銭入れに入れていたため、身柄を押えられた際に取り出すことができず、機会を逸した者が続出した。

警視庁に斎藤和の死は衝撃を与えた。

無事、身柄を確保したにもかかわらず、「急死」によって、その行動の内幕を明らかにできないまま終わったのである。さらに、支援者たちから、警察による〝拷問死〟だ、などという非難が湧き起こる可能性もあった。支援する弁護士たちも黙ってはいないだろう。

警視庁は、斎藤の遺体の検案を警察病院ではなく、急遽、公正を期すべく東大附属病院、慈恵医大病院などに依頼した。

だが、渦中の人物の死体検案は、両病院に二の足を踏ませた。学生たちが騒ぎ出すおそれがあったからである。今からは想像もできない時代だった。

両病院に拒否され、最終的には、杏林《きょうりん》大学附属病院がやっと引き受けてくれた。

検案がおこなわれたあと、斎藤和の遺体は、北海道から上京してきた両親に引き取られた。麹町警察署で息子の遺体と対面した新日鉄室蘭に勤務する父親は、

「バカ野郎！」

と、叫んだという。警察の手配で荼毘《だび》に付された遺体は、両親の胸に遺骨となって抱《いだ》かれ、故

郷・室蘭に帰っていった。葬儀は一切、おこなわれなかった。

東アジア反日武装戦線の〝大地の牙〟のリーダー、斎藤和は、こうしてわずか二十七年の短い生涯を終えた。

発見された爆弾工場

佐々木規夫の逮捕後、佐々木の捜査班は、ことぶき荘に入った。

二階建てのことぶき荘は、一、二階ともに三戸ずつ居住者がいる。佐々木の部屋は、一階の一番奥だ。どの部屋にも玄関の三和土《たたき》から、四畳ほどの広さがある板の間の台所に上がる構造だ。三和土を上がった左に和式トイレがあり、右には流し台やガス台があった。板の間の奥は、和室の六畳だ。

その間にガラスの引き戸がある。引き戸は右側の半分だけで、左側は、和室の押し入れ部分が占めるスペースになっている。

そのガラスの引き戸を開けると、比較的整理された六畳の和室があった。無事、佐々木の逮捕を終えた廣瀬班のキャップ、廣瀬喜征は、大家の立ち会いのもとに、部屋に入っていった。

正面と右に、サッシの窓ガラスがある。正面の窓にかけられていたカーテンはオレンジ色だ。右は、サイドボードの上に小型のテレビを置き、その右には古新聞が置かれている。本棚もあったが、そこには、池田大作の『人間革命』、さらに『日蓮大聖人御書講義』『日蓮聖人全集』が入っている。一番下の段には、平凡社の『世界地図』、『日本地図』と共に、『機械工作』の上と下、そして『旋盤のテクニシャン』といった技術系の本があった。

対面《といめん》の部屋の左側には整理ダンスがあり、その上には、日蓮正宗のご本尊の曼荼羅《まんだら》を収めた小さな創価学会用の仏壇が置いてあった。整理ダンスの右にはファンシーケースがある。

のちにわかることだが、佐々木は創価学会に偽装入信し、カセットで勤行《ごんぎょう》のテープをまわして、爆弾をつくる音をカモフラージュしていた。整理ダンスの前には、そのためのラジカセがあった。部屋の右側にぽつんと置かれていた一人用の折り畳みテーブルは、この部屋の人物が慎ましく暮らしていたことを象徴しているかのようだ。

部屋の真ん中から振り返ると、いま入ってきたガラスの引き戸は左側に、右側には、押し入れが見える。

廣瀬は、家宅捜索を班員に命じた。捜索は、右、中、左……と、順番に一面ずつおこなっていく。丹念にどんな些細な証拠も見逃さないように、捜査員たちは、そこに置いてある家具や置物、本や日常品ひとつひとつを見ていった。

独身者にしては、よく整理された部屋だった。生活臭が少なく、この時点では、

「佐々木は本当に創価学会員ではないのか」

捜査員たちは、そう思っていた。過激派と創価学会員という奇妙な組み合わせに誰もが首を傾げていた。

緻密な捜索で、やがて二時間近くが経過していた。

廣瀬たちは、やっと最後の押し入れの捜索に取りかかった。押し入れの上の段である天袋には、

小物が入れられた段ボール箱が四つ放り込まれており、中段には、ふとんがきれいに畳んで入れられていた。一番下の段の床には、絨毯《じゅうたん》のようなものが敷かれ、その上に三段の小さな整理ダンスや扇風機が置かれている。工具類が入ったリュックサックも無雑作に入れられていた。

捜査官たちは、整理ダンスや扇風機などを引っ張り出した。

「うん？」

押し入れの床を叩いてみた捜査官の一人が、あることに気づいた。床の音が、場所によって異なるのである。

「なにか変だぞ」

そう言った時には、全員がその捜査官のまわりに集まっていた。

コンコン……コンコン……

違う。明らかに真ん中あたりと端の方とでは音が違う。

「空洞だ」

下に空洞がある——。

「引きはがせ！」

廣瀬が命令を発した。

床に敷いている絨毯が引っ張り出された。絨毯の下には、右に蝶《ちょう》つがい、左に取っ手のようなものがついた板の蓋《ふた》があった。

（……）

皆が、この下には「何かがある」と思った。だが、誰も言葉を発しない。

その取っ手のようなものを持って、ぐっと板の蓋を開いたのは、キャップの廣瀬である。

これは……。

押し入れによくある収納場所どころではない。そこには、本当の〝空洞〟が空いていた。暗くてよく見えないが、その穴は、自分たちが見ている六畳間の「下」に向かっている。

「床の下に何かがある！」

それが、東アジア反日武装戦線の〝爆弾工場〟発見の瞬間だった。廣瀬は懐中電灯を持ってこさせると、その穴の中に入っていった。

押し入れからの入口には、三段の階段がつくられていた。といっても、それぞれが十センチあまりの段差しかなく、大した高さではない。

床下に掘られた爆弾工場は、深さ一・四メートル、縦と横がおよそ一・六メートルほどである。広さにすれば、一坪にも満たない。しかし、それは、まぎれもない〝爆弾工場〟であった。

畳を引きはがすと、爆弾工場が全貌を現わした。そこには、長さ一メートル二十センチ、幅が三十センチほどの細長い作業机が壁に沿って置かれていた。そして、折り畳み式の高さ七十センチ弱の椅子がある。

また、横の壁沿いには、長さ七十センチ弱、幅が三十センチ弱の小さめの作業机、さらに、もう一つの壁沿いには、木の台の上にガラスの戸がついた幅八十センチ、奥行き三十センチほどの二段式の茶ダンスが置かれ、そこには、薬品らしきものが並べて入れられていた。

〝上〟の部屋と同じく、機能的に整理され、いかにも几帳面な佐々木がつくった爆弾工場らしい。床下ではあるが蛍光灯が持ち込まれ、コンセントを延ばして電気も入っていた。

高さが一・四メートルしかないから、もちろん立つことはできない。しかし、座っている分には、なんの不自由もない。外界から隔絶したこの空間で、彼らは、企業を爆破し、人々を傷つける爆弾を作っていたのである。

上の部屋で創価学会の勤行のテープを流せば、地下の音は外には漏れないだろう。土地を掘り下げることによって出てきた土も、六畳間の床下の空間にぎっしりと積み上げ、彼らは、いっさい外に出していなかった。さらに爆弾工場の壁にはベニヤ板を貼り、それにベージュ色の塗料まで塗っていた。居住環境をかなり意識したつくりである。

おそらく、根《こん》を詰めた長時間の作業にも耐えられるようにつくったに違いない。それは、〝日帝〟の企業を叩きつぶす彼らの執念と業《ごう》の深さを示すものだった。

爆弾工場発見――。それは、日本中を驚愕させるニュースとなった。

異例の記者会見

産経新聞以外の記者たちは苛立っていた。全国民注目の大事件の逮捕をみすみす産経新聞にスクープされたのである。

どの社もデスクから大目玉を食らい、警視庁の記者クラブのキャップや記者たちは、ひたすら〝あと追い報道〟に徹さざるを得なかった。唯一、土田警視総監からの一報によって朝八時半から報道することができたＮＨＫだけは、「面目を保った」と言えるだろう。

第一回目の土田総監の記者会見は、午前十時からだった。とにかく警視庁は逮捕を正式に国民に知らせなければならなかった。

犯人たちを追い詰めたのは、田村町にある極左暴力取締本部という〝裏本部〟である。全貌を知っているのは、この裏本部の面々にほかならない。

会見で総監談話をどうするか、その内容について、相談を受けたのは舟生だった。管理官として、裏本部のトップにいた舟生は、急遽、その草案を書いて提出した。

前夜九時、裏本部にいた四、五十名の捜査官たちに向かって、

「俺たちは、とうとう、狼の尻っ尾を掴んだ」

舟生はそう語りかけている。そして、

「明日は自分たちで、できることを精一杯やろう。ここまでやってうまくいかないわけがない。自信を持って明日に臨もう」

そう声をかけた当人である。そして、その言葉通り、容疑者たちを次々と逮捕していったのだ。赤穂浪士の討ち入りのような昂ぶった気持ちを抑え、今日、無事にその悲願を現実のものとしたのである。舟生は、総監の会見用の草案にその気持ちを書いた。

「あの朝、続々とホシが引かれて来る状況になった段階で、すぐにでも記者会見をしなきゃならない。じゃあ、総監談話を誰が書くのかとなった時に、お前のを使うかどうかわからないけど、お前も書け、みたいな感じで私が書かされることになりました。なんで俺なんだよ、と言ったけれども、私、書きましたよ」

舟生は、そう語る。

「あれ、でっかい字で、一問一答の形で、行飛ばしで書くんです。それで、前夜言ったのと同じに、最初のメッセージを〝われわれは、本件爆破事件の尻っ尾を摑んだ〟と、こう書いちゃったんです。そうしたら、総監がその言葉を使ってくれました。しかし、あとで私の言葉だと知っている連中から、もう、散々言われましたよ。尻っ尾を摑んだってどういう意味なんだ？　だったら、本体はまだあるのか？　ってね。言われて気がつきましたが、尻っ尾そのものが本体だったのなら、それでいいじゃないか、と僕は思ったんですよ」

警視庁五階の大講堂、すなわち警視庁第一会議室で午前十時ちょうどから、その記者会見は始まった。それは、土田総監、綾田文義副総監、そして中島二郎公安部長や鈴木貞敏《ていびん》刑事部長など、警視庁の主《おも》だった部長が顔を揃えた前代未聞の会見となった。

テレビのライトとカメラマンによるフラッシュが眩《まぶ》しく光る中に、彼ら警視庁幹部たちが入ってきた。記者たちも百人、いやそれ以上いただろう。これほど警視庁担当の記者たちは多かったのか、と思われるほど各社から記者たちが詰めかけていた。

産経新聞警視庁クラブのサブキャップ鈴木隆敏は会見場にいた。

前夜、小黒公安一課長の自宅を訪ね、記事が出ることに対する仁義は切った。その記事の通り、犯人は逮捕されたのである。だが、この歴史的スクープの余韻《よいん》に浸っている余裕はなかった。

事態は動いている。いや、日本中の目がこの一件に集中していると言ってもいいだろう。勝負はこれからだ。

警視庁キャップの福井は、編集局で直接、夕刊や明日の朝刊用の紙面の陣頭指揮をとっている。鈴木は産経を代表して、警視庁での記者会見に出席したのである。

「あれほど異様な会見は、私の記者生活の中でもあの時だけです。吉展《よしのぶ》ちゃん誘拐殺人事件をはじめ、大きな記者会見には数々、出ましたが、あんな殺気だった会見は、記憶がないですね」

鈴木は、そう語る。異様な会見の原因は、マスコミの側にある。犯人逮捕という衝撃のみならず、これが産経新聞の独占スクープになったことが、会見に出席した記者たちをこれ以上はないほどいきり立たせていたのである。

実際に、この事件取材がひと段落ついた後、各社の警視庁のクラブでは、公安担当のチーフが北陸へ、捜査一課のチーフは北海道へ、という具合に異動させられた事例が相次いだ。マスコミもまた、妥協が許されない「勝負の世界」にいたことは間違いなかった。この会見は、それだけに一触即発の雰囲気だったといっていいだろう。

全員が揃ったことを確かめると、土田総監がまず口を開いた。

「本日、東京地検と緊密な連携のもとに韓国産業経済研究所爆破事件の被疑者七名を逮捕致しました。現在、都内十七か所、東北地方一か所の計十八か所を一斉に捜索しております」

普段は穏やかさを身に纏《まと》う土田だが、詰めかけた記者たちを見まわして、さすがに頬を紅潮させている。眉が太く、目も大きい土田は、意思の強さを感じさせると共に独特の迫力があった。

「犯人は多くの善良な都民を殺傷しております。私どもは、全力を挙げて捜査してまいりました。今回の検挙によって、警察の捜査に新たな分野を切り開くことができたと考えております」

それは、土田の執念と自信が言わせた言葉だっただろう。その瞬間、第一会議室は、カメラが放つフラッシュに支配された。

「ついに、私たちは狼の尻っ尾を摑みました。まだ、尻っ尾だけですが、今後の捜査で、胴体も、頭も、必ず明らかにしていきます。一連の事件の中で、どれだけのウェートを今回の被疑者の検挙が占めるかは、今後の調べを待つしかありません」

そして、土田はこうつづけた。

「全庁あげての努力が実を結びました。この努力と執念を支えたものは、爆弾事件そのものを憎む気持ちと、都民のご協力と励ましです。警視庁を代表して、ここに御礼を申し上げます」

現場の捜査員たちの努力と執念を支えたものは、爆弾事件そのものを憎む気持ちと、都民のご協力と励ましであった――それは、土田の偽らざる気持ちだっただろう。

土田の発言が終わったあと、会見は具体的な質疑応答に入った。記者の質問に答えるのは、中島二郎公安部長だ。

土田が堂々とした押し出しでトップとしての重みと貫録を醸し出すタイプなら、中島は色白で鼻筋が通り、スリムなエリートタイプの警察官僚だ。七三に分けられた黒髪と、黒縁のメガネが、そのエリートぶりを際立たせている。土田とは、見た目が対極にある人物と言える。

中島もまた頬を紅潮させていた。今朝まで、産経新聞の記事をめぐってスッタモンダがあったことなど、記者たちは知る由もない。

犯人の端緒は？　という質問に中島が答える。

「第三世界革命論という理論とアイヌ問題、そして韓国問題というものが、犯行声明文に顕著に表われていました。さらに言えば、既存のセクトに属さず、一匹狼的な、アナーキー的な性格を有する犯人像です。アイヌ、韓国問題に異常な関心を持った人物を追う中で、このグループと人物が浮かんできました」

――韓産研とのつながりは？

「若干の物的資料を入手しています。自信を持って検挙に踏み切りました。今後の捜査に影響があるので、詳細は差し控えたい。指紋の一致はありません」

産経新聞のスクープ記事には、韓産研事件の時に現場に残された指紋が犯人グループと「一致した」と書かれていた。それを中島は否定した。記者たちの追及が厳しくなる。

――逮捕にいたるまでの経過をもっと〝納得〟させて欲しい。

「具体的なことは言えません。いろんなところに支障が出てくる。韓産研事件で、グループの結びつきを得ました。全貌解明には、まだまだ相当の努力を要します。自信を持ってもっと言えるまで、待って欲しい」

――犯行グループは、七人ですべてなのか。

「七人でグループ全員であるかどうかは、まだはっきりしません。ほかにも共犯者がいるのではないか、と考えています。犯人グループがまだいるなら、これからも全く感づかれずに視察する必要があります。逮捕に至ったのは、物的証拠が入手でき、今回の事件との結びつきを得たからです」

逮捕への経過を「納得させて欲しい」という厳しい追及に、土田総監が横から助け船を出した。

「爆弾事件捜査は、ほかの事件とは全く違うことを理解して欲しい。申し訳ないが、お話しできないことがある。捜査の立場をご理解願いたい」

だが、その言葉に、今度は記者が土田の方に質問の矛先を向けた。

――さきほど総監は、「狼の尻っ尾を摑んだ」と仰いましたが、今回、逮捕したのは尻っ尾なのか、胴体なのか、それとも頭なのですか。

「私としては、まず尻っ尾を押えたという気がしております。三井物産爆破事件で出したモンタージュ写真の人物は、この中に入っていません。全庁体制でこのまま捜査を進めて、解明に全力をあげたいと思っています」

だが、ここで記者から、「報道されたものは事実なのか、それとも嘘なのか」という質問が飛び出した。言葉の端には、怒気が含まれている。産経新聞への対抗意識剥き出しの質問だった。

「(報道に対して)具体的な資料を出せ、ということなら、お答えできません。肯定も否定もできません」

土田がそう言うと、中島もこう答えた。

「具体的物証とホシは結びついています。ひとつではなく、いくつかのものがあります。参考資料もあるが、申し上げられません。七人全員の共謀という容疑については、十分な裏付け資料がありません。表面は、『腹腹時計』にあるように、平凡なサラリーマンという姿をとり、市民生活の中に埋没していたことが十分窺えます。会社名のことは、多くのところから協力をいただいており、支障があるので発表を控えます」

記者の質問はさらにつづいた。会見は一時間近いものとなり、まさに異例のものとなった。

産経新聞のサブキャップ鈴木隆敏は、こう語る。

「会見では、〝報道されたものは事実なのか、それとも嘘なのか〟という質問まで飛び出しました。みんな怒っていて、なんとかして産経の記事が間違っている、としたいことがわかりました。いつ、誰が怒鳴り出すのか、仕掛けられた〝爆弾〟がいつ爆発するのか、そんなピリピリした会見でした。こっちには、一種の昂揚《こうよう》感もありましたが、同時に怖くもありました。明日は、こっちがやられるかもしれませんからね。これからが大変だ、勝負は始まったばかりだ、と思ったことを記憶しています」

万感の報告

会見に臨んだ土田の思いはいかばかりだっただろうか。民子夫人を爆破事件で喪って三年五か月。それからの月日は、土田にとって、苦悩の連続だった。

娘の死に駆けつけた時、「民子は苦しみましたか」「数万の職員に代わって逝ったことだろうから、民子も悔いてはいないだろう」と語った民子の父・野口明は、土田に再婚を強く勧め、娘の死から二年三か月後の昭和四十九年四月一日に、土田を再婚させている。

後妻となったのは、土田が海軍経理学校品川分校勤務時代に海軍理事生として暗号解読などの業務についていた江田絹子である。戦時中、土田と仕事を共にした絹子は、まだ民子夫人が元気な頃に雑司ヶ谷の自宅にも度々、訪問して民子夫人も良く知っている間柄であり、葬儀や一周忌の折にも、なにかと力になってくれた人だった。

「父の再婚は、母の父親である野口が、父に〝あなたは再婚しなければいけない〟と言ったんですよ。もし相手がいなかったら、相手を自分が見つけてもいい、と言ったほどでした」

そう語るのは、土田邸爆破事件の時に二階にいた二男・健次郎である。

「父の母もいますし、まだ、われわれもいましたからね。それで父は、祖父からの勧めもあって、軍隊時代の知り合いの女性（絹子）と結婚したんですよ。何かの拍子に再会したことがあったらしいです。母が亡くなって、だいぶしてから祖母と一緒に母の墓参りをした時、祖母の前で父が泣いた、ということを祖母から聞いたことがあります。再婚の頃だったかもしれません」

そして絹子と再婚して十か月後に、土田は連続企業爆破事件の捜査を抱えた警視庁のトップに昇り詰めた。それから三か月あまり、土田はついに歴史的な逮捕にこぎつけたのである。

この日、土田は多忙の中、午後七時半に半蔵門近くの警視総監邸に帰宅している。それは、「報告」しなければならない相手がいたからである。

夫の帰りを待っていた絹子は、民子の霊前にお灯明《とうみょう》をあげた。そして、二人は民子に犯人逮捕の報告をおこなった。

じっと手を合わせた二人だけの静かな時間が過ぎていった。

土田は、涙がこぼれ落ちるのを必死でこらえた。だが、絹子は、もう涙を抑えることができなかった。土田は絹子の肩をそっと抱いた。

土田の胸の中で、絹子は咽《むせ》び泣いた。土田の日記には、警視庁の歴史に残るこの一日のことが克明に記されている。

〈五月十九日（月）五時半。目は一晩中殆《ほとん》どさめ放しであったが兎《と》に角《かく》床の中にいる。六時半起き出し下に降りる。ヒゲをそり真向法《まっこうほう》、足踏み、大雨の中でも一二〇〇m。三百回。少々眠い。七時ころから綾田、新聞、検事正とTELひきもきらず。

漸《よう》く八時過。七時三十五分片岡を逮捕の報入り。八時十五分長官に報告。大臣報告を依頼。原さん。椎野氏。阿部委員長にTEL。八時半NHK放映。サンケイのみ新聞は圧倒的なり。八時四十二分登庁途中車中にて七人全員検挙の報をきく。

一日大多忙なり。九時二十分警備、刑事部長と会ギ。その前斎藤訓正君を呼ぶ。九時四十五分部屋で会ギ。十時第一会ギ室にて記者会見一時間近く。抜かれたこともあり皆追及急なるを應戦《おうせん》して引かず。あと又記者、昼　方本長　代表課長合同会ギで指示。阿部委員長に詳細報告。又記者、又記者、三時キャップ会ギも又きびしい。

四時朝日取材。あとNHK取材（夜九時のもの）又記者。六時コンワ会で挨拶。新旧総監副総監歓送迎会なり。七時半帰宅。今日より一段と警戒きびしい。絹子お灯明をあげてくれて二人で拝む。涙をこらえる。絹子と抱き合って絹子声を放って哭《な》く……。日誌。八時となる。

ああ、疲れたり〉

土田総監の〈絹子声を放って哭く〉という一文が胸を衝《つ》く。

始まった全面自供

逮捕された容疑者たちは、警視庁本部や都内の警察署に分散して留置され、それぞれ取調官二、三人がつき、聴取がおこなわれた。

当初、すべての被疑者は、完全黙秘を貫いていた。しかし、逮捕三日目に、片岡利明が自供を始めたのを皮切りに、相次いで自供が始まった。

彼らが黙秘を貫いた三日間は、警察幹部、特に公安部の緊張が頂点に達していた。成果が上がらなければ、刑事部などにも知らせることなく極秘で摘発したやり方に非難が集中することは明らかだった。

果たして逮捕は正しかったのかどうか。国民の目は、そこに集中していた。爆弾工場の存在が明らかになった以上、「間違いはない」とわかっていたものの、やがて支援弁護士や支援団体が活動を始めることは確実で、事件の行方は予断を許さないものだった。

「片岡が自供を始めました！」

報告が土田総監のもとに届いたのは、五月二十一日夕刻のことだ。待ちに待った吉報だった。

この日、土田はちょうど絹子夫人を秋田まで行かせ、亡き妻・民子が眠る龍源寺で、墓前にて連続企業爆破事件の報告をしてもらうことになっていた。

絹子夫人が墓参りする時刻に合わせ、土田は秋田の方角に向かって手を合わせることにしていた。そして午後二時、絹子夫人が寺に着いたという知らせがあり、土田も黙禱《もくとう》をおこなった。

片岡全面自供の報が土田のもとにもたらされたのは、そのあとのことだったのである。この日の土田の日記には、簡潔にこう記されている。

〈絹子無事秋田について龍源寺へ。午后二時、小生も部屋で遙《はるか》に黙禱を捧げる。この日犯人「片岡」全面自供始む！　民子の霊護《まも》って呉《く》れた‼〉

それが、黙禱の直後だっただけに、土田にとっては、故・民子夫人の霊の力によるものだと思えたのである。

民子の霊護って呉れた——日記のこの一行に、爆破事件解決にかけた土田警視総監の執念と亡き妻への思いが凝縮されている。

片岡の自供をきっかけにさまざまなことが判明していく。捜査陣が肝を冷やしたのは、彼らが自分たちの尾行に「気がついていた」という点である。

自供でそういう証言が出てきただけでなく、家宅捜索で見つかった大道寺将司のいわば「犯行日記」ともいうべきメモにも、それに類することが書かれていた。

そこでは、仲間を「暗号」で呼び、捜査員の姿が見えることを「小指がちらつく」という表現で記していた。

「結局、公安部員にどんなに言っても、心の中にある〝気〟、すなわち捜査員の持ってる気配を前面に出してしまう人がいるんです。それを〝小指がちらつく〟という表現で大道寺が残していました。片岡は気がつきかかっていたし、大道寺や佐々木規夫も、最後の方は、うすうす気がついていたようです」

そう述懐するのは、小黒公安一課長である。

東アジア反日武装戦線〝狼〟の中で最も高い爆弾製造技術を持つのが片岡利明であり、それに次ぐのが佐々木規夫だったことも次第にわかってくる。

そして、そのリーダーは大道寺将司だった。大道寺は、昭和五十年が明けてから犯行日記をつけ始めている。それぞれに仮名をつけ、本名は書かない。例えば佐々木規夫は「始」、斎藤和は「川口」、片岡は「高橋」といった具合だ。

　大道寺の犯行日記で最も注目されたのは、〈高橋に小指がちらつく〉という表現があったことだ。これは、尾行の影が片岡にまとわりついている、という意味である。

　三月二十三日の突然の片岡の引っ越しは、捜査陣に大きな緊張を強《し》いたと共に、犯人の決定的な墓穴となった。

　片岡は「誰か」が自分を監視しているのではないか、と犯人グループの中で最も早く疑いを持っている。その疑念は、前述の通り、廣瀬班が片岡の監視をスタートさせた一月二十日、駄菓子屋に朝食用のパンを買いに来た片岡と捜査官が〝遭遇〟した時から始まっていたことが捜査の過程で明らかになる。

　片岡はそのために大道寺と相談し、爆弾製造工場となっていた荒川区町屋のアパートを引き払い、半分の荷物を練馬区東大泉の実家に持ち帰り、爆弾の原材料や工具一式をすべて佐々木に預け、爆弾製造担当を佐々木に引き継いだのである。

　しかし、その時の引っ越しで捨てたゴミ袋で結果的に馬脚を現わした。何が幸いとなり、何が不運となるか、事件捜査の微妙な綾《あや》がそこにはあった。

　さらに大道寺の犯行日記には、大道寺夫婦と佐々木が間組本社爆破の前日、神宮外苑で落ち合い、間組の下見をしたことも書かれていた。

　そして、全面自供によって、彼らの関係がどう始まり、手口がどう過激化していったか、それらがすべて明らかになっていく。

身勝手な論理の末に

〝狼〟グループの中心人物、大道寺将司は、高校時代から政治問題に興味を持ち、特に、日韓闘争には深い関心を寄せる青年だった。

彼らの関係の原点は、法政大学にある。

昭和四十二年、大学入試に失敗した大道寺は、大阪の釜ヶ崎《かまさき》で自ら日雇《ひやとい》労働者となって、在日朝鮮人や日雇労働者の問題などについて、勉強をおこなった。

翌年上京した大道寺は、三里塚闘争などに参加し、翌昭和四十四年に法政大学文学部史学科に入学。ここで大道寺は、反安保、沖縄奪還を目標として、当時同級生である片岡利明や吉井その子（仮名）らと、「法大クラス闘争委員会」を結成した。

彼らは、太田竜、朴慶植の著書やレボルト社の『世界革命運動情報』等をテキストにして武闘志向の理論武装について研究したり、また、キューバ革命のチェ・ゲバラのゲリラ戦教程『国境を越える革命』を教科書にして闘争のやり方を勉強していった。

その過程で「革命」に対するこれまでの理論に飽《あ》き足らなさを感じ、自分たちこそ革命の主体となって、革命を実践していくべきであると考えるようになった。

法大クラス闘争委員会の解散後も、たびたび接触して話し合いを続けていたグループに昭和四十六年秋、大道寺の高校時代のクラスメート、大道寺あや子（旧姓・駒沢あや子）が加わった。

その後、大道寺将司が東京の山谷で、片岡が大阪の釜ヶ崎で、それぞれ日雇労働者を経験し、「窮民」や「被抑圧民族」などに対する関心を深めていく。

彼らは次第に、従来の左翼運動は日本の労働者階級による革命を目指しているが、日本の労働者とは、植民地支配、あるいは企業侵略の一翼を担う、いわば帝国主義労働者であり、このような労働者の手によっては、革命は達成できない、と考えるようになる。

すなわち真の意味で革命が可能なのは、植民地支配、あるいは企業侵略を受けている東アジアの労働者や人民のみである、という考え方である。

東アジア人民の立場になって武装し、反日の戦いを起こし、日本の海外進出企業を阻止する必要がある。そのためにも、自らの損耗《そんもう》が少なく、かつ攻撃による効果の大きい爆弾闘争こそが適当である――大道寺らは、この「結論」に達したのである。

当時、中核派と革マル派が血で血を洗う内ゲバを繰り返しており、彼らなりに〝真の敵〟を見誤ったこれらの抗争への反発もあったに違いない。もはや、誰も彼らの目を醒《さ》まさせることはできなかった。

塩素酸塩系の混合爆薬を主剤とする時限式爆弾の製造と実験に成功した大道寺たちは、彼らの言葉を借りれば、間断《かんだん》なき〝爆弾ゲリラ闘争〟によって新旧植民地を貪《むさぼ》る日本の「新帝国主義」を粉砕するべく、昭和四十八年十月、「東アジア反日武装戦線〝狼〟」を結成したのである。

狼は「文明」に決して馴染むことがない。さらに、群れから離れ、たとえ「一匹」になっても闘争性を持ちつづける。彼らは、その習性を尊重したのだという。そして、自分たちを〝狼〟と命名し、日帝に対して「牙を剝《む》く時」を待った。

だが、この時点では、佐々木規夫や斎藤和は、東アジア反日武装戦線に参加していない。

爆弾製造の技術に長《た》けた片岡は、より高度な爆弾製造技術を習得するため、都立赤羽高等職業訓練所に入り、さらなる爆弾製造技術の向上を図っている。佐々木規夫が参加したのは、その後、『腹腹時計』が発刊される昭和四十九年三月のことだ。

大道寺が高田馬場や山谷で日雇労働者として過ごしていた昭和四十三年当時、佐々木はすでに日雇い仲間として大道寺と面識があり、その縁で大道寺はレボルト社にも出入りするようになる。佐々木はその時の関係で大道寺に共鳴してグループに参加する。

斎藤和が「東アジア反日武装戦線」に参加し、「大地の牙」を結成するのは、『腹腹時計』発刊後の昭和四十九年六月であり、三菱重工爆破事件のわずか二か月前のことだ。

昭和四十年に結成された無政府共産党の別名「東京行動戦線」の一員であり、かつレボルト社の研究会にも出入りし、佐々木と旧知の間柄であった斎藤和は、この頃、佐々木に「東アジア反日武装戦線」の存在と目的を打ち明けられて大道寺将司と知り合い、同棲中の浴田由紀子と共に「大地の牙」を結成した。

「さそり」の黒川芳正が佐々木を通じて大道寺を紹介されるのは、さらにあとの昭和四十九年七月頃のことだ。

結局、捜査当局の目が彼らに向くのは、佐々木規夫と斎藤和という東京行動戦線とレボルト社に関係していた二人の存在からである。大道寺たちにとっては、この二人を「引き入れたこと」が、結果的に警察を呼び寄せる最大要因になった。その点で、大道寺らの〝致命傷〟は佐々木と斎藤だったのかもしれない。

「牙を剝いた」犯人と、その「牙を折る」べく立ち向かった警視庁公安部——佐々木と斎藤という二人がいなかったら、捜査の行方はさらに混沌とし、まったく異なるものになったことは間違いない。

明らかになった全貌

供述によって、三菱重工爆破事件の爆弾を運んだのは、大道寺将司と片岡利明であることがわかった。事件当日の八月三十日午前十一時、片岡は後部トランクに爆弾二個を積んだ大道寺の自家用車「スバル１０００」を運転して南千住の駐車場を出発している。

文京区湯島の湯島聖堂横で勤務先から抜け出してきた大道寺を午前十一時四十五分頃に拾った片岡は、御茶ノ水の聖橋を渡ったところの路上で大道寺に爆弾二個を降ろさせ、一度、近くのパーキングメーターにスバルを駐車。二人は爆弾を持って、今度は個人タクシーに乗車して三菱重工ビル前に向かっている。

タクシー運転手の証言で明らかになった二人組とは、大道寺と片岡だった。

午後〇時二十五分頃、三菱重工本社ビル正面玄関前にタクシーが到着すると、大道寺が爆弾二個を持って下車し、片岡はそのままタクシーで東京駅まで行って、ほかのタクシーに乗り換え、御茶ノ水のパーキングメーターまで戻った。もとのスバルを運転して、片岡は南千住の駐車場に引き返している。

一方、爆弾二個を持った大道寺は、三菱重工ビル正面玄関前の左側のフラワーポット脇にこれを置き、そのまま重工ビルに玄関から入っている。ビルの中を通り抜けて反対側の道路に出た大道寺は、東京駅から国電を利用して御茶ノ水まで行き、すでに爆発が起こったあとの午後一時前に何くわぬ顔で職場に戻っている。

見張り役となったのは、妻の大道寺あや子である。正午頃、本郷三丁目の勤務先を出て地下鉄丸ノ内線で東京駅に来た彼女は、午後〇時二十分ごろ現場に到着し、三菱重工ビルの正面玄関脇で見張りをおこない、夫の将司が爆弾を仕掛けるのを確認し、およそ五分間、ようすを見ている。

そのあと彼女は、東京駅から国電とタクシーを利用して本郷三丁目の勤務先に戻った。供述では、テレビで報じられる爆弾の威力があまりに凄まじく、衝撃を受けた彼女は、女子トイレに入って、しばらくがたがたと震えたという。

爆破の予告電話をしたのは、佐々木規夫である。午後〇時三十七分から四十分の間に三菱重工ビル管理室、三菱電気ビル管理室に対し、勤務先の近くにあった公衆電話を利用して予告電話をかけた。最初の電話は相手にされず途中で切られたが、その後の午後〇時四十二分、三菱重工ビルの電話交換手が対応したので、爆破の予告をおこなったのである。

それは、東アジア反日武装戦線「狼」の四人のメンバーが参加し、日本における史上最大の爆破事件となった。

全面自供された犯行の全貌は慄然とするものだった。

重軽傷者十二名を出した十月十四日の三井物産爆破事件は、「大地の牙」の斎藤和と浴田由紀子だった。午後〇時十六分ごろ浴田が地下鉄都営線三田駅で斎藤和から受け取った爆弾を持って地下鉄内幸町駅で下車し、そこから徒歩で港区西新橋一丁目の三井物産館に向かった。

午後〇時三十五分ごろ西側出入口から館内に入り、三階第三広場のコンクリートの床の上に爆弾を仕掛けている。浴田は地下鉄に乗って現場から離れ、公衆電話で地下鉄五反田駅前の飲食店で待機中の斎藤に仕掛けが終わったことを伝え、斎藤が、三回にわたって予告電話をかけた。

また負傷者が出なかった十一月二十五日真夜中に起こった日野市の帝人中央研究所爆破事件は、「狼」の大道寺夫婦、佐々木、片岡によって実施された。

あらかじめ大道寺の車で爆弾を積んで帝人中央研究所の裏手にある雑木林に爆弾本体を隠し、十一月二十四日夕方に新宿の小田急デパートで四人が落ち合って電車と徒歩で日野の同研究所に向かった。将司と片岡が事前に隠してあった爆弾を持って塀を乗り越えて侵入し、時限爆弾を設置したのである。あや子と佐々木は、塀の外で見張りをしていた。

重軽傷者八名を出した大成建設爆破事件は、「大地の牙」の斎藤と浴田によっておこなわれた。また、負傷者の出なかった鹿島建設作業所爆破事件は、黒川芳正ら「さそり」によって実施されている。

特別だったのは、「狼」「大地の牙」「さそり」の三者合同でおこなわれた間組爆破事件だろう。これは、間組本社の六階と九階、そして間組の大宮工場が爆破された事件だが、間組本社六階は「さそり」の黒川らが、重傷者一名が出た九階は、大道寺ら「狼」が、そして間組の大宮工場の爆破は、「大地の牙」の斎藤と浴田によっておこなわれた。

ちなみに間組の六階と大宮工場の爆破では、負傷者は出ていない。

直接の逮捕容疑となった昭和五十年四月十八日の韓産研爆破事件と尼崎のオリエンタルメタル

爆破事件は、「大地の牙」の斎藤と浴田によるものだった。

出勤時に、浴田が自宅から爆弾を持っていき、勤務先一階の個人ロッカーにこれを保管。退社する時に持って出て、銀座の地下道にある公衆便所内で時限装置をセットし、午後八時頃に韓産研入口に仕掛けている。その後、同研究所が入居するトキワビル一階にある集合ポストの韓産研用の箱に声明文を投げ込んだ。

また同じ日に尼崎で起こったオリエンタルメタル爆破事件は、同日、斎藤が勤務先の喫茶店「しの」を休み、浴田の出勤後に爆弾を持って自宅を出て、新幹線と列車を利用して尼崎に行く。退社時間の午後五時以降を待ってビルに入った斎藤は、七階の廊下に爆弾を仕掛け、同ビル一階の集中ポストのオリエンタルメタル用の箱に声明文を投げ込み、その日のうちに帰京している。

また九日後の四月二十七日、黒川ら「さそり」は、千葉県市川市の間組江戸川作業所を爆破して重傷者一人を出し、さらに五月四日には、東京の江戸川区北小岩の京成電鉄江戸川橋梁工事現場を爆破（負傷者なし）した。

こうして東アジア反日武装戦線は、連続十一件の企業爆破事件を起こした。それぞれの供述は詳細を極めたもので、取調官は滔々《とうとう》と語る彼らの犯罪の理不尽さに強い憤りを覚えることになった。

天皇お召し列車の爆破計画

全面自供で明らかになった中で、国民に最も大きな衝撃を与えたのは、彼らが計画していた天皇のお召し列車の爆破計画である。

昭和四十九年三月頃、大道寺将司、あや子、片岡、佐々木の四名で、〝日帝〟の象徴である天皇を暗殺すべきだという話し合いがおこなわれ、毎年八月十五日、日本武道館でおこなわれる全国戦没者追悼式に出席するため、天皇がその前日に那須《なす》御用邸から特別列車により帰京する途中の荒川鉄橋を爆破する計画が浮上し、「虹（レインボー）作戦」と名づけられた。

四月三十日、片岡が荒川区町屋の小林荘に入居し、部屋の一部と床下を改造して爆弾製造工場とした。また、大道寺あや子は五月七日、爆弾製造用薬品入手の目的で文京区本郷の武藤化学薬品株式会社に就職する。奥多摩の日原《にっぱら》川支流や富士山麓の青木ケ原などで、何度かの爆破実験をおこない、暗殺計画に備えている。

爆速（爆発速度）を早めるために改造をおこなった爆弾で、八月十四日午前十一時頃、「黒磯発原宿行き」の特別列車を荒川鉄橋通過地点でラジコン装置による発破方式で爆破することを決めた。

しかし、「ラジコン方式」の開発がなかなかうまくいかず、仕掛地点から離れた場所に発破器《はっぱき》を置き、電線を仕掛地点まで敷設《ふせつ》する「有線方式」で爆破することに計画は変更された。

大道寺将司、あや子、片岡、佐々木の四人は、八月十三日未明、東北本線の荒川鉄橋の第六橋脚のすぐ下から荒川右岸沿いに電線を敷設しようとした。片岡と佐々木が鉄橋に登って作業を始めたが、疲労のため当初の予定より時間がかかり、時間切れで作業を完了させられなかった。

十三日午後十一時頃、四人は大道寺の自家用車にペール缶爆弾二個、鉄橋敷設用電線を積み込み、ふたたび鉄橋への電線敷設と爆弾の仕掛けをおこなおうとした。だが、四人は、たまたま付近にいたのぞきと思われる二、三人の男を刑事の張り込みと勘違いし、作業を見合わせた。

そのまま十四日未明となって作業時間が不足してきたことによって、彼らは爆弾の仕掛けを断念したのである。

自分たちの行動を、彼らは余すところなく語っていった。多くの極左事件の被疑者の取り調べを担当してきた捜査官たちが、被疑者の「完全黙秘」と闘ってきたことを思えば、これは、極めて珍しい。それは、どこのセクトにも属さない彼らアナキストたちの特徴とも言えただろう。

しかし、彼らの供述に注目する国民は、その犯罪の全貌と、途方もない計画にただただ唖然《あぜん》とするばかりだった。そして、この時、つくられた爆弾が、二週間後に東京・丸の内の三菱重工爆破事件に使用されたのである。

国民が驚いたのは、もうひとつ、彼らが真面目で一途《いちず》な横顔を持っていたことである。高校時代から社会のさまざまな問題や矛盾に目を向けるひたむきささえ持つ若者たちだった。

だが、その真面目さが逆に極限まで突きつめられ、やがては、狂気の爆弾闘争にまで進んでいった。そこでは、人間の「命」さえ、自分たちの目的のためには奪ってもいいという、手前勝手で子供じみた思想が受け入れられた。

その時に、「いや、目的のために人の命を奪うことは許されない」と疑問の声を発するメンバーが一人としていなかったことが、この狂気の犯罪の本質を物語っている。彼らは、その時、「思想家」ではなく、単なる狭隘《きょうあい》な「殺人者」と成り果ててしまったのである。

第十九章　事件は終わらず

超法規的措置による釈放

「おい、ちょっと来てくれよ」
小黒公安一課長のもとに就任したばかりの福田勝一《かついち》・警視庁公安部長から連絡が入ったのは、東アジア反日武装戦線の逮捕から二か月半が経った一九七五（昭和五十）年八月四日夕刻のことだ。

マレーシアの首都クアラルンプールにあるアメリカ大使館領事部とスウェーデン大使館が、日本赤軍とみられるゲリラ数人によって占拠されたというニュースが昼から大報道されていた。

人質にとられたのは、アメリカの領事やスウェーデンの臨時大使ら「五十人以上」にのぼるという世界的な大事件である。

ゲリラは、日本で捕まっている日本赤軍など「七人」の釈放と脱出用の日航機の提供を要求していた。ちょうど三木首相は、日米首脳会談のためにワシントンに滞在中だ。ただちに首相の指示に基づいて日本政府は「対策本部」を設置した。マレーシア、アメリカ両政府と連絡をとった対策本部は、夜になって、人質の人命尊重を優先し、ゲリラの要求に応じる方針を決めた。

その前に、福田公安部長は、小黒を部屋に呼んだのである。

「小黒君、ヘンなことになって来たぞ」

福田は、単刀直入にこう言った。東アジア反日武装戦線の一斉逮捕の時に公安部長だった中島二郎は神奈川県警本部長に転出し、代わって福田はこの日に公安部長となったばかりだった。就任当日に、福田はいきなり世界的な事件と向きあうことになったのである。

福田は、中島と違ってざっくばらんにいろいろなことを部下に相談するタイプの官僚だった。

福田の言う「ヘンなこと」というのは、日本政府が超法規的措置でゲリラの要求に応じそうだということと、そうなれば、日本赤軍のメンバーばかりか東アジア反日武装戦線の佐々木規夫も「釈放される」ということである。

五月十九日に逮捕され、紆余曲折を経て自供に至った佐々木が「釈放」されるというのである。不思議だったのは、日本赤軍が事件を起こしたのに、思想的にはなんの関係もない殺人事件による二人の死刑囚と、日本赤軍とは無縁な東アジア反日武装戦線の佐々木まで引き渡せ、という要求を彼らが出してきたことだった。

小黒に向かって、福田公安部長はこう言った。

「管理官級の者が極秘で何人かを連れて、奴らと一緒にクアラルンプールまで行ってくれ」

釈放されるグループと一緒に日航特別機に乗って行け、という命令である。

「わかりました」

小黒の気は重かった。釈放犯と一緒に現地まで行くとなると、直接、部下の命にかかわる話である。日本赤軍との間で、なにかのトラブルが生じ、銃撃戦が起こらないとも限らない。そもそも武器を携帯するのかどうか、それが問題だった。

小黒は公安一課長室に戻ると、日本赤軍担当の管理官を呼んだ。この管理官は終戦後、シベリア抑留された経験があり、ロシア語ができた。終戦後の大連でソ連兵と同居し、ロシア語ができる小黒とは、上司と部下というだけでなく、その点で気の合う関係だった。

「申し訳ないが、行ってくれるか」

小黒がそう言うと、管理官は即座にこう応えた。

「ハジキはどうしますか？」

やはり考えることは同じだ。ハジキ、すなわち拳銃の携行の有無を管理官は小黒に問うたのである。だが、小黒にしても、あからさまに「持って行っていいよ」とは言えない。それは福田公安部長であっても同じだろう。

小黒は管理官にこう言った。

「部長には、〝持って行かせますよ〟とだけ、言っておく」

その課の銃の管理は、課長が負っている。その課長である小黒がそう言ったのである。持って行け、という意味だ。もし、問題が生じたら小黒の責任である。

仮に身の危険が生じた場合、自分たちだけでなく操縦士や副操縦士などの身も守らなければならない。その時に銃がなければ、戦うこともできないのである。銃の携行は、必然だった。

「あんたなら、持って行くなあ」

小黒はそうつけ加えた。

「承知しました」

管理官はそれだけ言って、部屋から出ていった。小黒はその足で、福田公安部長の部屋をふたたび訪ねている。

「銃は、私の責任で持って行かせます。よろしいでしょうか」

小黒がそう言うと、福田は、

「いいよ」

と答えた。だが、二、三時間後に福田は小黒を訪ねてきてこう言った。

「銃は持って行っちゃいかん。丸腰で行け」

要するに、表向きは、拳銃の携行はダメだということである。

小黒は、管理官をもう一度、公安一課長室に呼んだ。

「部長は、丸腰で行け、と言っている。だから、〝表向き〟は丸腰ということで行けよ。向こうで万一、赤軍との間でドンパチが起きたら、機長たち乗務員と自分の身を守れ。こっちがまったくの丸腰じゃ、せっかく行ってくれる人たちへの義理が立たんからな」

こうして、管理官は日航機に乗り込んだ。

犯人の釈放リストにあった「七人」のうち、二人が出国を拒否し、残り「五人」が翌八月五日正午過ぎ、羽田空港からの日航特別機に乗って超法規的措置で出国していった。結果的にクアラルンプールで銃撃戦は起こらず、釈放犯の引き渡しは、粛々《しゅくしゅく》とおこなわれた。

佐々木の出国を誰よりも悔しい思いで見送ったのは、佐々木を逮捕した当人である古川原一彦巡査部長だっただろう。

あの苦しかった捜査の日々と、佐々木を逮捕した時のシーンが古川原の脳裡に蘇《よみがえ》った。自殺用の青酸カプセルを叩き落とされた時の佐々木のギラギラした目が古川原には、どうしても忘れられないのである。

「佐々木を釈放すれば、必ず〝次〟の犯罪が起こる。人命尊重というのなら、次の犯罪で犠牲になる人たちの命はどうなるんだ」

二十八歳の若き巡査部長は、そう思っていた。

口には出さずとも、捜査に当たった公安部員たちには、そのことがわかっていた。連続企業爆破事件によって、あれほどの犠牲者を出した主犯の一人が釈放されたことは、実際に大きな「禍《か》根《こん》を残す」こととなった。

的中した予感

昭和五十二年九月、三十歳となった古川原一彦警部補は、東京空港警察署の警邏《けいら》第二係長となっていた。あの逮捕劇から二年余りが過ぎた。だが、佐々木規夫は国外逃亡したままだ。

「やっぱり来たか！」

そのニュースを初めて耳にした時、古川原は真っ先にそう思った。インドのボンベイ空港を離陸した日航機が乗っ取られ、乗員十四人、乗客百四十二人を乗せたまま、犯人の指示でバングラデシュのダッカ空港に強行着陸させられたのだ。九月二十八日、ダッカ事件の勃発である。

犯人は四、五人とみられ、日本政府に対して六百万ドル（約十六億円）と、日本国内で拘置されている日本赤軍メンバー、奥平《おくだいら》純三（二八）ら九人の釈放を要求したのである。

この釈放要求された九人の中に、大道寺あや子、浴田由紀子の二人が含まれていた。

「佐々木規夫だ。彼が犯人グループにいる」

要求された人間の中に東アジア反日武装戦線の二人の女性がいることを知った古川原は、そう直感した。しかも、大道寺将司や片岡利明は要求メンバーの中に「入っていない」のである。

「逮捕されたことでメンバーには亀裂が生じている。だから佐々木は、女だけを釈放要求したんだ……」

古川原は、そう思った。

それは、もし、要求に応じなければ翌朝の六時から人質を「一人ずつ殺害していく」という容赦のない通告でもあった。三木武夫から政権を引き継いだ福田赳夫内閣は、この要求に蜂《はち》の巣をつついたような騒ぎになる。二年前のクアラルンプール事件で釈放された日本赤軍や佐々木規夫らが、なんらかの形で関与しているに違いない。やはり、〝次の犯罪〟を呼ぶことになったのである。古川原はそう感じていた。

福田内閣は、三木前政権のやり方を踏襲《とうしゅう》することにした。

「人命は地球より重い」

福田総理は、その表現で、苦衷《くちゅう》を吐露した。またしても、日本政府は、犯罪者を世界に解き放つことを決定したのである。

犯人グループは身代金を古い百ドル紙幣で用意するよう要求していた。だが、日本政府は、二百万ドルしか用意できず、残り四百万ドルを緊急にアメリカから空輸しなければならなかった。急遽、運ばれてきた大量のドル札をきちんと数える必要があった。この時、その「立ち会い」を命じられたのが、東京空港警察署警邏第二係長の古川原警部補だった。

自分がかかわった捜査の犯人を釈放する時、その身代金を数える立ち会いをしなければならない運命の皮肉に、古川原の胸は軋《きし》んだ。それは、自らの誇りを自らの手で貶めるかのような振舞いにも似ていた。

東京空港の税関長室に、四百万ドルの袋が持ち込まれたのは、九月三十日の夜遅くのことだ。厚手《あつで》の布でできた、いわゆるズダ袋に入った四百万ドルの大金は、当時の日本円で換算するとおよそ十億六千万円に相当する。途方もない金額を税関職員で数えるのである。

税関長室は、ゆうに二十畳以上の広さがある。税関長の執務机の前には、ゆったりとした応接セットが置かれ、それ以外にも余裕のあるスペースである。

その部屋の中で、百万ドルずつ入った四つの袋が順番に開けられたのである。

古川原は、金額が金額なので、お札で部屋が一杯になるかと思った。しかし、これに要したスペースは、二畳分ぐらいだった。

「お金を数えるのは、警察官ではなくて税関の人たちでした。六人ほどの職員がまずひとつの袋から札束《さつたば》を出して、床に置いていったんです。百ドル札を帯封《おびふう》でまとめた札束が置いていかれましたが、二畳分ぐらいのものです。この帯封から、それぞれ札束を抜いて数えていきましたね」

古川原はそのシーンを職務として見ていた。それは見事な手さばきだった。

「銀行の人がやるように、抜き取ったお札をトランプのように扇形に広げ、それを手際《てぎわ》よく何枚かずつ数えていくんです。黙々とやっていきましたね」

一袋終われば、また次の一袋、そしてまた……猛烈なスピードで数えていったものの、それでも夜遅くに始めた作業は、黎明《れいめい》までかかっている。

釈放要求された九人のうち、三人は出国を拒否した。残った六人が羽田空港に連行されてきたのは、空が茜《あかね》色に染まり始めた朝六時前のことである。その中に、大道寺あや子と浴田由紀子もいた。釈放犯たちの姿を古川原は、税関長室から見た。

彼らを運ぶ日航機は、古川原が見ている窓から七、八十メートル離れたところにあった。

「バスが、タラップ下まで来て、横づけされました。護送車じゃありません。空港の中は、空港長の許可を得た特別免許を持っている人じゃないと運転できないから、リムジンバスだったと思います。すごいフラッシュが焚《た》かれましてね。真っ白になった中を大道寺あや子と浴田由紀子が歩く姿もちらりと見えました」

後部座席から乗り込む釈放犯の姿を撮ろうとする、脚立《きゃたつ》に乗ったカメラマンたちの姿が見えた。彼らの刺々《とげとげ》しい熱気が、窓から見る古川原にも伝わってくる。それは、ことの重大性と混乱ぶり、そして繰り返されるこの超法規的措置に対する国民の怒りを表わすものでもあっただろう。

こうして、昭和四十九年五月十九日に逮捕した七人のうち三人は、想像もできなかった形で「出国」していったのである。

その後、古川原は、彼らの捜査をする時に備えて、拓殖大学語学研究所のアラビア語初級課程に通った。
だが、古川原が彼らの捜査のためにアラビア語を使う場面はついに訪れなかった。

今もつづく犯人たちとの攻防

三菱重工爆破事件から三十年が経とうとする平成十六年一月三十日、読売新聞が突然、こんな記事を掲載した。

〈日本赤軍の奥平容疑者、98年に国内潜入
　他人名義で旅券取得　佐々木容疑者も〉

それは、すっかり忘れられていた名前を思い出させるものだった。記事は、佐々木が日本国内に「潜伏していた」ことをこう報じている。

〈日本赤軍のメンバーで国際手配中の奥平純三容疑者（54）と佐々木規夫容疑者（55）が、一九九八年に日本国内に潜入していたことがわかった。二人は、他人になりすまして旅券を取得し、日本と香港などの間を行き来していたとみられる。
警視庁公安部の調べでは、二人は九八年、東京都千代田区の旅券申請窓口で、他人の氏名など

を記載した旅券発行の申請書に、自分の顔写真を張り付けて提出し不正に旅券を取得した疑い。公安部は、国内の支援者が二人の旅券取得に関与していた疑いもあるとみている〉

それは、あの佐々木規夫が日本国内に「潜伏している」という衝撃的な内容だった。大道寺あや子についても、同じ読売新聞が、〈日本赤軍の重信被告　大道寺容疑者らと中国で接触〉と題して、この三年前の平成十三年四月三日に記事にしている。

〈国際手配中の日本赤軍メンバー、大道寺あや子（52）、松田久（52）の両容疑者が二年前に香港で、佐々木規夫容疑者（52）も三年前に中国国内で、それぞれ最高幹部の重信房子被告（55）と接触したことが二日、警察当局の調べでわかった。警察当局は、日本赤軍がひそかに中東から日本に拠点を移す前段として、中国に拠点を移動していたとみている。

警察当局によると、大道寺容疑者らの動向は、昨年十一月の重信被告の逮捕時に押収した同被告の手帳の記載などから判明した。

名前などは暗号で書かれていたが、分析の結果、重信被告が兵庫県在住の女性名義のニセ旅券で関西空港から出国した直後の九九年十二月二十三日、香港で大道寺、松田両容疑者と会合していたことが記載されていた。

また、佐々木容疑者とは、重信被告が九八年十月二十六日に同空港から出国し、同年十二月四日に帰国するまでの中国滞在中に接触したことが記されていたという〉

すでに、超法規的措置による釈放から十八年後の平成七年三月、浴田由紀子はルーマニア潜伏中に逮捕されて日本に送還され、懲役二十年の刑に服している。

残った二人に対して、今も捜査当局は逮捕へ執念を燃やしているのである。

平成二十二年五月、捜査当局は、平成十年時点の佐々木規夫、平成六年時点の大道寺あや子の「顔写真」を載せた新しい手配ポスターを作って全国に配布した。それ以降、この写真を手に、捜査官たちは手配メンバーの検挙のために今も世界中を飛びまわっている。

連続企業爆破事件当時の捜査官たちは、ほとんどが定年退職によって、捜査の第一線から退いた。しかし、彼らは今も、

「街で佐々木とすれ違えば、どんな雑踏であろうと私にはわかる。絶対にあいつを許すことはできない」

そう語る。捜査は、代を継いで「今もつづいている」のである。

平成二十五年、ともに六十五歳となった大道寺将司と片岡利明（現在は益永姓）は、死刑確定後二十六年を経た現在も、東京拘置所に収監されている。

それは、共犯者の佐々木規夫と大道寺あや子が逃亡中のため、「裁判が終了していない」からにほかならない。

多くの犠牲者を出した史上最大の爆破テロ、三菱重工爆破事件は平成二十六年、ついに「発生四十年」を迎える。

エピローグ

長い歳月を送ったのは、犯人や捜査官たちだけではない。

犠牲者の家族たちにも、三菱重工爆破事件からとてつもなく重い時間が流れていった。

中学三年の時に爆破事件で父・光明を失った石橋明人（五三）は、そんな日々の積み重ねのなかでついに父の年齢を超えた。

あの時のことは、忘れようにも忘れられない。突然やってきた悲報は、ひとりっ子として育てられてきた幸せな生活を一変させた。

父の棺《ひつぎ》が家から出る時、子供だった自分は、父の死に顔をじっと見ることができなかった。パッとみて、すぐ、後《あと》ずさったと思う。だが、今でもその光景は覚えている。顔自体はきれいだったが、普段とはまるで違う父の顔をそれ以上、見ることができなかったのだ。

お通夜とお葬式の時は、いっぱい人が来た。いま考えると、まるで芸能人の葬式のようだった。弔問の方が焼香をあげてくれるたび、付いていてくれた人が、

「どこどこの社長さんです」

と、教えてくれた。その度に、母と二人でお辞儀をすることが延々と続いた。

父の葬儀が終わってしばらく経ったあと、母は三菱重工が紹介してくれた関連会社で事務を執るようになり、母一人、子一人の生活が始まった。母は簿記の学校にも通い、仕事から帰宅する

と食事を作るのも大儀なほど、疲れていた。

父について、母と話したことはあまりなかった。お互い父のことに触れるのを避けていたのだと思う。父のことを話すと、父がいないことをどうしても考え込んでしまう。それが嫌だったのだ。母もほとんど家にいなかったし、自分も家に帰ってきたら一人だった。

母と二人っきりの生活に耐え切れず、母の一番下の弟、自分にとっては叔父にしばらくの間、同居してもらったこともある。なにもかも変わってしまって、母と、父のことをしんみり話すことはできなかったのだ。

事件から間もない、ある一日のことを思い出す。

それは、たったひとりで父の会社を訪ねた時のことだ。どうして行けたんだろう、学校はその時、どうしたんだろうと、今にして思う。

ただ、父が亡くなった場所に行っておかなければいけない、父の職場を一度見ておかなければならないという気持ちから、自分は父の会社を訪ねたのだった。

おそらく、急に父がいなくなって、心の中にぽっかりと穴が開き、いま父のことを知っておかないと、このまま何もわからなくなる、と思ったに違いない。

平日の昼間、たったひとりで、丸の内の三菱重工本社を訪ねた。事前にアポをとったかもしれない。ただ、母にも告げず、大田区の自宅から東急線と山手線を乗り継いで、中学三年生の自分は、父の職場にやって来たのだ。

考えてみれば、自分は、家での「父」しか知らない。会社の「父」というものを知らないので、今を逃したら二度と知ることができないと思い詰めていたのかもしれない。

あの時、花壇や植え込みには、まだガラスが一杯、落ちていた。事件以来、三菱重工では、裏の通用口には守衛さんがいた。そこで「遺族のものですが」と言って、中に入れてもらった。自分が来たことを知って、父の上司が出迎えてくれた。そして、父がいたフロアに案内してくれた。

「ああ、ここで仕事をしてたんだ」

初めて父の職場を見た。広い大きな部屋だった。環境装置部という大きなフロアに、父のいた課があった。

「ここが石橋さんの席です」

父の上司が父の席を教えてくれた。その声が耳に優しく響いた。

机が四つか五つかたまっていて、シマをつくっていた。父の机は、窓を背にしたそのシマの長みたいな感じのところにあった。

勧められるままに、父の席に腰をかけた。まだ父の匂いが残っている気がした。机の中には、小物や文房具品みたいなものが少し入っていた。

父の席に座った瞬間、ふっと涙がこみ上げてきた。

この空間に父がいたんだ、と思った時、なにか説明できない感情が湧きあがったのだ。

あの時の涙はなんだったんだろう。それは、父の年齢を過ぎた今も明確には説明できない。それは、父のいた席にやってきた自分を父が「迎えて」くれた一瞬だったのだろうか。

死の寸前に父が行った社員食堂にもその上司が案内してくれた。そこで、定食ものをご馳走してもらった。父の仕事の内容についてもわかりやすく説明してくれた。しかし、それでも中学生には理解するのは難しかった。

この訪問自体は、はっきり覚えているが、「何が自分にそうさせたのか」は、記憶のかなたに消えてしまった。

あの頃、三井物産や大成建設など、同じ犯人グループによる爆破事件が相次ぎ、犯人に対して、「こんなことをつづけて、世の中の何が変わるのか！」と、中学生ながらに強い憤《いきどお》りを感じたものだった。

高校一年になった時、犯人は逮捕された。

だが、ほっとしたのも束の間、二か月後には佐々木規夫が、二年後には大道寺あや子が超法規的措置によって出国していった。不甲斐ない日本政府の対応に、まだ高校生という子供だったのに、湧き起こってくる怒りを抑えることができなかった。中学、高校の頃は、犯人のことを考えると、ただ怒りで身体が震えてきた。

苦労して逮捕した犯罪者を何の策もなく国外逃亡させる。大人というのは、なんてことをしてしまうんだろう。そんなことを考えた日々だった。

大学生になった時、東京地裁で大道寺将司、片岡利明の死刑判決が出た。母と二人で初めて裁判の傍聴に行った。

三菱重工に勤めていて、同じように亡くなられた方の弟さんから、自分が裁判を傍聴に行くことを心配する話があった。若気《わかげ》の至りから、犯人を前にした時、感情を抑えられなくなって何かをしてしまうのではないか、と危惧《きぐ》されたのである。

しかし、裁判所の雰囲気は、ひどく事務的で、無機質なものに感じられ、結果的に心配されたような〝若気の至り〟を発散させるようなことにはならなかった。

犯人たちがわずか数メートル先にいた。あの日、父の命を奪った憎っくき犯人が同じ空間にいながら、彼らがすごく遠くにいるように感じた。

それは、被告席という法廷の〝中〟と、遺族とは言いながら傍聴席という〝外〟に座る者との違いだっただろう。その距離は、想像以上に大きなものだった。

あの頃、犯人たちに対して、いい歳をした大人が〝軍隊ごっこ〟をやって、一般市民を巻き添えにするとは何ごとだ、と怒りを抑えられなかったことを思い出す。仇討《あだう》ちみたいなものができるといいな、日本にそういう制度があればいいな、と思ったのもその頃である。

父は自分に何になって欲しかったんだろう、と思うことがある。それを知ることができないのが悔しいと時々、思う。自分に二人の娘ができた時、つまり、父にとっては孫ができた時も、父にそばにいて欲しかった。

そんな時、戦争で生き残り、シベリアからもなんとか生還しながら、なぜ平和な暮らしの中で父があんな〝爆死〟を遂げたのか、と考えてしまうのである。当時は、父がいなくなったという漠然とした悔しさだったが、今となると、父と話す、あるいは父に喜んでもらえる、そういう機会が失われたことに悔しさを感じている。

裁判を傍聴した大学生の頃、遺族を担当していた青木博さんという捜査官に随分、優しくしてもらった。

「警察官になってお父さんの仇《かたき》を討たないか」

そう声をかけてくれたのも青木さんだった。人間味のある方で、制服を脱いだ警察官に触れた感じがした。

捜査の凄さを知ったのは、父の遺品が帰ってきた時だ。メガネは爆風で曲がってしまい、財布もガラスの破片か何かで穴が開いていた。しかし、父の腕時計を見た時に驚いた。ガラスも、針も、両方、吹っ飛んでいたのに、あの残骸の中から、小さな針まで探し出してくれていたのである。捜査官の執念というものを垣間見た気がした。

それにしても時間が経ちすぎたと思う。

三木内閣、そして福田内閣時代、人命尊重という名のあの超法規的措置。あれさえなければ、これほど時間がいたずらに過ぎ去ることもなかったのにと思うと、本当に悔やまれる。

この長い歳月、心の中に熾火《おきび》が残った中で生きてきたような気がする。気持ちが昇華《しょうか》されることはなくて、いつまでも熾火のままなのである。

それがなぜか、自分ではじっくり考えたこともない。

しかし、あの事件で収監されている人間は、死刑が確定したまま執行されず、また一方、国外逃亡中の人間は、いまなお、逮捕されていない。

いつまでも自分の心の中に熾火があり、上の灰を、ぽっぽっとやると、中に火がまだあり、それがそのまま自分の心の中を「占めている」ような感じがつづいているのは、そのせいではないか、とふと、思う。

それを感じると、「そうだ、まだ捕まってないんだ」「まだ死刑になってないんだ」という現実に突きあたる。事件の被害者にはそれぞれ事件に対する立場、思いがあるだろう。しかし被害者が一番望んでいるのは、収監されている犯人には早く罪を償って欲しい、そして、逃亡している犯人には早く捕まって欲しい、それだけである。事件から四十年近い時間が経ち、われわれ遺族、特に被害者の配偶者、ご両親には残された時間が少なくなりつつある。事件が早く、真の意味の〝終結〟を迎えるよう願わずにはいられない。

長い歳月といえば、事件のあと、遺族としてテレビとラジオに出たことがある。その時、聞かれるまま、中学のブラスバンド部でトランペットをやっていることを話したら、イタリアのトランペット奏者のニニ・ロッソさんから、トランペットをプレゼントされた。それは、色がシャンパン・ピンクで、ちょっと赤みがかった珍しいものだった。

しかし、中学卒業までは使っていたが、それ以降は機会に恵まれず、それから三十年間、タイムカプセルのように、ケースの中に入れたままにしていた。

時は移り、上の娘が中学一年になる時に、突然、「音楽部に入りたい」と言いだした。
「パパはバイオリンとトランペットもやっていたけど、おまえは何をやりたいの?」

本人にそう聞いたが、要領を得ない。とりあえず、バイオリンを弾かせたり、そのニニ・ロッソのトランペットを見せたりして、マウスピースのところだけを抜いて、音を出す練習もさせてみた。しばらく経ってから、「入部したよ」というので聞いてみたら、
「トランペットをやりたい。この楽器を貸して」

となった。こうしてトランペットは、三十年ぶりに復活した。そして、娘は大学まで、ずっと同じ楽器でやっている。長く眠っていたニニ・ロッソのトランペットは、きれいなままで、当時の素晴らしい音がそのまま保たれていた。時々、楽器を修理にもっていくと、修理屋の方がびっ

くりする。

「これは、ニニ・ロッソタイプのトランペットです。何年前のですか？」

と。これが三十年以上も前のものであることを言うと、なお驚く。しかし、それは、あの事件からいかに長い歳月が経ったかということでもある。この楽器を三十年後、自分の子供が使うことになるなんて、当時は想像すらできなかった。

父は多磨霊園に眠っている。

祖父母、伯父も同じ霊園に眠っている。亡くなって間もなくは、母と墓参りに行ったが、母子家庭の寂しさをいやが上にも意識させられ、しばらくは行ったり行かなかったりの時期もあった。また「安らかに」とか「見守っていてください」という祈りが、逆に父のいない寂しさを実感させられ、当時は墓参りに行くこと自体が辛かった。

しかし、結婚して子供ができてからは、墓前に子供の成長を報告する目的もでき、表現はおかしいが、やっと〝ポジティブ〟な墓参りとなった。時期的には、お彼岸頃に行くことが多く、特に桜の季節は、桜並木がとてもきれいで、そんな日は「よく来たな」と父の声が聞こえるような気がする。

つくづく長い歳月が経ったものだと思う。

おわりに

二〇一三年七月二十日土曜日――。

翌日に第二十三回参議院議員選挙の投開票を控えて、朝早くから候補者たちの選挙戦最後の絶叫が響くこの日、一人の元公安捜査官の葬儀が埼玉県下のある町で営まれた。

極左暴力取締本部で連続企業爆破犯の逮捕を成し遂げた幹部の一人、江藤勝夫さんの告別式である。

江藤さんは、食道癌を患い、その後、闘病生活を長く続けたが、七月十七日に七十八歳で亡くなった。

前日の通夜とこの日の告別式には、かつて過激派と死闘を繰り広げた極左暴力取締本部のメンバーほぼ全員が、駅から徒歩十分ほどの場所にある葬祭センターに駆けつけた。

あれから三十九年という歳月が流れたにもかかわらず、東アジア反日武装戦線のメンバーを逮捕した日にちなんで「五・一九会」をつづけている面々である。

その中心メンバーが江藤さんだった。

つい二か月前に開かれたこの会にも出席し、江藤さんは、

「来年も必ず出席する」

と、元捜査官たちに向かってスピーチしたばかりだった。体重が四十キロを切ろうかというほ

ど痩せた江藤さんは、それでも気力を奮わせて会に出席し、かつての部下たちを労っていた。

斎場の受付を入ると、正面の祭壇から江藤さんの生前の写真が弔問者に微笑みかけてくる。白いワイシャツに黒いネクタイ姿の遺影である。BGMには、江藤さんのカラオケの十八番、谷村新司の「群青《ぐんじょう》」が流されていた。

連続企業爆破事件で活躍した江藤さんは、その後、公安部の公安一課長や公安部参事官、警察学校長などを歴任し、〝ミスター公一〟とも称された。

正義を愛し、情けを重んじたこの元捜査官の通夜と告別式は、さながら極左暴力取締本部の同窓会のような雰囲気となった。

八十一歳となった柴田善憲さん、また八十三歳の舟生禮治さん、八十二歳の西尾徳祐さん、七十代となった廣瀬喜征さん、青木博さん、六十代の伊藤善吾さん、古川原一彦さん、五十嵐覺さん、坂井城さん、栢木國廣さん……といった顔ぶれが通夜や告別式で一堂に会したのである。

「やあ、久しぶり」

「おう、生きていたか」

一昨日までの猛暑が少し和らぎ、朝の最低気温は二十一度まで下がったが、告別式が始まる午前十一時には、二十八度まで上昇していた。

厳しさの中にも、穏やかな笑顔の遺影に見守られて、あちこちで久しぶりに会った者同士の挨拶が交わされていた。相手が元気であること自体を喜ぶ、そんな会話である。顔に刻まれた皺《しわ》と、すっかり白くなった頭髪が、年月の重さを物語る。

身内の焼香が終わると、西村泰彦警視総監を皮切りに、参列者がつぎつぎと焼香をおこなった。

弔辞に立ったのは、警視庁公安部参事官を務めた江藤さんの後輩だ。

「ある時、江藤さんの捜査に対する源《みなもと》は何ですか？　と聞くと、江藤さんは〝部下ひとりひとりを生かすことだ〟と答えてくれた。江藤さんには、とても追いつくことはできないと思った。江藤さんは常々、部下に対して、〝家族を大事にしろ。奥さんを大事にしろ〟と言っていた。ご自分は、直接、奥様にそういう言葉をかけることはなかったけれども、みんなに対してそう言うことで、奥様に対しても、そう仰っていたのだと思う」

江藤さんの人柄を表わす一語一語に、参列者が聞き入った。

「ある時は、〝もし、生まれ変わっても、警視庁に入り、あの連中と、再び仕事をしたい〟とも江藤さんは仰っていた。その江藤さんの警察官としての活動は、なんといっても、三菱重工爆破事件をはじめとする、連続企業爆破事件の犯人を、昭和五十年五月十九日に一斉検挙したことです。逮捕した五月十九日にちなんで、江藤さんを中心に毎年〝五・一九会〟が開かれてきました。そこで、懐かしい昔話をするのが、江藤さんの第一の楽しみでした……」

連続企業爆破事件での一斉検挙——それは、江藤さんの〝勲章〟のみならず、警視庁の歴史に刻まれる捜査であったことは間違いない。

昭和四十六年に起こった土田邸爆破事件は、土田警視総監の退官後、十二年におよぶ公判の末、被告たちに無罪判決が下され、土田家の無念が晴らされることがなかったことは広く知られている。それだけに一方の連続企業爆破事件では、極本の極秘部隊と爆破犯との熾烈な攻防が、これからも長く警視庁の歴史の中で語り継がれていくに違いない。そこには、本書で描かせてもらったように、知られざる現場のドラマが数多く存在するからである。

私は本書で、日本国中が「反権力」という熱に浮かされ、秩序を破壊することが若者の特権とされ、最も大切な「人命」さえ蔑ろにされたあの時代に、必死で闘った人々の姿を描かせてもらった。

高度経済成長を成し遂げて天下泰平の時代を迎え、昭和元禄とも呼ばれる一方で、長引くベトナム戦争に対する反戦運動や、各大学の学費値上げ阻止闘争など、社会全体が混沌とした状態を呈していたあの時代の〝空気そのもの〟を描きたかったのである。

本書で記述した通り、捜査官も、新聞記者も、カメラマンも、自分の持ち場を守り、使命感と責任感を貫き、懸命に目標に向かって突き進んでいたように思う。果たして、今の日本にこのパワーがあるのだろうかと、ふと考えてしまうほどのバイタリティを彼らは持っていた。

また、日本人が豊かになってきた時代ではあったものの、貧富の差はやはり大きく、同じ世代でありながら、学生運動をする側は比較的、裕福で、一方、警察の門を叩いた側は経済的に恵まれていない人たちが多かった。

過激派摘発の陰には、そうした逆の意味の〝階級闘争〟も存在していた。同じ団塊の世代、言いかえれば、全共闘世代でありながら、大学進学の機会に恵まれなかった警察官たちの「正義」に対する思いには特別のものがあった。石に齧《かじ》りついても、という執念とハングリーさを示したのは、学生よりも、むしろ犠牲者の底知れぬ無念を胸に刻んだ警察官の側だったと言えるかもしれない。

東アジア反日武装戦線の若者たちが取り憑《つ》かれていった「窮民革命論」は、「反日亡国論」につながるものである。すなわち「日本」という国家、あるいはその「存在」そのものを否定し、嫌悪する人々が信奉《しんぽう》するのが、これらの理論である。

しかも、これへの心情的なシンパは、今も驚くほど多い。それは、今は六十代以上となった団塊の世代、全共闘世代の一部が持つ独特のものでもある。

マスコミや言論界の中枢で、今も大きな影響力を持っているこの世代の底流にある考え方は、形式や過激度は違っても、非常に似通っているものがあることに気づく。

すなわち現在の反日亡国論につながる系譜《けいふ》を理解し、日本の社会が抱えるさまざまな問題点を浮き彫りにするためにも、この時代を描くことは、私にとって、すなわち、ジャーナリストとして避けて通ることのできないものであったと思う。

そして同時に、毅然と生きる人々の姿を描くことをテーマとする私には、史上最大の爆破テロ事件解明に挑んだ無名の人々の〝現場力〟は、必ず後世に残さなければならないものであったと思う。

知名《ちめい》もなく、勇名《ゆうめい》もなし――名を知られることもなく、手柄を誇ることもない、蔭で世の中を支える人々の心得と使命を表わしたこの言葉は、表に出ることのない公安部の捜査官がいつも肝に銘じているものでもある。

今回、さまざまな葛藤《かっとう》の末に自らの禁を犯して取材に応じてくれた人々に、私は感謝の言葉が見つからない。

私のささやかな挑戦とも言うべき本書には、数多くの取材協力者が存在する。警視庁公安部という非常に秘密性の高い特殊な組織を描かせてもらったため、ここでその協力者のお名前を記すことができないことを深くお詫び申し上げたい。皆様のご支援により、無事、本書を完成させることができたことをこの場でご報告し、心からの感謝の気持ちをお伝えしたいと思う。

当時の土田國保警視総監の貴重な日記を提供いただいたご子息の土田健次郎氏、そして、三菱重工爆破事件で父親を亡くしたご遺族の石橋明人氏にも、当時の哀しみを胸に長時間の取材に応じていただいた。そして、かつて死に物狂いで取材にあたった産経新聞の人たちにもさまざまな秘話を伺った。心より御礼申し上げる次第である。

また本書を完成させるにあたり、小学館の飯田昌宏・週刊ポスト編集長、ニュースサイト・新雑誌編集室の鶴田祐一両氏に多大なるご支援をいただいたことに衷心《ちゅうしん》より御礼を申し上げる次第である。

さらに専門知識を駆使して、拙稿を校閲していただいた髙松完子さん、今回も迫力ある重厚な装幀をつくり出してくれたブックデザイナー緒方修一氏にも、この場を借りて、深く御礼を申し上げたい。

なお、本文中における年齢は、登場するその場面当時のものであることと、原則として敬称を略させていただいたことを付記する。

門田隆将

二〇一三年八月三十日
三菱重工爆破事件の三十九周年の日に

関連年表

1960年（昭和35年）
6月15日……六〇年安保闘争。全学連が国会に突入し警官隊と衝突。東大生・樺美智子さん死亡
6月23日……日米安保条約の自然成立で、岸首相退陣表明
10月12日……浅沼稲次郎社会党委員長、暗殺される

1963年（昭和38年）
4月1日……革共同が中核派と革マル派に分裂

1964年（昭和39年）
3月25日……社学同、社青同、中核派が新三派連合結成
11月9日……池田勇人首相退陣により佐藤栄作内閣成立

1965年（昭和40年）
3月30日……社青同解放派結成

1966年（昭和41年）
12月17日……中核派、社学同、社青同解放派が三派全学連結成

1967年（昭和42年）
10月8日……佐藤首相東南アジア訪問阻止の第一次羽田闘争で、京大生・山崎博昭が死亡
11月12日……第二次羽田闘争

1968年（昭和43年）
1月15日……エンタープライズ佐世保寄港阻止闘争
2月26日～……成田新国際空港建設反対デモが激化
4月28日……沖縄反戦デー闘争
7月2日……東大全共闘、安田講堂を占拠
10月21日……新宿騒乱事件が発生し、騒擾罪適用

1969年（昭和44年）
1月18日……東大安田講堂籠城戦（革マル派戦線離脱）
4月28日……沖縄デー闘争。中核派と共産同に破防法
8月28日……赤軍派結成
10月21日……国際反戦デー闘争。都内各所で警察と衝突
11月5日……赤軍派、山梨県大菩薩峠で首相官邸襲撃の訓練中に53人一斉逮捕

1970年（昭和45年）
3月31日……赤軍派による、よど号ハイジャック事件
8月4日……革マル派の学生が中核派の集団リンチで死亡。内ゲバで初の犠牲者
11月25日……三島由紀夫が市ヶ谷自衛隊で割腹
12月18日……京浜安保共闘が東京・上赤塚交番を襲撃。一人が警官に射殺され、二人重傷

1971年（昭和46年）
2月17日……京浜安保共闘、栃木県真岡市の鉄砲店を襲い、猟銃などを強奪
22日～……成田第一次強制代執行。逮捕者487人
赤軍派中央委員重信房子がパレスチナ入り。PFLPと連携、のちの日本赤軍を結成
6月17日……沖縄返還協定阻止闘争。明治公園で赤軍派が鉄パイプ爆弾投げ、警官37人が負傷
7月15日……赤軍派と京浜安保共闘が連合赤軍結成

9月16日……成田第二次強制代執行。逮捕者375人
11月17日……沖縄返還強行採決に新左翼各派が日比谷公園で集会。同公園内の松本楼全焼
12月18日……土田國保・警視庁警務部長宅で小包爆弾が爆発。民子夫人が死亡、四男重傷
24日……新宿3丁目の交番でクリスマスツリー爆弾が爆発。警官、通行人ら7人が重軽傷

1972年(昭和47年)

2月17日……連合赤軍最高幹部・森恒夫と永田洋子逮捕
19日～……長野県軽井沢であさま山荘事件。連合赤軍坂口弘らが籠城。警官2人死亡
3月7日……妙義山アジトなどで連合赤軍メンバー12人のリンチ殺人遺体発見
5月30日……テルアビブ空港乱射事件。日本赤軍3人が空港内で24人を殺害、80人以上の負傷者。
7月7日……佐藤首相退陣により、田中角栄内閣成立

1973年(昭和48年)

1月1日……連合赤軍・森恒夫が拘置所内で首つり自殺
3月14日……土田邸爆破事件犯人逮捕(のち無罪判決)
7月20日……日本赤軍とパレスチナゲリラによる日航ジャンボ機ハイジャック事件

1974年(昭和49年)

2月6日……日本赤軍とパレスチナゲリラが在クウェート日本大使館占拠
8月14日……東アジア反日武装戦線、東京・荒川鉄橋で天皇の御召列車の爆破計画立てるも未遂
30日……同、東京・丸の内の三菱重工本社を爆破(死者8人、負傷者376人)
9月13日……日本赤軍がハーグの仏大使館を占拠
10月14日……東アジア反日武装戦線、東京・西新橋の三井物産館爆破(重軽傷者17人)
11月25日……同、東京・日野市の帝人中央研究所爆破
12月10日……同、東京・銀座の大成建設ビル爆破(重軽傷者9人)
23日……同、東京・江東区鹿島建設資材置き場爆破

1975年(昭和50年)

2月28日……同、東京・北青山の間組本社爆破(重傷者1人)。同、埼玉・与野市の間組大宮工場爆破
4月19日……同、東京・銀座の韓国産業経済研究所、兵庫・尼崎市のオリエンタルメタル爆破
28日……同、間組江戸川鉄橋工事現場爆破
5月19日……警視庁が東アジア反日武装戦線の佐々木規夫、大道寺将司ら8人を逮捕
8月4日……日本赤軍がクアラルンプールの米大使館を占拠。佐々木規夫ら獄中犯の釈放を要求し、政府が超法規措置として5人を釈放

1976年(昭和51年)

3月2日……北海道庁爆破事件(死者2人、負傷者74人)。反日武装戦線が犯行声明、大森勝久を逮捕
11月10日……天皇在位50周年式典粉砕闘争

1977年(昭和52年)

9月28日……日本赤軍が日航機をハイジャック。バングラデシュのダッカ空港で大道寺あや子を含む獄中犯6人と身代金600万ドルを奪取

〈参考文献〉

『土田國保日記』（土田國保）
『弘道　第1003号』（東京弘道会・社団法人日本弘道会）
『人と日本　1975年8月号』（行政通信社）
『凛として　日本人の生き方』（扶桑社）
『狼・さそり・大地の牙　「連続企業爆破」35年目の真実』（福井惇・文藝春秋）
『スパイと公安警察　実録・ある公安警部の30年』（泉修三・バジリコ）
『全共闘白書』（全共闘白書編集委員会編・新潮社）
『警視庁年表（増補・改訂版）』（警視庁総務部企画課）
『連続企業爆破事件の概要～東アジア反日武装戦線～』（非売品）
『腹腹時計　都市ゲリラ兵士の読本　兵士読本Vol．1』（東アジア反日武装戦線〝狼〟兵士読本編纂委員会・東アジア反日武装戦線〝狼〟情報部情宣局）
『週刊新潮』・昭和五十年六月五日号「墓碑銘」
『中央公論』・昭和五十年七月号「警視庁特捜班対サンケイ特捜班」（藤村邦苗著）
『産経新聞』・昭和四十九年九月五日夕刊・昭和五十年五月十九日朝刊・夕刊
『読売新聞』・昭和四十九年十月二十一日夕刊・昭和四十九年十月二十三日朝・夕刊・昭和四十九年十一月三日朝刊・平成十三年四月三日朝刊・平成十六年一月三十日朝刊
『朝日新聞』・昭和四十九年十月二十三日朝刊・昭和五十年五月十九日夕刊
『毎日新聞』・昭和四十九年十月二十三日朝刊

門田隆将
（かどた・りゅうしょう）

1958（昭和33）年、高知県生まれ。中央大学法学部卒。ノンフィクション作家として、政治、経済、司法、事件、歴史、スポーツなど幅広い分野で活躍している。『この命、義に捧ぐ 台湾を救った陸軍中将根本博の奇跡』（角川文庫）で第19回山本七平賞受賞。主な著書に『甲子園への遺言 伝説の打撃コーチ高畠導宏の生涯』（講談社文庫）、『なぜ君は絶望と闘えたのか 本村洋の3300日』（新潮文庫）、『太平洋戦争 最後の証言』（第一部～第三部・小学館）、『死の淵を見た男 吉田昌郎と福島第一原発の五〇〇日』（PHP）などがある。

装幀　緒方修一
カバー写真　毎日新聞社
扉写真　共同通信社
DTP　ためのり企画

狼の牙を折れ
史上最大の
爆破テロに挑んだ
警視庁公安部

2013年10月29日　初版第一刷発行
2024年２月27日　第三刷発行

著　者　門田隆将
発行人　鶴田祐一
発行所　株式会社　小学館
〒101-8001
東京都千代田区一ツ橋2-3-1
電話／編集　03-3230-9793
販売　03-5281-3555
印刷所　TOPPAN株式会社
製本所　株式会社若林製本工場

ISBN 978-4-09-379853-2